LES AMANTS DE COYOACÁN

GÉRARD DE CORTANZE

LES AMANTS DE COYOACÁN

roman

ALBIN MICHEL

À Diane de Margerie

« Vivre est le but central de ma vie. »

Frida Kahlo

« L'amour dure autant de temps qu'il donne du plaisir. »

Frida Kahlo

1

Le 20 décembre 1936, le pétrolier *Ruth* quitta le port d'Oslo. Il faisait moins 10 degrés. Une neige légère tombait sur le fjord et les collines boisées qui l'entourent. Si aucun incident ne survenait durant la traversée, le pétrolier accosterait, trois semaines plus tard, au port de Tampico. Outre sa cargaison de carburant, il en transportait une autre, plus singulière : un homme et une femme.

Si l'homme et la femme avaient retenu ce bâtiment à l'allure poussive, c'est parce qu'ils souhaitaient passer plus facilement inaperçus. Plus exactement, c'était les autorités norvégiennes, sous la protection desquelles ils se trouvaient, qui avaient jugé trop risqué de leur faire emprunter un paquebot classique.

En réalité, l'homme et la femme se cachaient. Un officier de police, un certain Jonas Lie, voyageait avec eux. Bien que le capitaine Hagbart Wagge leur ait laissé l'usage de sa cabine personnelle, il leur était interdit d'utiliser la radio pour communiquer avec l'extérieur ; quant au pistolet que l'homme portait toujours sur lui, il avait dû le remettre à Jonas Lie. Seuls passagers d'un navire vide, ils seraient autorisés à sortir de leur cabine mais à des moments choisis par le capitaine et le policier. L'homme et la femme, qui, bien que sur un pétrolier, étaient encore sur le territoire norvégien, étaient en somme des prisonniers en liberté surveillée.

Certes, ils partaient, enfin, mais la peur au ventre, et pensaient, non sans raison, que leur traversée de l'Atlantique pourrait se prêter facilement à l'organisation criminelle d'un « accident » puisqu'ils échappaient désormais totalement au contrôle de l'opinion publique, de la presse, même hostile, qui les traquait, et des camarades qui depuis des années les accompagnaient.

Après quelques heures de navigation, engourdis par le ronronnement des machines et le bercement du navire, ils regardèrent par le hublot de leur cabine : devant eux s'étalait une mer opaque et vineuse, épaisse, où l'eau semblait une forêt.

2

Bien que le statut de réfugié leur eût été accordé par le président de la République mexicaine, Lázaro Cárdenas, en contrepartie de quoi ils avaient dû promettre de ne se livrer à aucune activité politique et d'exiger de leurs partisans qu'ils n'organisent, lors de leur arrivée, aucune manifestation susceptible de provoquer des troubles, les « amis inconnus » qui, comme le reconnaissait la femme avec émotion, « avaient travaillé à l'autre bout du monde à leur salut », étaient essentiellement au nombre de deux : un publiciste et un peintre.

En réalité, l'artisan principal de leur venue était le second « ami inconnu » : le peintre. Exclu du Parti communiste en septembre 1929, ce dernier venait juste, à la veille de son cinquantième anniversaire, de rejoindre les rangs de la Ligue communiste internationale.

Celui que d'aucuns considéraient, il y a quelques années encore, comme le plus grand muraliste de son temps, n'était plus, comme on dit, « en odeur de sainteté ». Interdit dans l'Union soviétique de Staline, il occupait désormais dans son propre pays une position très inconfortable. Ses détracteurs venaient de jeter de l'acide sur ses fresques du Palais national, et les arcades de l'avenida Rubalcava, décorées par ses soins, abritaient à présent un cimetière de voitures. Lorsqu'il peignait ses fresques murales dans les immeubles publics du Mexique, on l'accusait de recevoir de l'argent des communistes ; et quand il recouvrait certains murs new-yorkais de peintures didactiques, on lui reprochait de vendre son âme au capitalisme américain.

Couraient à son propos les rumeurs les plus folles. Hâbleur, menteur, inventeur d'histoires à dormir debout, il apportait sans cesse de l'eau au moulin de ses ennemis. On disait qu'il avait grandi dans la montagne, élevé par une Indienne, qu'il avait été la mascotte d'un bordel de Guanajuato, qu'il avait tété longtemps la mamelle d'une chèvre et qu'il avait connu sa première expérience sexuelle à neuf ans avec une institutrice protestante. On disait encore qu'il avait consommé de la chair humaine, qu'il était initié aux pratiques ancestrales de la sorcellerie et qu'il portait un pistolet dont il n'hésitait pas à se servir, tirant sur des phonographes, des lampes à pétrole, des critiques d'art mécontents, voire des amoureux rivaux.

C'était un ogre, un hérétique, un grand séducteur malgré sa laideur. L'homme et la femme ne pourraient pas ne pas le reconnaître, lorsqu'ils le verraient sur le quai. Visage enfantin, front proéminent et lisse, yeux très grands et écartés, ils seraient frappés, comme tous ceux qui le rencontraient, par ce mélange de douceur et de force, par ces mains si petites pour ce corps si ample, par toute cette mélancolie, cette fébrilité, par cette intelligence quasi monstrueuse. Cet homme, c'était Diego Rivera.

3

Après une semaine, le pétrolier prit sa vitesse de croisière, et des journées de plein soleil remplacèrent l'aube glaciale du départ. Tantôt, le lourd navire plongeait profondément dans la houle qui dansait, tantôt, il se redressait dans un lent mouvement d'ascension. Le sillage entamait la masse bleu-noir, laissant derrière lui, dans un fracas de galop, deux immenses ailes d'écume blanche. Aucune côte n'était en vue, mais le grand vide horizontal de la mer.

À bord, la vie s'organisait. Une sorte de routine s'était même installée. Le matin, l'homme travaillait à des articles consacrés aux procès de Moscou qui occupaient alors la scène politique soviétique et qu'il rassemblerait peut-être un jour dans un essai qui pourrait s'appeler *Les Crimes de Staline*. L'après-midi, il étudiait des livres qui parlaient du Mexique, ce pays qui allait l'accueillir et dont il ignorait tout. Pour se détendre, il lisait une biographie de sir Basil Zaharoff, un armateur et financier grec originaire d'Istanbul, qui le confirmait dans l'idée que le capitalisme international était bien pourri jusqu'à l'os. Parfois, il ouvrait un petit cahier bleu, son journal, et y déposait quelques notes, des pensées, essayant de ne pas s'y montrer trop mélancolique.

La femme, elle, ne pouvait s'empêcher de refaire le chemin à l'envers depuis ce 20 février 1932, date à laquelle un décret émanant du gouvernement leur avait retiré la citoyenneté soviétique, leur interdisant par là même de rentrer en Russie et les condamnant à l'existence précaire qui était depuis la leur, toujours à la recherche d'un refuge, toujours sous la menace constante d'un attentat perpétré par des Russes, blancs ou rouges.

Ce que la femme appelait leur « exil perpétuel » avait commencé bien avant, dès 1928, dès leur bannissement dans le village kazar d'Alma-Ata, dès Stamboul, dès Odessa, dès leur résidence surveillée sur l'île de Prinkipo, dès Kadiköy. Leur arrivée à Marseille, en juillet 1933, puis leur installation à Royan puis à Saint-Palais, puis à Bagnères-de-Bigorre, puis à Barbizon, suivie de leur expulsion par le gouvernement Daladier, les contraignant à vivre sans visa, privés de toutes ressources, n'avaient fait qu'aggraver les choses. Les derniers mois de leur vie en France n'avaient plus été qu'une suite de cauchemars, de déceptions, de malheurs. Isolement, surveillance stricte, contrôle de la correspondance, téléphone coupé, interdiction de recevoir livres, journaux, visiteurs, et toujours : menaces de mort. Faute d'avoir été assignés à résidence à La Réunion ou à Madagascar, ils avaient erré d'hôtel en pension, de maison d'amis en demeure inconnue : Dijon, Saint-Boil, Chamonix, Bourg-en-Bresse, Grenoble, La Tronche, Lyon et, enfin, Domène où ils avaient vécu un an dans la maison de l'instituteur Laurent Beau.

Leur ultime séjour en Norvège n'avait été qu'une descente progressive aux Enfers, jusqu'à leur internement dans le village de Sundby, où ils avaient vécu quelques mois, surveillés en permanence par treize policiers, avant de pouvoir quitter le territoire de cette calme, sévère et avenante Norvège qui avait fini par affréter pour eux le pétrolier *Ruth*.

Durant toutes ces années, rien ne leur avait été épargné. Ainsi, la veille de leur expulsion d'Oslo, leur docteur, leur avocat et leur percepteur, après leur avoir présenté ensemble leurs notes respectives, pour être certains d'être payés, avaient fait mettre sous séquestre leur compte en banque.

– À quoi penses-tu ? demanda l'homme, un soir qu'il observait la femme en train de gratter du bout de l'ongle le vieux bois de chêne du hublot.

– À Barbizon, répondit-elle en riant.

– Je ne vois vraiment pas ce qu'il y a de drôle.

– Tu ne te souviens pas du déchaînement de la presse, quelques jours après notre arrivée à Barbizon ?

– Non, dit l'homme en replongeant dans la lecture de son livre.

– Les journalistes parlaient d'étrangers bizarres qui vivaient repliés sur eux-mêmes, qui ne buvaient que du lait, qui ne voyaient jamais personne.

– Non, ça ne me dit vraiment rien.

– On nous prenait pour des trafiquants, des faux-monnayeurs. On a même parlé de drogue, de traite des Blanches !

– Et tout ça a fini par l'annulation de notre autorisation de séjour en France, n'est-ce pas ?

– Tu vois bien que tu t'en souviens !

– Évidemment que je m'en souviens, ce n'est pas la

peine de revenir sans cesse là-dessus. Oublie tout ça, veux-tu !

Un autre soir, alors que la mer était houleuse et que le pétrolier tanguait dangereusement, l'homme et la femme se regardèrent, comme ils le faisaient si souvent, chacun lisant dans les yeux de l'autre des interrogations identiques : « Comment sera la vie à México… si toutefois nous y arrivons ? » Des interrogations identiques, mais aussi cette même crainte, chaque jour renouvelée : avant de partir, on n'avait cessé de leur répéter que dans ce pays, le Mexique, on pouvait pour quelques dollars se procurer un assassin.

4

L' « ami inconnu », Diego Rivera, avait une femme. C'était sa troisième épouse. Depuis leur mariage, en 1929 – il avait alors quarante-deux ans et elle vingt-deux –, ils s'étaient séparés à plusieurs reprises puis remis ensemble. Du côté de la mère, la jeune femme avait du sang indien et espagnol ; du côté du père, du sang allemand mais aussi juif hongrois d'origine roumaine. Très belle, elle portait le costume national mexicain et arborait de somptueux bijoux, très voyants. Elle aimait le vin, le sexe, et jurait comme un charretier.

Depuis un terrible accident qui l'avait laissée comme morte, mais dont elle s'était miraculeusement relevée, elle avait dû faire face à nombre d'avortements, avait subi de multiples opérations et porté des corsets orthopédiques. À plusieurs reprises pendue nue par les pieds, la tête en bas, elle avait vécu dans les caillots de sang et les odeurs de chloroforme, les bandages, les aiguilles, les scalpels, elle avait été ligotée, transpercée, abrutie par les analgésiques. Mais elle appartenait à cette génération vif-argent issue de la révolution mexicaine, animée par une émulation puissante, une ardeur sans faille, un activisme certain de son bon droit. Membre du Parti communiste, elle voyait dans son engagement politique une façon d'affirmer la vie et de dépasser sa douleur.

Elle était vive, joyeuse et, contre toutes attentes, heureuse de vivre. Voilà pourquoi elle proclamait souvent : « Platon est un crétin quand il affirme que le corps est un tombeau qui nous emprisonne, comme l'huître est prisonnière de sa coquille. » Voilà pourquoi elle criait sur tous les toits de México : « Vous n'avez rien compris, les gars, ce n'est pas à ma souffrance que je tiens mais à son originalité ! » D'ailleurs, à chaque fois qu'elle pénétrait dans une salle d'opération, elle se peignait soigneusement les cheveux, se poudrait le visage, mettait du rouge vif sur ses lèvres et lançait aux chirurgiens : *« Viva la Vida ! »*

Comme Diego, elle peignait. C'est-à-dire qu'elle traduisait sa souffrance en art, qu'elle était comme le roi Midas qui transformait les excréments en or. Pour elle, la peinture était une conjuration.

À l'aube de 1937, elle était certes moins connue que son mari, mais elle avait déjà peint de belles et fortes toiles, et beaucoup dessiné, à l'huile, au pastel, au crayon. C'était une œuvre étrange, pleine d'humour et de violence. Dans *Quelques petites coupures*, on voyait une femme lacérée de coups de couteau, à ses côtés, debout, l'assassin, tenant dans sa main droite un poignard ensanglanté. Dans *Hôpital Henry Ford ou le lit volant*, elle s'était représentée elle-même, nue, baignant dans son sang. Elle venait de subir un nouvel avortement et tenait dans ses mains six veines rouges reliées qui à des fœtus, qui à des colonnes vertébrales, un escargot, une orchidée, des os pelviens… « Un sacré autoportrait, non ? » murmurait-elle à l'oreille de qui observait sa toile.

Alors que le pétrolier se dirigeait vers Tampico, elle venait de subir une troisième opération du pied droit durant laquelle on lui avait extirpé des os sésamoïdes. La cicatrisation avait été lente et l'ulcère trophique n'avait pas disparu pour autant. Elle se sentait nerveuse, prête à replonger dans l'anorexie, et sentait toujours dans son dos, au niveau de la colonne vertébrale, une douleur lancinante. Elle était bourrée de calmants qu'elle absorbait mélangés à des verres de tequila. Malgré ce qu'elle nommait ces petits « pépins de santé », elle serait là sur le quai et accueillerait l'homme et la femme. Son nom : Magdalena Carmen Frida Kahlo.

5

Tandis que le pétrolier continuait d'éviter les itinéraires habituels, de virer de bord, de changer de route, du temps s'écoula, fait de mer houleuse ou calme. Le 1er janvier 1937, le canon d'alarme du *Ruth* tira dans la solitude de l'océan deux coups de salut à l'avenir, accompagnés d'un mugissement de sirènes – aucun écho ne leur répondit. L'homme et la femme n'eurent pas le cœur de se souhaiter une bonne année. Ils se tenaient sur le bastingage pour leur sortie quotidienne et regardaient la mer. Seul Jonas Lie leur adressa des vœux dans un style fleuri.

L'homme, qui continuait de lire ses livres sur le Mexique, sentait malgré tout monter en lui une sorte d'espoir dont il se défendait presque tant cela lui semblait incongru. Ce pays où était encore vivace le souvenir de Zapata et de Pancho Villa était en train de se recomposer une identité à partir de son passé et des contraintes des apports européens, et cela dans tous les domaines – culture, religion, vie quotidienne. D'importants changements sociaux et de grandes réformes étaient en cours. Le Mexique était devenu un pôle d'attraction irrésistible. Des représentants des avant-gardes étrangères, des créateurs du monde entier, artistes français, espagnols, allemands, américains affluaient à México, ville généreuse qui offrait un asile politique aux victimes de tous les totalitarismes : Russes fuyant les persécutions staliniennes, républicains espagnols chassés par le franquisme, juifs d'Europe poursuivis par le nazisme, Italiens rejetés par le fascisme mussolinien. C'était un monde neuf qui l'attendait.

La vie fabrique parfois de ces coïncidences étranges : il y avait tout juste vingt ans, l'homme et la femme quittaient déjà l'Europe, par mer. Expulsés de France et conduits à la frontière espagnole, ils avaient pris un bateau à Barcelone et embarqué pour New York…

Le 7 janvier 1937, l'homme écrivit dans son cahier bleu : « L'année qui vient de se terminer sera dans l'Histoire celle de Caïn. »

Dans deux jours, le bateau aborderait les côtes mexicaines. La femme, comprenant l'inquiétude mêlée de joie de l'homme dont elle partageait la vie depuis si longtemps, lui demanda :

– Nous ne reviendrons jamais en Europe, n'est-ce pas ?

L'homme ne répondit pas, son cœur était rempli d'un tumulte infernal. Alors, comme d'ordinaire, impassible, réservée, la femme se tut. Se regardant dans le miroir de la cabine, elle vit un visage aux traits fins, hier très beau, gardant encore une grande délicatesse, reflétant beaucoup de douceur, encadré de fins cheveux d'un blond cendré. Elle entrait dans sa cinquante-cinquième année et s'appelait Natalia Ivanovna Sedova.

L'homme, qui avait renoncé à se teindre les cheveux pour s'assurer l'anonymat et qui avait retrouvé sa barbiche qu'il avait un temps rasée, avait maintenant cinquante-huit ans. Il se plaignait de perdre la mémoire et d'avoir besoin de somnifères pour dormir. Il se demandait souvent si le sentiment de vieillesse qui était le sien était définitif ou temporaire.

– Tu sais, Natalia, ma jeunesse s'est enfuie depuis longtemps, mais j'ai l'impression qu'à présent, c'est le souvenir même que j'en avais qui s'est évaporé.

L'homme s'appelait Lev Davidovitch Bronstein, plus connu sous le nom de Léon Trotski. Sur les coursives du navire, des oiseaux braillards annonçaient que la terre mexicaine était en vue.

6

Tampico était un port industriel environné de marais sinistres, balayé par les inondations et les ouragans. La ville, où subsistaient encore quelques vieux bâtiments coloniaux construits au XVIe siècle, était aux mains des malfrats et des pétroliers étrangers. Dans les rues grouillait une foule hétéroclite d'évangélistes, d'écrivains publics, de petits vendeurs à la sauvette, de contrebandiers, de prostituées, d'ivrognes qui sortaient en titubant des tripots. C'est là que, le 9 janvier 1937, le pétrolier *Ruth* finit son périple, au terme d'une traversée qui avait duré vingt jours.

Après plusieurs heures de louvoiements dans un désordre de cargos, de pétroliers et de bateaux de pêche, il avait enfin arrêté ses moteurs en plein milieu du port. Léon Trotski n'en démordait pas : les agents de la Guépéou étant partout, il ne consentirait à débarquer que si des amis sûrs venaient à sa rencontre. Une petite vedette à pétrole, sur laquelle flottait un drapeau mexicain, s'immobilisa contre la coque rouillée du pétrolier, dissipant ses craintes. À son bord, le général Francisco Múgica, ministre des Communications et des Travaux publics, lui apportait un message de bienvenue du président Lázaro Cárdenas.

Léon Trotski, costume de tweed et pantalon de golf ; Natalia Sedova, toque sur la tête, jupe étroite arrivant à mi-jambes, en bas de soie noire et hauts talons, empruntèrent l'échelle métallique qui descendait le long du pétrolier. Sur le débarcadère, les accueillirent des fonctionnaires gouvernementaux ainsi que deux trotskistes américains, George Novack et Max Shachtman, qui leur prodiguèrent des marques d'amitié. Le sol mexicain était celui d'une liberté retrouvée, mais ils hésitaient encore : était-ce déjà l'heure de délaisser leur appréhension tenace pour laisser éclater la joie tapie au fond d'eux depuis tant d'années ?

Au milieu du groupe, une très jolie femme s'avança vers eux, les prit dans ses bras, les embrassa et leur expliqua que Diego Rivera, hospitalisé, n'avait pu venir les accueillir.

– Il est vraiment désolé, dit-elle, ajoutant : Mon mari souffre de problèmes rénaux récurrents…

– Vous êtes Frida Kahlo ? demanda Natalia.

– Oui, répondit la très jolie femme, incapable de détacher son regard de l'homme qui était devant elle.

Elle avait du mal à le croire. Elle était en face de Léon Trotski, celui qui, à vingt-huit ans, en 1905, avait été président du premier soviet de Pétersbourg, celui qui avait créé l'Armée rouge et qui avait eu un jour sous ses ordres cinq millions de soldats…

Les quelques formalités accomplies, Trotski adressa au président Cárdenas un télégramme dans lequel il lui témoignait sa profonde gratitude et lui réitérait son engagement : ne pas intervenir dans les affaires intérieures du pays. Puis les deux voyageurs furent conduits sous escorte à leur hôtel, où les attendait une chambre sans ostentation mais confortable et propre.

La courte distance parcourue entre le quai et le hall de l'hôtel leur avait permis de découvrir une ville plutôt laide, sale, polluée, qui n'était pas sans leur rappeler Bakou, en Azerbaïdjan.

De leur fenêtre, qui donnait sur la place d'Armes, ils apercevaient la toute récente cathédrale, mélange d'acier et de béton aux formes curieusement gothiques, dont le sol, disait-on, était pavé de svastikas, et plus loin, un kiosque à musique, sorte de pièce montée en fonte dans un style mauresque.

– C'est donc ici que tout commence, dit Natalia.

Léon ne répondit pas. Il pensait au parfum de Frida. Il avait déjà croisé des femmes qui le portaient mais sur elle il sentait différemment : Shocking, de Schiaparelli. Tout homme sensible à la beauté féminine connaissait l'histoire du célèbre flacon sculpté par Leonor Fini, qui s'était inspirée du buste de Mae West…

7

Dès le lendemain, aux premières heures de la matinée, le train présidentiel *Hidalgo* s'ébranla. En tête, juste derrière la locomotive, se trouvait un wagon d'acier gardé par de petits soldats rabougris, en uniforme de coton sale. Certains étaient montés sur le toit avec leur fusil : les sentinelles. À bord du wagon : Léon Trotski et Natalia Sedova, le général Beltrán, représentant du président de la République, plusieurs gardes du corps armés jusqu'aux dents, et Frida Kahlo. Avant de pénétrer dans la gare, Léon Trotski et Natalia Sedova avaient dû franchir la meute de journalistes qui les attendait. Alors qu'ils montaient dans le wagon, se retrouvant nez à nez avec un garde de la police, tous deux esquissèrent un mouvement de retraite, habités par un sentiment de peur qu'ils connaissaient bien et qui voulait dire : « On nous emmène vers un autre lieu de captivité... »

Mais cette fois, ils se trompaient. Quand le train démarra, on leur offrit des boissons chaudes et de quoi se restaurer. Ils avaient à leur disposition les journaux du jour, un poste de radio et une ligne téléphonique. Le général Beltrán leur montra même un pot de confiture en précisant :

– Pour mettre dans votre thé, c'est comme ça qu'on le sucre chez vous, n'est-ce pas ?

Les six cents kilomètres qui séparent Tampico de México furent couverts en dix heures. Pánuco, Tempoal, Huejutla, Molango, Pachuca étaient autant de sites inconnus, brûlés de soleil, semés de palmiers, de cactus, de broussailles. Parfois, le train passait au milieu de hauts éventails de roche couleur de nacre ou empruntait une voie étroite encadrée de murailles d'un vert intense. Quand il traversait une gare, au ralenti, le sous-officier en tenue kaki qui arpentait le couloir longeant le compartiment, pistolet automatique nickelé à la main, l'air mystérieux, caché derrière deux grosses moustaches, baissait les rideaux pour les ouvrir une fois l'obstacle franchi. Mais Léon Trotski et Natalia Sedova avaient eu le temps d'apercevoir sur les quais des files de vendeurs ambulants proposant des corbeilles de fruits, du tabac, des beignets, des billets de loterie, des cactus confits, des poussins, des cigarettes. Les femmes portaient un châle noir sur la tête ; les hommes étaient habillés de noir et de blanc, parfois de bleu.

À quelques kilomètres de México, le train s'arrêta en rase campagne.

– N'ayez aucune crainte, c'est pour votre sécurité, dit le général Beltrán.

Deux grosses Dodge couleur lie-de-vin les attendaient le long de la voie ferrée. Dans la première, Fritz Bach, un militant socialiste d'origine suisse, et Antonio Hidalgo, un ancien compagnon de lutte d'Emiliano Zapata. Dans la seconde, un policier chargé de leur protection. Ils pourraient y monter avec celle qu'ils appelaient déjà Frida.

Alors que l'opération était sur le point de commencer, ils aperçurent une foule bruyante jaillie des bois alentour, qui se dirigeait vers le convoi, brandissant des banderoles destinées à accueillir le « camarade Trotski » et entonnant des chants révolutionnaires au son des trompettes et des guitares. Dans le même temps, un autre groupe surgit, derrière les Dodges, qui semblait vouloir menacer le premier. Drapeaux du Parti communiste flottant au vent, les hommes et les femmes qui le composaient chantaient, en en détournant les paroles, l'hymne de l'armée de Pancho Villa fredonné dans les salles de bal :

La trotskiracha, la trotskiracha
ya no puede caminar,
porque no tiene, porque le falta
inteligencia pá luchar[1].

Tandis que les deux groupes s'avançaient l'un vers l'autre, Léon Trotski, Natalia Sedova et Frida Kahlo eurent juste le temps de s'engouffrer dans l'une des deux voitures qui démarra en trombe, tandis que les policiers, agrippés aux marchepieds, tiraient des coups de feu en l'air pour disperser les manifestants.

Dans un premier temps, personne ne voulut parler. Il régnait dans la voiture un silence étrange, mélange de tristesse et de peur. Natalia Sedova serrait les mains de son mari. Frida, coincée entre Trotski et la porte, ne savait que

1. « Le trotksicafard, le trotskicafard, / ne peut pas marcher, / parce qu'il ne trouve pas, parce qu'il lui manque / l'intelligence pour lutter. »

dire, sentant contre elle le corps du grand Russe recroquevillé sur lui-même, agité par intermittence de légers soubresauts. Après avoir enfilé une route droite bordée d'arbres, le petit convoi parcourut un long chemin chaotique puis s'engagea dans une suite de faubourgs tous plus sordides les uns que les autres. Le rêve mexicain était-il en train de disparaître alors qu'il venait tout juste de naître ?

Bientôt le trafic s'intensifia. Au milieu d'une enfilade de bâtiments lézardés, apparurent des tramways jaunes qui semblaient courir à toute vitesse, d'improbables autobus Ford tout démantelés et bourrés de monde, un flot d'automobiles qui faisaient un terrible bruit de ferraille, et un défilé ininterrompu de paysans, de soldats, de femmes portant des enfants, d'ânes chargés de lourds fardeaux.

– Nous entrons dans México, dit Frida.

Ce furent ses premiers mots. Natalia Sedova lui répondit par un hochement de tête et son voisin par un sourire.

Construite à l'image d'un échiquier par-dessus les ruines de la capitale aztèque, México étalait, sous son ciel de porcelaine, des rues en forme de grilles, des squares verdoyants, des bâtisses coloniales poussiéreuses, mais aussi, ici et là, des immeubles modernes en construction et d'autres attaqués par le pic des démolisseurs. Léon Trotski et Natalia Sedova n'osaient y croire, yeux grands ouverts, ils découvraient une ville comme ils n'en avaient jamais vu, aux murs couverts de fresques vantant les mérites des paysans, des ouvriers, des zapatistes, et ridiculisant les capitalistes, conservateurs et autres curés peints dans des positions humiliantes et affublés de visages grimaçants. Ville en pleine mutation, México conservait de profondes traces de son passé.

– México a longtemps été une ville plate. Peu de bâtiments avaient plus de deux étages et les terrasses formaient une autre ville au-dessus de la première, expliqua Frida.

Natalia, inquiète, finit par lui demander dans quel hôtel ils allaient descendre. Frida éclata de rire.

– Mais vous venez chez nous, à Coyoacán !

Trotski manifestait une certaine inquiétude. Il lui semblait que la Dodge empruntait des rues dans lesquelles elle était déjà passée.

– Gran Ferretería de la Palma, fit-il remarquer, ça fait deux fois que…

Frida ne lui laissa pas finir sa phrase :

– C'est volontaire, c'est pour tromper l'ennemi… Tout va bien, je vous assure.

Sans cette crainte de l'inconnu qui les accompagnait depuis si longtemps, Léon Trotski et Natalia Sedova auraient été presque heureux. Bien calés dans la puissante Dodge, ils étaient un peu comme deux touristes visitant à présent une jolie ville rose parsemée d'églises et de palais, d'hôtels particuliers imitant ceux de Paris, d'immeubles pourvus de grands vestibules peints et ornés de balcons en fer. La voiture poursuivit son périple, passant de petites rues étroites à de larges avenues. Il leur semblait qu'à chaque coin de rue des amoureux s'embrassaient en silence.

Devant le ministère de la Guerre, Natalia Sedova regarda sans broncher les soldats olivâtres qui exécutaient le changement de la garde en frappant la crosse de leur fusil contre leur giberne. Elle était presque rassurée. Lorsque la Dodge bifurqua sur l'avenue Insurgentes Sur, s'y engageant à vive allure, Léon Trotski sentit tout son corps se détendre. Coyoacán, but ultime de leur voyage, faisait partie de ces bourgades proches de México, lesquelles étaient en train de combler l'espace qui séparait la capitale de ce qui n'était jadis que marécages et terrains vagues. Par les fenêtres entrouvertes de la Dodge, l'air frais apportait les senteurs des eucalyptus et des palmiers disséminés dans les parcs alentour.

Enfin, les deux voitures ralentirent et s'arrêtèrent à l'angle de la rue Allende et de la rue de Londres.

– Voilà, c'est ici, dit Frida, montrant à ses passagers une grande maison de plain-pied aux murs peints d'un intense bleu de cobalt et percés de hautes fenêtres à petits carreaux. De grands arbres jetaient leur ombre mouvante sur une rangée de volets verts.

– Quelle couleur extraordinaire, dit Natalia.

– Alliée au rouge et au vert, elle éloigne les mauvais esprits, répondit Frida.

Adossé à la porte, une sorte de bon géant faisant de grands gestes de bienvenue les attendait.

– C'est Diego, Diego Rivera ? demanda Trotski, mettant sa main sur celle de Frida.

– Oui, répondit-elle simplement, soulagée d'avoir accompli sans encombre sa mission.

8

Très vite, le petit groupe s'engouffra dans la maison, s'étreignant et s'embrassant. Excepté l'incident au sortir du train, tout s'était finalement très bien passé. Un court instant, le temps suspendit son vol : quand, après s'être étreints, Diego Rivera et Léon Trotski se regardèrent longuement. Pour Diego Rivera, Léon Trotski était l'homme qu'avait choisi Lénine, celui qui aurait dû diriger le géant soviétique, le seul à avoir réellement maintenu intact l'idéal révolutionnaire, l'homme qu'il admirait le plus au monde et qu'il avait peint dans ses fresques comme le « chef de la classe révolutionnaire du monde ». Pour Trotski, le peintre mexicain était celui qui luttait sans relâche contre les forces du capitalisme et de l'exploitation, qui avait utilisé l'argent versé par la Fondation Rockefeller pour peindre une copie des fresques de Radio City dans les locaux de la New Workers School, et qui avait placé Lénine au cœur de sa fresque intitulée *L'Homme, maître de l'univers.* Diego Rivera, qu'il avait salué comme le « plus grand interprète de la Révolution russe par le truchement de l'art », était aussi celui qui venait de lui rendre sa liberté et sa dignité.

– L'art, quand il est bon, comme le vôtre, hausse l'esprit humain, dit Trotski.

– La politique, pratiquée par des gens comme vous, rend l'homme meilleur, répondit Rivera.

La conversation se poursuivit jusqu'à une conclusion commune : la politique, aujourd'hui, était devenue aussi destructrice que l'avait été la religion au XVe siècle.

Frida, prenant Natalia Sedova par le bras, proposa qu'on interrompe momentanément cette conversation politique, afin que leurs hôtes se mettent à l'aise, et entreprit de leur faire visiter cette maison dans laquelle elle était née et qui serait désormais la leur, ajoutant :

– Et je propose que tout le monde se tutoie. Nous ne sommes pas des bourgeois, merde !

Composée d'une quinzaine de pièces, la maison, très lumineuse, regorgeait de fleurs, de statuettes précolombiennes et de tableaux. Elle comportait plusieurs chambres, dont une était destinée au garde du corps ; une grande salle à manger, avec une table carrée en pin et un vaisselier, où ils pourraient recevoir tous les amis qu'ils souhaitaient ; une cuisine, où la nourriture s'étalait en abondance ; une vaste pièce éclairée qui, dégagée de ses poupées Judas en papier mâché qui couvraient le sol et les murs, pourrait servir de bureau à Trotski ; enfin, la chambre où l'on avait déjà déposé les valises de Natalia et de Léon. Deux pièces étaient fermées et servaient de débarras. Une dernière était remplie de tables, de chaises, d'étagères à livres et d'idoles encore non classées. La maison, en forme de U, était disposée autour d'un patio, des portes-fenêtres permettant d'y accéder.

– Il existait déjà avant le mariage de mes parents, dit Frida. Il servait de salle à manger extérieure. Quand j'étais enfant, nous y organisions des fêtes.

Natalia ne put retenir ses larmes. Des plantes tropicales s'agrippaient aux murs, des bouquets de tournesols jaillissaient de grands vases de terre cuite, et une multitude de colombes nichaient dans des pots. Au centre du patio trônait une pyramide à gradins servant de piédestal à des idoles précolombiennes. On entendait les perroquets piailler dans le feuillage d'un jacaranda aux immenses fleurs violettes. Dans des cages, des oiseaux chantaient ou jacassaient. Bougainvillées, orangers, cactus faisaient de ce patio un coin de paradis où elle pourrait se promener et prendre le soleil. Si l'on y ajoutait les chats aux longs poils gris et les chiens d'une couleur improbable, ce patio était un univers à lui tout seul, une arche de Noé qui les sauverait de la mort.

Tout ce bonheur ne devait pas faire oublier la réalité. Diego se fit rassurant. Ils n'avaient pas à s'inquiéter, toutes les précautions avaient été prises pour les protéger. Les fenêtres donnant sur la rue avaient été bouchées, la maison mitoyenne et son jardin avaient été achetés pour se protéger d'une éventuelle attaque, un mur de briques serait bientôt érigé sur le trottoir, devant la porte d'entrée. Il avait été convenu que des policiers stationneraient devant la maison durant la journée et qu'une garde privée – constituée essentiellement de trotskistes mexicains, jeunes ouvriers, instituteurs, intellectuels – prendrait la relève pour la nuit ; en tout, une trentaine d'hommes armés. Le frère de Lupe Marín, l'ancienne femme de Diego, serait leur médecin personnel, et plusieurs domestiques seraient mis à leur disposition pour répondre à leurs besoins.

La visite de la Maison bleue terminée, Diego et Frida décidèrent de s'éclipser afin de laisser leurs hôtes s'installer. Natalia manifesta de l'inquiétude. Ils leur laissaient leur maison, certes, mais eux, où vivraient-ils ? Frida éclata de rire.

– Quand on n'est pas séparés, ce qui nous arrive souvent, on vit à San Ángel, un quartier tout près d'ici ! On peut même vous apporter des piments s'il vous en manque pour cuisiner !

Frida ne croyait pas si bien dire. Moins d'un quart d'heure après leur départ, Diego revint, inquiet pour ses invités, armé d'une mitraillette Thompson pour veiller sur eux. Léon sut le convaincre qu'il pouvait retourner chez lui. Il était lui-même armé, bien protégé par la police et estimait qu'il avait assez abusé de son hospitalité. Diego finit par partir, après avoir donné une puissante accolade à Léon et avoir goulûment embrassé Natalia. Se rappelant ce qu'elle avait dit alors qu'elle regardait de sa fenêtre la cathédrale de Tampico, Natalia pensa : « Non, c'est maintenant que tout commence. Nous sommes sur une nouvelle planète, chez Frida et Diego. »

La première nuit de Léon fut agitée. Alors que Natalia dormait profondément, il se leva plusieurs fois, sortit dans le patio, respira profondément, cherchant en vain les odeurs de l'aube prochaine, les limons du lac aztèque, l'écume de la nuit indigène. Rien à faire. À l'instar des rêves, les parfums perdus – ceux dont les livres sur le Mexique lui avaient tant parlé – refusaient de revenir. Natalia finit par le rejoindre.

– Il se passe quelque chose ?
– Non, sois tranquille.
– Je t'ai entendu crier.
– Mais non, tu as dû rêver. Va te recoucher.
– Comme tu voudras…
– Bonne nuit.
– Bonne nuit.

Natalia recouchée, Léon rentra dans la maison et s'assit sur un grand canapé. Après avoir longuement observé le portrait d'une femme, peinte sans doute par Frida, de trois quarts face, mains posées l'une sur l'autre sur le ventre, avec à l'arrière-plan un petit arbre stylisé et au premier quelques branches s'inclinant doucement vers un visage qui, sans trop savoir pourquoi, l'attirait, il finit par s'endormir, la tête reposant sur des coussins brodés parfumés aux senteurs de Shocking de Schiaparelli, et songeant au décolleté profond qui était celui de la femme au portrait.

9

Dans les jours qui suivirent son installation à la Casa azul, Trotski retrouva un entrain qu'il croyait à jamais perdu. L'arrivée de Jean van Heijenoort, grand et beau jeune de vingt-cinq ans qui, depuis octobre 32, était à la fois son secrétaire, son traducteur et son garde du corps, n'y était pas étrangère. En peu de temps, son bureau fut installé, les collaborateurs recrutés, les tâches de chacun attribuées, et on trouva même une dactylographe russe très compétente, Rita Jakovlevna, qui, dès le 16 janvier, se mit au travail. L'essentiel des activités envisagées par Trotski étaient destinées à couvrir les dépenses courantes : il organiserait des séminaires sur des questions d'actualité, donnerait des interviews rémunérées, voire vendrait les copies de sa correspondance politique, et, si cela ne suffisait pas, proposerait à un éditeur, après celle de Lénine, une biographie de Staline, ce que Natalia désapprouvait, estimant qu'il s'abaissait en acceptant de faire le portrait de son rival et ennemi.

Dans les premiers temps, Trotski se permit même le luxe de faire quelques courtes promenades dans les rues de Coyoacán, que la mère de Frida appelait « le village ».

Ainsi put-on le voir du côté de la place Hidalgo et du parc du Centenaire, près des anciens canaux aux haies vives et jusque sur la place de la Conception, où une vieille maison peinte en rouge sang avait, dit-on, appartenu à La Malinche, la compagne indienne de Cortés, devenue symbole de trahison et de collusion avec l'étranger.

Mais si l'homme politique était capable en peu de temps de mettre sur pied une équipe efficace, de prendre toutes les précautions voulues lorsqu'il se déplaçait, allant même jusqu'à décliner une invitation du général Cárdenas, parce qu'il estimait que ses ennemis ne manqueraient pas d'y voir on ne sait quelle collusion entre le Président mexicain et lui, l'être humain qu'il était se révélait incapable de faire face aux petites choses quotidiennes de la vie.

Ainsi un matin, la sœur de Frida, Cristina, qui avait dû laisser la Maison bleue qu'elle occupait avec leur père et ses enfants afin que Trotski s'y installe, vint frapper à la porte pour prendre un certain nombre de vêtements qu'elle avait oubliés, dans la précipitation du départ. La vie étant exempte de hasard, c'est Trotski qui vint l'accueillir après que les policiers l'eurent introduite dans ce qu'il n'y avait pas si longtemps encore était sa maison.

Petite, potelée, jolie, très coquette, avec d'immenses yeux bleu-vert, avant d'être une sorte de bras droit de Frida, elle était d'abord sa sœur, avec laquelle elle partageait secrets, chagrins et joies. Natalia étant sortie, Trotski resta un certain temps avec elle, qui lui raconta un peu de sa vie. Avec une vraie bonne humeur, elle lui confia que, contrairement à Frida qu'on parait de toutes les qualités, on l'avait surnommée la «*chaparita*», c'est-à-dire le petit avorton. On estimait qu'elle était maladroite, idiote, on lui reprochait même sa santé éclatante alors que sa sœur avait déjà dû faire face à tant d'opérations, d'accidents et de maladies.

Trotski, sous le charme, ne disait plus rien. Il était troublé et ne trouvait aucune explication à son trouble, jusqu'à ce que la jeune femme, sautillant comme une danseuse, lui demande s'il avait vu son portrait peint par sa sœur.

– Quel portrait ? demanda-t-il.

- Celui qui est derrière nous, au-dessus du canapé !

Cristina portait la même robe blanche, très décolletée...

Avant de partir, les bras chargés de sacs contenant les vêtements qu'elle était venue chercher, elle fit promettre à Trotski qu'il l'accompagnerait un jour pour lui offrir une glace ou un jus de fruit glacé à la noix de coco au *Plaza*, l'un des bars en vue de Coyoacán.

Dès lors, Trotski n'eut de cesse de découvrir où Cristina habitait, en réalité à quelques pâtés de maisons de la rue de Londres, passant ses journées à élaborer des stratégies, à poser des questions, jusqu'à délaisser son travail pour essayer de retrouver l'adresse de la jeune femme. Jean van Heijenoort, très hostile au projet, tenta de l'en dissuader, l'engageant plutôt à poursuivre la dictée de ses écrits. Mais Trotski, passant des heures à regarder le portrait de la femme au décolleté, ne voulait pas en démordre. Plus rien d'autre ne semblait l'intéresser, à tel point qu'il fallut toute la force de persuasion de Natalia, laquelle évidemment ne se doutait de rien, pour qu'il accepte l'invitation à dîner que Frida et Diego leur avaient fait parvenir, afin de fêter leur venue, s'excusant même de ne pas l'avoir fait plus tôt.

– On ne peut pas refuser, Léon. C'est impossible, impossible, décida Natalia.

– On ne trouvera jamais leur maison…

Natalia, d'ordinaire plutôt calme, eut toutes les peines du monde à garder son sang-froid :

– À quelques rues d'ici, à l'angle de la calle Palmas et de l'avenida Altavista, ce n'est pas très compliqué !

– Toutes les maisons se ressemblent…

– Deux constructions cubiques qui se font face, et réunies par une passerelle : la plus grande, de couleur rose, celle de Diego ; la plus petite, bleue, l'atelier de Frida, et tout autour une haie de cactus tuyaux d'orgue, tu en as vu beaucoup toi, à México, des maisons comme celles-là ? Et Jean a déjà étudié le parcours.

– C'est un complot, ma parole. J'aurais dû toute ma vie faire face à des complots. Tu es une comploteuse, Natalia Ivanovna Sedova !

– Et toi une tête de mule, Lev Davidovitch Bronstein, répondit Natalia qui sourit en constatant qu'elle était arrivée à ses fins.

10

– Avec un pistolet à la main, le fumier ! hurlait Diego, debout sur sa chaise, ingurgitant un énième verre de tequila.

Autour de la table décorée d'une guirlande de pétales de roses rouges formant le mot « VIVA TROTSKI », une trentaine de personnes chahutaient l'orateur, applaudissant, poussant des cris stridents, imitant des bruits d'animaux. Antonio Hidalgo, le haut fonctionnaire qui accompagnait Trotski et assurait la liaison entre le Gouvernement et les différents services d'ordre le protégeant, entreprit de lui donner quelques informations sur les convives présents :

– Ici, Guadalupe Marín, l'ex-épouse de Diego. Là, Juan Guzmán, un photographe né en Allemagne. À sa gauche, Chucho Paisajes, l'ami d'enfance de Frida. Aurora Reyes, une muraliste. Carlos Chávez, le directeur de l'orchestre symphonique…

Diego arrêta tout net l'énumération, il devait faire une annonce solennelle qui provoqua un silence admiratif :

– Mesdames et messieurs, Léon Trotski et Natalia Ivanovna Sedova.

Visage auréolé de cheveux gris, port de tête altier, corps bien droit, poitrine forte, dos large et robuste, Frida découvrait un homme qu'elle avait en somme à peine vu, qu'elle avait cru, on ne sait pourquoi, petit, et qui en réalité devait mesurer un bon mètre quatre-vingts. Visiblement séduite, elle lança :

– Léon à ma droite, Natalia à ma gauche, tout en demandant aux convives de se décaler d'une place, ce qu'ils firent tous de bonne grâce dans un chahut joyeux.

Jean van Heijenoort et Antonio Hidalgo, arme à la ceinture, se postèrent devant les deux issues menant à la vaste cuisine où avait lieu le dîner : la porte et la fenêtre.

– Permettez, chers amis, que je reprenne mon récit au début…

– Tout en mangeant, s'il te plaît, l'interrompit Frida, qui fit signe aux domestiques de commencer le service, précisant à haute voix, après les décennies bourgeoises de la gastronomie française, je vous invite à un repas mexicain : piments froids farcis, romarin frais accompagné de galettes aux crevettes et de figues de Barbarie, haricots noirs frits recouverts de fromage et galettes de maïs croustillantes.

– Mes plats préférés, ajouta Diego à l'adresse des nouveaux arrivants, tout en restituant son histoire dans son contexte.

Pilier inamovible du Parti communiste mexicain, David Alvaro Siqueiros, l'un des trois grands peintres muralistes avec José Clémente Orozco et Diego, avait pris depuis longtemps, et sans ambiguïté, des positions d'un sectarisme absolu et se définissait lui-même comme un « artiste soldat ». Ayant combattu durant la révolution mexicaine et pendant la guerre civile espagnole, Siqueiros était considéré par certains comme un véritable tueur. Opposant farouche de Diego Rivera depuis que celui-ci avait quitté le Parti, il ne manquait jamais de le dénigrer. Or, quelques jours auparavant, s'était tenue à México une réunion publique durant laquelle les deux coqs s'étaient retrouvés sur la même estrade.

– Cet enculé m'a traité de « faux révolutionnaire », d'« opportuniste cynique » et a beuglé dans le micro que mon travail était celui d'« un piètre technicien à l'imagination limitée ».

– Et comment tu as réagi ? demanda l'historienne Anita Brenner tout en arrosant copieusement ses poivrons farcis de sauce aigre-douce.

– Je l'ai traité d'assassin, je lui ai dit qu'il aurait dû intituler sa fresque « Marche de l'Humanité vers la Révolution », « Marche des lécheurs de culs staliniens », et j'ai sorti mon pistolet.

– Votre pistolet ? ne put s'empêcher de lancer la femme de Trotski.

– Oui, Natalia, mon pistolet.

– Et alors ?

– Et alors il a dégainé le sien, et on a commencé à les agiter au-dessus de nos têtes en continuant à s'insulter.

– Voilà le Mexique..., glissa Frida à l'oreille de Léon.

Diego poursuivit :

– Et puis on a ouvert le feu, tous les deux en même temps. On a fait voler des éclats de plâtre au plafond, le public a commencé à quitter la salle. Et quand on a annoncé l'arrivée des flics, on est reparti chacun de son côté en attendant la prochaine fois ! Et là, je lui tirerai dans les couilles !

Salvador Novo, poète, célèbre chroniqueur, et accessoirement ex-amant de Frida, prit la parole. Ses mots sonnèrent comme une conclusion :

– Eh bien, chers amis, j'ai le titre de mon prochain article. Je qualifierai ce drame politico-esthétique de « splendide représentation du combat du stalinisme contre le bolchevisme léniniste ».

– Qu'en pensez-vous, mon cher Léon ? demanda Diego.

Ce fut Frida qui répondit à sa place :

– Mes chers amis, mes « *cuates, cuatazones, cuatachos* », Léon n'en pense rien, il est en train de découvrir la nourriture mexicaine et voudrait manger en paix !

Devant la mine éberluée de Trotski qui était tout sauf habitué à se faire chahuter de la sorte, tout le monde éclata de rire, à commencer par lui, le grand Lev Davidovitch Bronstein totalement séduit par l'effronterie de Frida qui semblait vouloir profiter de tous les instants de la vie, le monde autour d'elle n'étant qu'un éternel prétexte à s'amuser.

Même si certains tentèrent à plusieurs reprises de revenir sur le terrain politique afin de savoir si oui ou non les Mexicains avaient le droit de se vanter du fait que leur révolution, précédant de sept ans celle de Russie, avait ouvert le cycle des revendications prolétariennes au XXe siècle, la soirée s'orienta vers des préoccupations plus légères. Léon Trotski était aux anges et découvrait une autre vie, une autre façon d'être et de se comporter.

– Il faut tout célébrer, disait Frida, les baptêmes, les anniversaires, et participer à toutes les fêtes populaires, profanes, religieuses – et même danser avec la mort.

Il lui semblait que cela faisait des décennies qu'il n'avait pas autant ri, sans contrainte, sans remords. Cela lui rappelait son séjour à Paris entre 1914 et 1916, avant que les autorités françaises ne l'expulsent. La vie alors ne coûtait rien. Lui et ses amis de Montparnasse passaient des heures aux tables de La Rotonde et du Dôme, à se tenir chaud autour d'un café-crème et à refaire le monde. Un jour, Libion, le patron de La Rotonde, lui avait même donné 5 francs en lui disant : « Va te trouver une femme, tu as le regard d'un fou. » Cette jeunesse, cette liberté, la certitude que tout était possible, neuf, il la retrouvait ici, intacte.

Au cœur de cette société débridée faite de rires, de provocations, d'une certaine forme de liberté intelligente, il faut dire que Frida était la reine incontestée de la fête. Si la première partie de la soirée avait été tout entière à Diego, la seconde était bien à elle. Des heures durant, elle chanta de sa voix de fausset des *corridos* et des couplets de *La Malagueña*, jura comme un charretier, aligna mauvais calembour sur mauvais calembour, créant à tout propos des diminutifs adaptés à chaque personne, « *doctorcitos* » pour ses amis médecins, « *chulitos* » pour ses amis masculins, « *chaparritas* » pour les petites femmes, s'appelant elle-même la « *chiquita* », la « *chicuita* », la « *Friducha* », ne terminant jamais une phrase sans l'accompagner de puissants éclats de rire – « *carcajadas* ».

Dans ce pays où la situation des femmes, malgré la révolution, laissait nettement à désirer, même dans les milieux favorisés, où elles n'étaient là que pour servir leur homme, où bien souvent elles restaient debout durant les dîners, Frida apparaissait comme une formidable exception.

Vers 3 heures du matin, tout le monde rentra chez soi.

Un peu ivre et heureux, Leoncito, comme l'avait appelé Frida avant de l'embrasser sur la bouche, s'engouffra dans la voiture. Natalia ne semblait guère apprécier l'outrance de leur hôtesse, notamment lorsque celle-ci avait revendiqué vouloir incarner ouvertement « le phénomène de l'homosexualité féminine », ce qui visiblement n'avait pas laissé Trotski indifférent.

– Tu te souviens de ce que tu m'as dit, après la soirée de Nouvel An, chez Kamenev, en 1926 ?

– Il y a plus de dix ans, c'est vieux, répondit-il.

– Tu m'as dit : « Je ne peux pas supporter ça ! Des liqueurs, des robes, des bavardages ! On se croirait dans un lupanar ! »

– Tu as raison, Natalia. À cette époque, je ne fumais pas, je ne buvais pas d'alcool, j'allais me coucher à minuit. Mes seules distractions étaient la chasse et la pêche. Je trouvais mon bonheur à me promener entre les roseaux, à l'aube, à guetter le canard sauvage, à tendre des filets, à gravir les pentes d'un bois pour finir par abattre un ours brun. Il y avait beaucoup de vent, de la neige, une eau glacée. Mais ici, Natalia, c'est une autre vie, et qui me plaît. Au point où nous en sommes, il vaut mieux que nous vivions pleinement chaque seconde de bonheur, tu sais…

Trotski ne croyait pas si bien dire. Jean van Heijenoort dut tourner plusieurs fois autour de la Casa azul avant de pénétrer dans le garage ouvrant sur la rue Allende. Il trouvait qu'il y avait un peu trop d'hommes cachés sous les porches, dissimulés derrière les arbres ou profitant de la noirceur de la nuit, en un mot que la rue regorgeait d'ombres suspectes. Certes, la police mexicaine assurait la protection de Trotski vingt-quatre heures sur vingt-quatre, mais elle n'était pas la seule à le surveiller avec vigilance. Les autorités américaines, qui lui avaient refusé le droit d'asile, avaient aussi envoyé des « observateurs », tout comme le Parti communiste mexicain qui tenait Moscou informé du moindre de ses faits et gestes.

La remarque de Natalia lui avait gâché la soirée. Il se coucha sans l'embrasser mais avec une certitude : ce n'est plus Cristina qui le troublait mais Frida.

11

Dans les semaines qui suivirent, Frida et Léon se virent fréquemment. Une amitié réelle naquit entre eux. Frida aimait venir rue Allende, où Léon la recevait dans son bureau. Les mains appuyées sur le rebord de la table de travail, puis s'agitant bientôt en de larges gestes, il abordait avec aisance des sujets politiques sur lesquels il revenait souvent : la loyauté envers un gouvernement qui lui avait permis de renaître, l'énumération des mérites comparés de Cárdenas et de Lincoln, la certitude attristée que le Français Léon Blum ne serait jamais assez fort pour résister au fascisme. Un jour, alors qu'il caressait d'une main distraite les poupées Judas, il fit à Frida cet aveu singulier : « Si je n'avais pas été là en 1917, à Saint-Pétersbourg, la révolution d'Octobre n'aurait pas eu lieu. »

Ce fut comme un déclic. Frida lui demanda d'abandonner, du moins lors de leurs conversations, le terrain de la politique. Elle voulait des échanges plus intimes, plus amicaux, durant lesquels il lui parlerait de lui. Il accepta sans hésiter. Alors, il évoqua pour elle la cabane de paysans coiffée de chaume plat et partagée en cinq petites pièces basses, où il était né et avait grandi jusqu'à l'âge de dix ans.

Il parla avec émotion de sa mère qui, en plein hiver, lui lisait « d'un air assidu et tranquille », les lettres de l'alphabet qu'il avait découpées puis collées, une par une, sur les carreaux de la fenêtre ornés de givre. Il se souvint, ému, de la petite revue imprimée avec l'aide d'un cousin plus âgé qui en avait dessiné la couverture, des jeux de plein air qu'il n'aimait pas, lui qui ne savait ni patiner ni nager, de la belle entente qui régnait à Odessa entre juifs, Grecs et Russes. Et surtout, il lui parla longuement de ce sentiment de révolte qui bondissait en lui depuis l'enfance : très tôt, il avait su qu'il appartenait à cette race de rebelles qui consacrent leur vie au progrès des hommes.

Frida lui montra la chambre de la Casa azul où elle était née à une heure du matin ; lui parla des *corridos* achetés un centime, qu'elle entonnait à tue-tête avec sa sœur Cristi, toutes les deux enfermées dans une grande penderie qui sentait le noyer ; de l'émotion restée intacte dans son souvenir de la Révolution mexicaine, qui l'avait poussée à treize ans à entrer aux Jeunesses communistes.

– Je croyais que nous ne devions pas parler de politique ? fit remarquer Trotski.

– Ce n'est pas de la politique, c'est de l'émotion…

À d'autres moments, ils se promenaient dans les rues pavées de Coyoacán, s'amusant à semer les gardes du corps. En quelques pas, ils étaient au Zócalo, la place principale, et sur celle du marché, se perdant au milieu des boutiques de chapeliers, des vendeurs d'amulettes en argent et de châles, d'agrumes et de canne à sucre, de fruits confits et de viandes faisandées. Au sol, des nattes, des terres cuites, des pyramides de légumes. Dans les rues adjacentes, des femmes assises en cercle offraient sur des plateaux de feuilles des poissons orange et argent. Et quand l'obscurité tombait, les vendeurs allumaient leurs torchères d'étain et les flammes dansaient, venant lécher leurs visages. Parfois des mariachis entonnaient une chanson pour quelques pesos.

Un jour, ils revinrent du marché Melchor Ocampo, tout proche de la Casa azul, une pastèque sous le bras.

– Regarde, dit Frida, quel fruit extraordinaire ! À l'extérieur, elle est toute verte, et à l'intérieur, elle est d'un rouge et d'un blanc intenses. L'agave, lui, est écarlate, semblable à une grenade tachetée de brun. La *pitahaya* a la peau couleur fuchsia, renferme une pulpe teintée de gris pâle et parsemée de petites graines noires. C'est merveilleux, non, Léon ! Merveilleux, non ! Je vais te dire, les fruits comme les fleurs sont doués d'un langage et nous enseignent des vérités cachées…

Puis elle prit une sapote, un melon, une anone, un régime de bananes roses, ajouta quelques avocats et posa le tout dans une corbeille.

– Quelle splendide nature morte, non ?

Léon, littéralement, était aux anges.

Quelle vie nouvelle et quel bonheur ! Ils allaient au cinéma, n'ayant que l'embarras du choix : Alcázar, Fénix, Mondial, Trianon Palace, Alameda. Après le film, parfois, Frida invitait Léon à dîner dans un des bars chinois de la rue Bucareli. L'après-midi, ils se gavaient de tortillas de maïs garnies de fromage et de couenne de porc. Plus rarement, mais avec le même plaisir, Léon retrouvait Frida chez elle, dans son autre maison du quartier San Ángel. Lors de sa première visite, il n'avait pas pu s'y promener et n'avait pas remarqué le mobilier moderne : tables, chaises, fauteuils à structure tubulaire en acier poli, sièges et coussins recouverts d'un élégant cuir couleur citron vert, briques rouges du plafond, murs blancs, parquet jaune – une vraie demeure d'architecte…

Frida lui fit visiter la maison, sautillant devant lui comme une ballerine : au rez-de-chaussée, le garage qui lui servait d'entrepôt ; au premier, un salon-salle à manger et une petite cuisine ; au second, un atelier-chambre à coucher pourvu de larges baies vitrées et d'une salle de bains. Enfin, sur le toit plat, une terrasse d'où partait une passerelle qui menait à l'atelier de Diego. C'est là qu'un soir, il lui raconta qu'alors qu'il était en train de dialoguer en direct, dans une pièce de l'immeuble de la compagnie de téléphone à México, avec des trotskistes américains réunis en meeting, la communication avait été brusquement interrompue, sabotée par des agents russes et américains, ennemis soudain unis pour la bonne cause.

– Pour te clouer le bec ! dit Frida.

– Évidemment ! répondit Léon.

Au début réservée, Frida finit par lui montrer une toile à laquelle elle était en train de travailler dans la grande pièce du second étage. Elle s'était peinte assise, sur un lit, à côté d'un gros baigneur nu, inanimé, presque stupide. Ce n'était pas une mère avec son enfant, mais une femme qui posait à côté d'un mannequin sans âme.

Léon dit :

– Ta solitude, n'est-ce pas ?

Après un long silence, Frida, se sentant vaciller, répondit :

– Oui, exactement ça.

– Et comment l'appelleras-tu ?

– « Moi et ma poupée »... Titre provisoire...

C'était étrange comme cet homme venu de l'autre côté de la terre semblait si bien la connaître et la comprendre. Elle faillit lui confier qu'elle avait peint ce tableau après une nouvelle fausse couche, mais elle pensa que c'était trop tôt, qu'elle ne pouvait pas lui avouer des choses aussi intimes. Alors elle lui prit la main, la baisa et lui dit merci. Ce qui le troubla.

Quelques jours plus tard, Léon revint à San Ángel. Il croisa Diego qui partait en claquant la porte. Frida était en larmes, allongée sur le lit de sa chambre-atelier. Ils s'étaient une nouvelle fois disputés, violemment. Frida en avait assez. Il venait sous ses yeux d'essayer d'engager une jeune voisine à poser nue pour lui et, pour lui montrer de quelle nature devrait être la relation entre le peintre et son modèle, il l'avait embrassée sur la bouche.

– Devant moi, ne cessait de répéter Frida, parce qu'il sait que je déteste ça, qu'il introduise sa langue de force dans la bouche d'une femme, sous mes yeux, ça me dégoûte, c'est comme ça ! Et il le fait exprès, il en pisse de joie dans son froc !

Léon ne savait que faire, comment réagir.

– J'en ai vraiment assez. L'autre jour, il a échafaudé toute une théorie sur le fait que la Vierge avait conçu Jésus en étant transpercée par un rayon cosmique. Et que d'ailleurs cela était arrivé à d'autres femmes, comme à notre cuisinière, une paysanne qu'il venait de mettre enceinte ! Il me prend pour une conne ! Les gens disent : quel excellent conteur, quel beau parleur ! Quel beau menteur, oui ! Ce dont je rêve, c'est de lui couper les couilles, à ce fils de pute, et d'en finir une bonne fois pour toutes !

Frida, hors d'elle, confia même à Léon que le « trotskisme » de Diego était une vaste blague. Il était devenu trotskiste parce qu'il cherchait un programme politique à l'intérieur de la gauche révolutionnaire, mais en dehors du Parti communiste évidemment, et qui pourrait le cas échéant le soutenir en tant qu'artiste.

– Par pur calcul, Léon, aucune conviction personnelle ! Trotskiste, lui ? Mon cul !

Les confidences de Frida étaient si intimes que Léon ne savait comment les recevoir. Ainsi, il apprit que dans l'intimité elle et Diego se vouvoyaient, qu'ils jouaient à l'enfant et à la mère, et que dans ces moments-là, le grand Diego Rivera parlait comme un bébé et se mettait à quatre pattes, déplaçant ses cent cinquante kilos comme il pouvait. Il apprit que Diego était insatiable, imprévisible, constamment infidèle, et qu'il était impossible de compter sur lui « sur le plan affectif », qu'il se dérobait toujours et n'était jamais là « en cas de coup dur »... En réalité, les rapports entre Frida et Diego étaient très problématiques.

– Je suis dans un tel état de tristesse et d'ennui, que je n'ai même plus envie de peindre, Léon. Avec Diego, la situation empire de jour en jour. Après avoir sombré durant des mois dans le tourment, j'avais cru que les choses allaient changer un peu, mais c'est tout le contraire qui se passe. Voilà pourquoi je suis cette femme seule, sans bébé, fumant une cigarette à côté d'un baigneur momifié.

Frida conçut un plan machiavélique. Puisqu'elle était attirée, et depuis le début, par Trotski, elle la communiste, elle se rapprocherait encore plus du grand homme. Cette idée qui lui trottait dans la tête depuis un certain temps se cristallisa un jour qu'ils revenaient tous deux du marché aux fleurs, au milieu des couronnes mortuaires dressées sur leurs tréteaux ; des nains serrant dans leurs poings des bouquets de violettes et de fleurs aqueuses qui dépérissent à l'air ; des monceaux de fleurs coupées, vertes, jaunes, argent, noires, rouges qui ont la saveur douceâtre de la mort ; de toute cette foule d'hommes en armes, d'enfants au bras de leur père, de femmes courbées sous les paquets. Son plan machiavélique, Frida le conçut au cœur de ce Mexique allègre, plein d'une fureur profonde. Diego en serait à jamais blessé.

Un soir qu'elle était allée rendre visite à Léon et à Natalia, elle dit à Léon, au moment de le quitter :

– Nous pourrions faire un tour au *Salon Los Angeles*. Comme on dit ici : « qui ne connaît pas *Los Angeles* ne connaît pas México ».

Puis elle ajouta : *All my love*.

– *Me too*, répondit Léon.

Tous deux s'aperçurent qu'ils venaient de s'exprimer en anglais, car ils savaient que Natalia ignorait tout de cette langue. Et cela les troubla, cette connivence instinctive, ce secret partagé. Pour une fin février, il faisait trop chaud, et la flore comme les sens semblaient désorientés.

12

Depuis son arrivée à la Casa azul, Trotski travaillait chaque jour avec une certaine routine plutôt agréable et dans un calme relatif. Mais aujourd'hui, c'était différent, il était furieux. Tout en soulignant au crayon rouge les passages les plus virulents que la presse communiste mexicaine venait de lui consacrer, il les lisait à haute voix à Natalia :

– Écoute ça : « Trotski n'est qu'un boyard contre-révolutionnaire voyageant avec sa valetaille. » Et ceci : « La Casa azul : le repaire du nouveau garde blanc. » Et ce troisième : « Il serait temps de prendre toutes les dispositions pour exprimer notre mépris pour ce renégat » !

– Lvionotchek, calme-toi. C'était pareil en France, en Norvège, partout où nous sommes passés...

– Ne m'appelle pas « Lvionotchek », veux-tu, c'est ridicule.

– « Petit lion », c'est gentil, non ?

Mettant sous les yeux de Natalia le journal de la Confédération des travailleurs mexicains, il se mit à hurler :

– Un sommet ! Le meilleur pour la fin !

– Évidemment, c'est un bastion stalinien et son premier secrétaire, Lombardo Toledano, est un agent du Kremlin...

– Lis, Natalotchka, je t'en supplie, lis, ne m'énerve pas davantage.

Natalia s'exécuta :

– « La rumeur accusant le président Cárdenas d'exproprier les actionnaires britanniques et américains à l'instigation de Trotski se précisant, nous ouvriers de la CTM affirmons haut et fort qu'il n'y aura ni trêve ni repos jusqu'à ce que le youpin Lev Davidovitch Bronstein, chef de l'avant-garde de la contre-révolution, ennemi du peuple chinois, du gouvernement espagnol et du prolétariat, soit expulsé ! Quant à son soutien au… »

N'attendant pas la fin de l'article, Trotski sortit de son bureau en claquant la porte vitrée divisée en petits carreaux de couleur. Les pluies mexicaines ayant depuis longtemps érodé le mastic des vitres, celles-ci tombèrent l'une après l'autre, le fracas cristallin de chaque chute se répercutant à travers la maison… Une fois dans le patio, il laissa sa colère redescendre. Mais le constat était amer : l'amitié avec Frida ne cessait de grandir, sa santé semblait s'être améliorée, et voilà que ces maudits articles le ramenaient à ce qui avait toujours été sa réalité profonde : il suffisait qu'à un moment ou un autre de sa vie il se sente heureux pour que le malheur frappe à sa porte.

Cependant le pire restait à venir. Et cette fois le malheur ne se contenta pas de frapper à sa porte, il l'enfonça dans un bruit de tonnerre. Alors qu'il venait de passer quelques jours idylliques dans la maison de campagne d'Hidalgo à Bojórquez, près de Cuernavaca, un nouveau procès s'ouvrit à Moscou. Dix-sept personnes avaient pris place au banc des accusés et parmi elles, Trotski, principal inculpé *in absentia*. Parmi la multitude d'accusations toutes plus absurdes les unes que les autres – sabotage des voies ferrées, vol de nourriture, tentative d'assassinat sur Staline par empoisonnement de ses chaussures et de sa gomina –, l'une d'entre elles le touchait plus particulièrement : on lui reprochait d'avoir signé un accord secret avec Hitler et l'empereur du Japon, afin de chercher à précipiter la guerre pour reprendre le pouvoir en Russie ! Il fallait réagir très vite. Estimant qu'un homme ne pouvait pas être condamné sans avoir la possibilité de se défendre, un comité américain pour la défense de Léon Trotski fut réuni, secondé dans ses travaux par un comité d'enquête sur les procès de Moscou dirigé par le philosophe John Dewey, professeur renommé dans le monde entier et dont la seule présence était un gage de sérieux.

Pendant une semaine, la Casa azul fut transformée en bunker : policiers fouillant les participants, portes-fenêtres masquées par des panneaux de bois, barricades de six pieds d'épaisseur formées de briques cimentées et de sacs de sable élevées sur le trottoir. À l'intérieur, après que Natalia eut caché provisoirement une grande toile représentant un nu espagnol du XIXe siècle trônant dans les toilettes, de peur qu'un journaliste mal intentionné ne vienne raconter que Trotski était entouré de peintures pornographiques, les cinquante membres de la commission, au terme d'interminables discussions fidèlement retranscrites par Ruth Ageloff, une jeune trotskiste américaine, finirent par mettre au point un document rédigé en anglais démontant une à une toutes les accusations portées contre Trotski : terrorisme, espionnage, sabotage, trahison, tentative d'empoisonnement...

13

Durant ces jours sinistres, Léon n'avait pu voir Frida qu'une seule fois. Pour cela, il avait dû tromper et ses gardes du corps et les policiers en faction à l'extérieur de la maison. Jean van Heijenoort, fidèle parmi les fidèles, était sorti au volant de la voiture, tandis que Trotski, allongé entre les sièges avant et la banquette arrière, était dissimulé sous une couverture ! Immédiatement, il avait repris vie au contact de Frida, qui lui avait montré un dessin à la mine de plomb intitulé « L'accident ». On y voyait une jeune fille allongée sur une civière de la Croix-Rouge et un autobus percuter un tramway entouré de gens morts ou blessés.

– J'avais dix-neuf ans, quand je l'ai dessiné, dit Frida, ajoutant en embrassant Léon sur la joue : Je suis si contente de te voir. Tu m'as manqué.

– Toi aussi, tu m'as manqué.

– Alors, et ce procès ?

– On a dit qu'on ne parlait pas de politique…

– Cette fois-ci c'est différent.

– C'est presque fini. La lumière est en train de se faire, répondit Léon sur le ton de la plaisanterie, puis, redevenant soudain grave : Pourquoi me montres-tu ce dessin ?

– Je ne l'ai jamais montré à personne. Même pas à Diego. C'est la seule fois que j'ai dessiné ce qui m'est arrivé.

– Ce qui t'est arrivée ?

– La fille, sur la civière, c'est moi. J'avais dix-huit ans…

Cette après-midi-là, blottie contre Léon, Frida lui raconta ce jour terrible de septembre 1925, où l'autobus dans lequel elle était montée avait été percuté par un tramway. Vêtue d'une robe légère que le choc avait enlevée, elle s'était retrouvée nue, recouverte de peinture dorée, échappée d'un pot qui était tombé des mains d'un voyageur peintre en bâtiment. « La danseuse, la danseuse… », avait dit les passants. Une rampe d'escalier lui avait pénétré le flanc et était ressortie par le vagin. Le bilan avait été atroce : colonne vertébrale brisée, côtes et col du fémur rompus, jambe gauche fracturée, pied gauche écrasé, épaule gauche démise, os pelvien disloqué…

– On m'a crue morte, Léon. Et c'est vrai, ce jour-là quelque chose en moi est mort. D'ailleurs je ne peux plus avoir d'enfant, murmura-t-elle. Puis elle ajouta : Excuse-moi, tu as tellement de soucis et moi je t'ennuie avec mes vieilles histoires.

– Ce ne sont pas de vieilles histoires, Frida. Je suis très ému que tu me confies tout cela, tous ces instants si graves de ta vie.

– Tu dois comprendre une chose, Léon… Le Mexique, en surface, est très agréable. Le soleil y brille tous les jours, de grandes fleurs vives décorent les arbres, la fête y explose à chaque coin de rue, mais en réalité cet endroit exhale une atmosphère cruelle, pénible, destructrice. Ceux qui vivent à México depuis plusieurs générations le savent : « Le cri mexicain est toujours un cri de haine. » N'oublie jamais ça.

Les heures qu'il passait avec Frida étaient toujours des heures essentielles, légères ou profondes mais toujours essentielles. Ce n'est pas qu'il n'aimait plus Natalia, il y avait toujours entre eux cette extraordinaire et immédiate disponibilité d'esprit, pour les petites choses ou les grandes, et qui donnait invariablement prétexte à des commentaires pénétrants, mais avec Frida il redécouvrait des sensations qu'il avait depuis longtemps oubliées. Leur communion d'idées n'était pas une évidence, ils sentaient que sur certains sujets ils étaient très éloignés l'un de l'autre, mais ils s'étonnaient toujours l'un l'autre, par une pureté commune, une même passion, une même rigueur au service d'une curiosité illimitée. Le sexe n'était pas encore présent dans leur relation, mais chacun savait que le moment venu cela arriverait. Alors, Frida serait pour lui une renaissance : avec elle, il en était certain, tout serait possible et neuf. Car tout ce qu'il vivait avec elle était possible et neuf. Ainsi, lorsqu'il lui racontait son goût pour la nature, pour la pêche, son intérêt pour la botanique, c'était comme s'il les revivait pour la première fois. « L'île de Prinkipo était couverte de pins dont l'odeur forte flottait dans l'air. Le sol était rouge. La mer et le ciel prenaient aux différentes heures de la journée des couleurs changeantes », disait Léon à Frida, qui partait avec lui pour un voyage dans une Russie qu'elle touchait presque du doigt, d'aubes et de crépuscules mauves, surtout lorsqu'il lui faisait le récit de ses anciennes chasses au loup en Sibérie, quand le paysan court très vite, dévide une pelote de ficelle enduite de suif et décrit un large demi-cercle que la bête ne pourra jamais franchir.

Avant qu'il ne retourne à la Casa azul, Frida demanda à Léon une faveur qu'il lui accorda immédiatement : quand toute cette mauvaise histoire de procès serait terminée, ils iraient tous deux au *Club aztèque*, dont les murs étaient recouverts de feuilles de papier de chocolat argenté, écouter la célèbre et incommensurable Coquito, reine de la rumba et impératrice du cuplé, et ils boiraient des coupes glacées de margarita.

14

Les pluies de printemps n'ayant pas encore commencé, l'averse de la veille n'avait été qu'accidentelle. Il régnait à México une drôle d'atmosphère, comme toujours dès qu'une saison bascule dans une autre. Ce fut quelques semaines après la fin de la commission Dewey que Léon commença à écrire des billets à Frida. Il les glissait dans les livres qu'il lui remettait, souvent en présence d'autres personnes, à commencer par Natalia ou Diego, en lui recommandant de lire le chef-d'œuvre qu'il lui tendait.

Au début, amusée et flattée par ces billets, Frida se contenta de les lire sans y répondre. Mais un matin, Diego qui venait de finir une relation houleuse avec une joueuse de tennis, tout en en reprenant une ancienne avec Ione Robinson qu'il avait rencontrée sept ans auparavant, lui annonça qu'il devait partir quelques jours à Toluca afin de travailler avec le jeune modèle dont il venait de faire un portrait des plus suggestifs : *Nu de Dolores Olmedo*. Frida avait beau se répéter que Diego s'acharnait sans doute à remplacer sa mère par des épouses et des maîtresses, puis rejetait ces remplaçantes l'une après l'autre pour mieux se venger de celle qui l'avait abandonné enfant, la souffrance accumulée tout au long de ces années devint soudain insupportable. Elle décida sur-le-champ de répondre aux missives enflammées d'un Léon Trotski de plus en plus pris à son propre jeu de séduction et de mettre en scène la remise de sa première réponse aux lettres de son soupirant. Afin de fêter le retour de Diego qui venait de mettre une fin sans doute très provisoire à son éphémère relation avec la jolie Dolores, elle organisa un dîner auquel elle invita Natalia et Léon.

Pour l'occasion, elle s'était habillée d'une robe transparente de voile noir sur une combinaison de soie aux couleurs vives laissant transparaître ses épaules et ses bras. Les sourcils bombés, le nez long et pointu, les lèvres étroites permettant de supposer une certaine cruauté, le menton un peu rond, la chevelure abondante ornée de peignes, la poitrine haute sous la soie moulante, assise de travers dans son fauteuil, les jambes croisées gainées de bas rouges, elle voulait être la reine de la soirée et elle le fut. Léon, sans voix, subjugué, ne la quitta pas des yeux.

Au moment de partir, Frida offrit à son hôte *Historia de la eternidad*, livre d'un jeune auteur argentin prometteur, un certain Jorge Luis Borges, dans lequel elle avait glissé sa missive. Profitant d'un très court instant, durant lequel Diego était parti dans une autre pièce montrer à Natalia une petite statuette précolombienne qu'il venait d'acheter, Frida embrassa Léon sur la bouche puis, lui laissant entendre qu'elle attendait beaucoup plus que ce simple baiser, plaqua sa main droite sur son entre-jambe.

De retour à Coyoacán, Léon s'enferma dans son bureau, ouvrit *Histoire de l'éternité* et déplia la lettre soigneusement glissée entre le livre et sa couverture : un dessin à l'encre violette représentait une femme allongée sur le dos, cuisses écartées, sexe ouvert de couleur rouge sang. Une légende précisait : «*mi natural position in life*».

Léon, ne pouvant dormir, finit par se relever et par tenter de travailler dans son bureau. Au petit matin, il sentit qu'un soleil ardent allait céder la place à la pluie et qu'il brûlerait dans les rues les enfants misérables et les chiens errants.

15

Dans les jours qui suivirent, les deux « amants » ne purent passer à l'acte. Sans que Diego et Natalia se soient concertés, il fut décidé que les deux couples entameraient une série d'excursions dans la région. Ne fallait-il pas profiter des derniers beaux jours ? Le rituel était immuable. Après que la police avait été avertie, le départ était organisé dans la plus grande discrétion. Deux voitures, dont un pick-up, étaient préparées. On remplissait des valises de vêtements, on entassait des provisions dans des paniers, les gardes armés bourraient leurs poches de cartouches puis, lentement, le convoi démarrait.

Deux destinations furent particulièrement prisées. La première les conduisit à plusieurs reprises à Cuernavaca, la « corne de vache », l'une des plus anciennes villes du pays rebaptisée ainsi par les Espagnols. Rituellement, la ville était traversée en trombe, excepté un arrêt à l'hôtel Leandro Valle, où Diego tenait à montrer à Léon ce que le muralisme « pouvait faire de plus horrible, lorsqu'il était pratiqué par un peintre en bâtiment, de surcroît attardé mental politique » : une fresque de Siqueiros censée représenter l'injustice sociale…

Originellement appelée «le lieu des arbres murmurants» par les Indiens, Cuernavaca est située au cœur d'une région parsemée de vergers et de jardins où poussent en abondance les bougainvillées. C'est cette joyeuse exubérance tropicale que Diego voulait montrer à ses hôtes. Marchant à travers les champs de canne à sucre et les jardins pleins d'oiseaux et de fleurs, les deux couples éprouvaient un sentiment à chaque fois renouvelé d'ivresse et de bonheur : Natalia et Diego parce qu'il était difficile de résister à une telle exubérance; Frida et Léon parce que l'impossibilité même de pouvoir se toucher décuplait le désir qu'ils avaient l'un de l'autre. Tout juste pouvaient-ils, lors des pique-niques dans les clairières ou des marches dans la campagne, échanger quelques regards et parfois se frôler. Un jour, alors qu'ils revenaient dans la froide et brumeuse México, la voiture s'arrêta près d'un arbre à goyaves sauvages dominant un petit cours d'eau. Diego mit des bouteilles de limonade à rafraîchir et coupa deux grosses oranges dont l'écorce épaisse, une fois vidée, leur servit de tasse. Léon et Frida s'échangèrent discrètement les leurs, chacun buvant dans la tasse de l'autre – et cela les émut. Un autre jour, Frida se permit de tenter le diable : sous la serviette blanche ornée de broderies multicolores représentant des fleurs et des oiseaux du panier de pique-nique destiné à Léon, elle avait glissé un mot doux – «Je t'aime. À bientôt, mon amour ! ».

Leur seconde série d'équipées les mena à plusieurs reprises à Taxco. La ville étant située à presque deux cents kilomètres de la capitale, la route durait plusieurs heures, à l'aller comme au retour. Léon aimait y partir à la recherche d'espèces rares de cactus, déterrant d'énormes spécimens au fond des ravines asséchées, qu'il rapportait à la voiture en titubant, enveloppés dans d'épaisses toiles à sac, refusant obstinément qu'on vienne l'aider. À d'autres moments, il partait faire de longues promenades à cheval dans les petites montagnes qui encadrent la ville. Un jour, alors qu'il avait prévu une nouvelle chevauchée, il tomba sur un groupe de trotskistes américains qui, on ne sait comment, avaient appris qu'on pouvait le croiser sinon dans les ruelles pavées de cette ancienne ville minière, du moins dans les collines environnantes, éperonnant les flancs de sa jument alezane. Dès qu'il aperçut la petite troupe, il fouetta son cheval, poussa des cris en russe et partit au galop, seul, au grand dam de son secrétaire Jan Frankel qui ne put le suivre et des policiers chargés de sa sécurité.

C'est quand il revint, bien plus tard, presque à la nuit tombée, que l'incident éclata. Alors que tout le monde était attablé autour d'un plat de tacos de carnitas, Jan Frankel, son collaborateur depuis 1930, reprocha à Trotski sa conduite, disant, sur le ton de la plaisanterie, qu'elle aurait pu provoquer des catastrophes et qu'elle était dangereuse aussi bien pour sa sécurité que « pour la cause que tous défendent autour de cette table ». Léon et Frida se regardèrent, se demandant tout à coup si le secrétaire n'utilisait pas un langage à double sens et s'il n'avait pas compris ce qui était en train de se passer entre eux. Fou de rage, Trotski se leva et pria Jan Frankel de quitter la maison, « sur-le-champ, vous m'entendez, sur-le-champ », ajoutant qu'il était démis de ses fonctions.

La fin de soirée fut électrique. Natalia en voulait à Léon d'avoir disparu et ne comprenait pas pourquoi il se séparait d'un si fidèle compagnon pour une simple question de « promenade à cheval ». Quant à Léon, il ne supportait pas que Natalia le reprenne ainsi en public. Sentant que l'atmosphère devenait de plus en plus pesante, Diego commença ses pitreries. Tout en absorbant avec une volupté ostentatoire des verres de tequila et de pulque au céleri et aux figues de Barbarie, il se lança dans une de ses théories dont il avait le secret, expliquant qu'il aimait par-dessus tout les lesbiennes, sans doute parce qu'il devait lui-même en être une ! Et plus Natalia semblait manifester sa désapprobation, sa gêne, plus il en rajoutait :

– Rien n'est plus beau que les femmes et l'amour, et s'est encore plus évident quand deux femmes s'aiment et que vous êtes spectateur ou, mieux, que vous participez à leurs ébats...

Frida, ne voulant pas céder toute la place à Diego, assura que l'homosexualité était une chose naturelle, que c'était la personne qui comptait et non l'orientation sexuelle, et que d'ailleurs elle aimait beaucoup ça, faire l'amour avec une femme :

– De belles fesses bien rebondies, une chatte duveteuse, de beaux seins bien ronds, quelle merveille ! Et les mamelons, mes amis, c'est très important les mamelons. D'ailleurs, je vais vous dire, je les préfère sombres plutôt que roses !

Autant Natalia était muette de honte, autant Trotski semblait attentif et pour tout dire excité par le duo auquel se livraient Diego et Frida. Tout en la regardant, comme à chaque fois qu'il pouvait l'observer en spectateur, il trouvait Frida d'une beauté qui décidément ne tenait qu'à elle. Avec ses yeux au regard profond, son rouge à lèvres et son vernis à ongles de couleur vive, ses deux longues tresses entremêlées de rubans et de fils de laine, ses immenses boucles d'oreilles en or et ses chaînes de mariage guatémaltèques comme colliers, son corsage Tehuana à jabot orné de dentelles et sa jupe brodée de soie de couleur, elle irradiait, telle une lumière étrange et irrésistible contre laquelle il était impossible de lutter.

Le contraste était saisissant entre ce Trotski fringant et vert, vindicatif, sautillant, faisant une cour assidue à Frida et ne perdant aucune goutte de sa beauté qu'il admirait sans jamais se rassasier, au nez et à la barbe d'un Diego qui ne semblait rien voir et d'une Natalia qui voyait sans doute mais se languissait en silence, et cet autre Trotski qui souffrait de terribles maux de tête, de vertiges, qui se plaignait de sa tension artérielle élevée et regrettait sans cesse « que l'âge l'eût pris en traître ».

Au retour d'une promenade à Taxco, durant laquelle Frida lui avait fait découvrir la soupe d'huîtres, à laquelle les Mexicains accordent des vertus aphrodisiaques, Trotski trouva dans son bureau un exemplaire de *The Plumed Serpent*, livre de D.-H. Lawrence, auteur mort il y avait quelques années et qui avait longuement vécu à Cuernavaca. Il ne l'ouvrit pas immédiatement, pour faire durer le plaisir qu'il sentait l'envahir. Son thé étant trop chaud, il le versa de la tasse dans la soucoupe et le but en aspirant à petites gorgées. Puis il ouvrit l'enveloppe cachée entre les pages du livre : « Le jus de tes lèvres est riche de tous les fruits, le sang de la grenade, la rondeur du mamey et l'ananas parfait. Viens demain à 8 heures. À l'entrée ouest du parc du Centenaire. J'ai hâte d'être à toi, tout entière, alors tu ne m'oublieras jamais. » Signé : « Ta chiquita Friducha »...

16

Assise sur un banc sous un grand bougainvillée, Frida le reconnut immédiatement. Les yeux dissimulés derrière des lunettes de soleil, la tête couverte d'un large chapeau de paysan mexicain et portant une inhabituelle chemise à fleurs, Léon Trotski entrait, hésitant, dans le parc du Centenaire. Il s'était coupé la barbe et la moustache…

Lui ne l'avait pas reconnue, d'où l'hésitation de sa démarche. Il faut dire que si Frida arborait une chemise noire ornée de broderies rouges et jaunes et une jupe souple à grosses fleurs vertes, l'ombre portée par le bougainvillée la cachait aux yeux des promeneurs. Mais dès qu'elle se leva, avançant vers lui en lui faisant un petit signe de la main, tous ses doutes disparurent. La jeune femme espiègle et gaie, dont la jupe semblait s'envoler à chacun de ses pas, ne pouvait être que Frida. Tous deux étaient conscients de prendre un risque énorme, mais leur désir était plus fort que tout.

– Ta barbe, tu l'as…

– Je l'ai coupée. C'est plus discret, non ?

– Oui, répondit Frida en riant.

– Et maintenant, demanda Léon timidement, que fait-on ?

– Maintenant, tu me laisses faire, se contenta de répondre Frida en l'embrassant sur la joue.

Puisque la chaleur, en ce début d'avril, était étouffante, Frida avait choisi de s'éloigner de México et d'emmener Léon à Xochimilco. Là-bas, sur l'eau des canaux, à l'ombre des arbres et de la fraîcheur des jardins flottants parsemés de fleurs et de feuillages, la canicule serait plus supportable et surtout ils passeraient totalement inaperçus. Ils prirent le tramway jusqu'à la route de Tlalpan et de là au rond-point de San Fernando puis, après un changement, arrivèrent enfin à Xochimilco. Durant le voyage, pendant lequel Frida avait trouvé plus amusant de s'asseoir en deuxième classe où seule une petite balustrade séparait les passagers du dehors, elle se laissa aller à de tendres confidences. Cette façon d'aller plus avant dans leur intimité lui permettait de rompre les dernières réticences qui les avaient jusqu'alors empêchés de passer à une relation plus physique. Léon buvait ses paroles.

Serrés contre les paniers des femmes qui allaient acheter des légumes et des fleurs, et les terrines, les cruches et les pots en terre des paysans qui se rendaient au marché, Frida raconta comment elle avait volé la poupée garçon Juanito de sa sœur avant de la cacher dans sa penderie et comment sa mère, un jour, noya sous ses yeux des rats qu'elle avait trouvés dans le sous-sol de la maison et, plus tard, un petit chien qu'elle aimait tant. Elle lui parla de son père qui jouait au piano des valses viennoises, qu'elle écoutait en silence assise à côté de lui, et de tant d'autres choses encore. De son premier dessin, un autoportrait daté de 1925 et qu'elle avait gardé, et de ses premières toiles commencées juste après l'accident : *Autoportrait avec les nuages, portraits* d'Adriana Kahlo, de sa sœur Cristina, de Miguel N. Lira, d'Alicia Galant...Elle avait alors son corset en plâtre, sortait de son lit et peignait la nuit.

Arrivés au jardin qui fait face à la grande église et au marché, ils prirent la direction de l'embarcadère, où étaient alignés une multitude de petits bateaux à fond plat aux arceaux décorés de fleurs. La tradition veut que l'homme choisisse une barque qui porte le prénom de sa compagne ou celui d'une personne chère. D'un commun accord, Frida et Léon choisirent la barque prénommée « Cristina », décorée de tournesols, de marguerites et d'œillets blancs et jaunes, qui commença de glisser sur les canaux au milieu des paysans proposant leurs légumes, des hommes vendant des fleurs, des vivandières fournissant aux promeneurs des collations qu'elles sortaient d'énormes marmites en aluminium, et des visiteurs disséminés le long des tonnelles où l'on pouvait danser et manger. La barque glissait le long de canaux bordés de vérandas dont les toits de chaume étaient couverts de plantes grimpantes. Partout régnait une sorte de luxuriance corrompue, d'invasion verte ; et l'eau sur laquelle ils naviguaient était pleine d'herbes comme une soupe. Sur le courant se penchaient des iris, des violettes et des jacinthes. Un érotisme diffus emplissait toutes choses. Derrière la fraîcheur, on devinait une chaleur pesante, des parfums enivrants, des corps ruisselants. Par endroits, la végétation s'épaississait, les arbres cachaient le ciel, et en plein jour, cela faisait comme une ombre de crépuscule.

Très vite, Frida demanda au rameur de leur trouver un coin à l'écart. Celui-ci s'exécuta de bonne grâce, amarrant sa barque sous un immense arbre dont les ramures faisaient comme un dôme la dissimulant entièrement. Il reviendrait dans deux heures. À l'intérieur de cette grotte de feuilles improvisée, les relents de bois pourri se faisaient plus oppressants et le silence, plus pesant. De la cime des arbres, de temps à autre, tombaient des gouttes tièdes. Ce repli aquatique serait donc leur chambre nuptiale, le nid éphémère où leurs bouches pourraient se dévorer.

Cette première fois fut un peu gauche et très émouvante. Comme si l'un et l'autre se demandaient ce qui leur arrivait. Leurs hésitations rendant leurs gestes parfois inadaptés voire déplacés permirent à leur plaisir de développer toute l'ampleur qu'ils en avaient espérée. Elle fut surprise de sa vigueur et très excitée par l'odeur puissante de sa sueur ; il parut étonné de sa souplesse et la beauté de ses seins le rendit fou. Ils avaient gardé une partie de leurs vêtements, ce qui ajouta à leur excitation, comme la présence parfois très proche de barques qui passaient tout près d'eux sans les voir, emplies de femmes, une rose rouge piquée dans les cheveux, et d'hommes en chemise blanche tenant un verre de vin à la main.

Léon, sans son pince-nez, était un autre homme que Frida trouvait beau, mais il lui confia qu'il se sentait comme « désarmé », « absolument perdu ». Ce qui déclencha chez elle un énorme fou rire : « La prochaine fois, je garderai ma culotte ! » Puis tous deux finirent par s'endormir. Ce fut un groupe de musiciens qui les réveilla. Il est de tradition que ces canaux soient sillonnés par des orchestres qui accompagnent les embarcations en jouant de la marimba. Les mélodies sont toujours romantiques et les chansons parlent d'amour. Celle qu'on leur chanta ne dérogea pas à la règle. Cachés sous les branches du grand arbre, ils écoutèrent *María Elena,* reprise en chœur par Frida qui, comme à son habitude, en transforma les paroles :

– «*Mon cœur et mon cul sont à toi.*
Tu es le soleil de ma vie.
Je suis toute à toi, sur toi sous toi mon amour.
Je t'ai livré mon cœur et bien d'autres choses aussi.»

Quand le rameur revint, il leur proposa une bataille de fleurs. La proposition enthousiasma Frida, et Léon se laissa faire. Alors qu'ils arrivaient sur un autre canal, l'embarcation fut assaillie par une pluie de fleurs qui jaillissaient de partout. Marguerites, œillets, lys, arums, roses recouvraient tout, tandis que les musiciens jouaient sans discontinuer. Léon et Frida auraient voulu que cette fête des fleurs et de la musique ne cessât jamais, mais il fallut bien songer à rentrer.

Lors du voyage du retour, ils se tinrent la main comme deux collégiens. Personne ne semblait les reconnaître, et cela, tout en les rassurant, les amusa beaucoup. Si Frida rentra chez elle sans encombre – Diego était parti une nouvelle fois avec un modèle, «une Hongroise ou une Tchèque, peu importe», après avoir taillé en pièces à coups de couteau un tableau représentant un cactus, en hurlant qu'il en avait «ras-le-bol de ce Mexique de merde !» –, il n'en fut pas de même pour Léon.

Quand il se présenta à la porte de la Casa azul, les policiers et les membres de sa garde semblaient dans un état d'énervement avancé. On avait craint pour sa vie et toutes les hypothèses avaient été envisagées, à commencer par celle de l'enlèvement. S'était-il perdu dans les rues de

México ? N'avait-il pas été assassiné par les tueurs staliniens ? Natalia était la plus furieuse :

– Ne me refais jamais ça ! J'étais morte d'inquiétude ! Le chef de la police de México a envoyé des hommes partout à ta recherche ! Où étais-tu ?

– Je me suis promené...

– Toute la journée, sans garde ?

– Oui.

– Et où ?

– Un peu partout.

– Certains estiment que l'État mexicain dépense trop d'argent pour te protéger. Continue comme ça et bientôt, tu n'auras plus aucun policier devant ta porte !

Léon ne répondit rien, assurant qu'il devait aller dans son bureau travailler. Non, il n'avait pas faim. Non, il ne voulait pas boire. Non, il ne voulait pas parler, il avait trop de travail. Ce fut une des rares fois de sa vie où la calme Natalia referma la porte du bureau de son mari en la claquant et en jurant.

Assis à sa table, Léon prit une plume et écrivit sur une feuille de papier qu'il plia puis cacha dans un livre : « Frida, mon amour, j'embrasse ta tête chérie. Je couvre de baisers tes épaules, tes mains, tes seins, ton ventre. »

De l'autre côté de la ville, Frida pensa à ce qu'elle venait de vivre. Il lui semblait qu'elle avait soudain tout compris, comme si un éclair avait illuminé la terre. Le lendemain, elle quitterait San Ángel, Diego et ses mensonges, et retournerait habiter au n° 432 de l'avenida de los Insurgentes !

Elle ne parvint pas à dormir. La fenêtre ouverte, elle resta à écouter les bruits de la ville, puis le silence, puis cette sorte de frayeur vague et étrange qui émane soudain de l'obscurité des nuits de México. Parfois, elle devait admettre que, tout au fond d'elle-même, elle avait peur de cette ville. En plein jour, México avait une sorte de charme ensorceleur, mais la nuit la hideur cachée et le vice remontaient à la surface. C'était ce bonheur soudain de l'après-midi dans la chambre de verdure qui la mettait devant cette peur. Et si cette histoire d'amour, comme toutes les autres, finissait dans le malheur ?

17

Dans les jours qui suivirent l'après-midi dans la barque fleurie de Xochimilco, Frida ne quitta pas San Ángel car Diego avait finalement décidé de s'absenter plusieurs semaines, alors à quoi bon précipiter les choses ? Quant à Léon, il ne put sortir de chez lui car la situation devenait compliquée.

Ils envisagèrent d'autres rendez-vous, qu'il fallut reporter. Tous deux durent se contenter de lettres glissées dans des livres. « Je n'ai jamais éprouvé un tel désir. Tu me hantes, ma belle », écrivit Léon à Frida. « Tout sans toi me semble horrible. Je suis amoureuse de toi plus que jamais et de plus en plus, ma barbichette », écrivit Frida à Léon, dans une enveloppe portant la trace de son rouge à lèvres et glissée dans *Les Hommes de bonne volonté* de Jules Romains, sachant que Léon se plongerait dans la lecture avant d'entamer sa sieste quotidienne.

Avec les beaux jours qui commençaient, un défilé incessant de militants trotskistes envahit la maison, perturbant les plans des deux amants. Universitaires, journalistes, enseignants, réfugiés de l'Europe entière, intellectuels, avocats, syndicalistes, éditeurs, sans parler des simples touristes, voire d'acteurs de Hollywood comme Edward G. Robinson, ou du sénateur Henry Allen, ancien responsable de la campagne présidentielle de Hoover, arrivèrent à se frayer un chemin jusqu'à la Casa azul pour dialoguer avec Trotski ou l'affronter verbalement.

Comme Natalia l'avait laissé entendre, l'équipe de garde déployée pour protéger son mari fut réduite à huit hommes qui se relevaient désormais toutes les douze heures. Outre les armes à faible portée, ils n'eurent plus à leur disposition que cinq armes à longue portée, cinq cartouchières et deux cent cinquante cartouches. Mais le plus inquiétant, c'était le développement de la campagne de dénigrement orchestrée par le Parti communiste et ses sympathisants. Considéré comme un « ennemi du peuple » dont les « idées et les actes coïncidaient avec ceux du fascisme », Trotski n'avait plus qu'à « bien se tenir ». Aidés par l'équipe d'exécuteurs de la police secrète russe, les communistes mexicains, dont beaucoup avaient été formés en Espagne, avec à leur tête le peintre David Alfaro Siqueiros, avaient décidé de liquider Trotski.

Au milieu de cette tourmente, les deux amants devaient inventer en permanence de nouvelles ruses, ne serait-ce que pour se voir. Frida eut une idée qu'elle exposa dans une lettre glissée dans l'exemplaire de *Chant de moi-même*, un recueil de Walt Whitman qu'elle chérissait et qu'elle prêta à Léon : ils pourraient se voir secrètement dans l'appartement que sa sœur Cristina possédait rue Aguayo.

Durant tout le mois de juin, ce fut leur havre, chacun pouvant y laisser libre cours à ses fantasmes. Léon était attendri par les aspects enfantins de la personnalité de

Frida, dont les jeux érotiques constituaient un moyen d'échapper à ce qu'elle appelait son « vertigineux sentiment de vacuité ». Frida était émue par l'obscénité de certains propos et de certains gestes dont Léon n'hésitait pas à la gratifier, reconnaissant qu'il faisait avec elle des choses qu'il n'avait jamais faites avec personne. Frida, qui adorait que Léon joue avec ses seins, et jouer avec le sexe de Léon, avait pour devise « dans le sexe, tout ce qui procure du plaisir est bien, tout ce qui blesse est mal ». Ils n'avaient qu'un seul regret : ne pas se réveiller le matin l'un contre l'autre. Par la fenêtre ouverte donnant sur le balcon, ils auraient senti ensemble l'odeur de terre mouillée du petit jour ; respiré les senteurs des jacarandas et des volcans soudain si proches.

– Ici, l'aube rapproche tout, dit Frida. Les montagnes comme les bois. Et quand on ferme les yeux, on en respire que mieux l'odeur si spéciale de México.

– Nul besoin de l'aube, dit Léon, le nez enfoui dans le sexe de Frida. Te sentir toi, ici, c'est comme sentir le premier de tous les matins. Ton parfum ressemble au parfum perdu de l'ancien lac de México.

La jouissance de Frida atteignit dans l'appartement de la rue Aguayo des sommets. Léon pouvait penser que sa dextérité en était la seule responsable. Ignorant deux éléments que Frida gardait bien enfouis au fond d'elle-même et qui décuplaient son plaisir, il se trompait.

Le premier élément remontait à 1934, époque à laquelle Frida avait subi un nouvel avortement après trois mois de grossesse, à la suite de quoi on lui avait conseillé de s'abstenir de tout rapport sexuel pendant un certain temps. Alors qu'elle était à l'hôpital, Diego, qui avait par le passé demandé à Cristina de poser nue pour lui, entama avec celle qu'il avait représentée sous les traits d'une Ève charnue tenant à la main une fleur en forme de vagin une relation amoureuse durable, puisqu'il alla jusqu'à l'installer dans un appartement de la calle Florencia. Cristina était gaie, généreuse, d'une féminité séduisante. Après son terrible accident, cette double trahison – du mari et de la sœur – fut pour Frida la pire blessure de sa vie. En lui demandant de lui prêter son appartement, elle se vengeait de Cristina et l'obligeait à devenir complice d'un adultère.

Mais ce n'était pas tout. Cette double trahison avait durablement ébranlé Frida. Il lui avait fallu plusieurs années pour s'extirper de la toile d'araignée de sa jalousie et de sa tristesse. Une fois remise de ce choc, elle avait décidé de profiter de la même liberté sexuelle que son mari. Décision qu'elle avait depuis ce maussade automne 1934 respectée à de nombreuses reprises. Mais cette fois, elle jouissait doublement de sa vengeance : elle couchait avec le maître à penser de son mari, dans l'appartement de la sœur qui l'avait trahie. Elle punissait Diego et faisait acte de résistance. Restée profondément communiste, sans pour autant cautionner la violence meurtrière de Siqueiros et de ses amis, elle couchait avec l'homme de la IVe Internationale. Et cet homme, comme elle se plaisait à le rapporter à Cristina, « la baisait divinement », et n'était-ce pas là, en somme, le plus important ?

18

Lentement, une sorte de banalisation de leur relation s'installa, pimentée toutefois par la crainte d'être découverts et la nécessité d'échapper à la police politique. Trotski travaillait beaucoup et Frida n'avait jamais autant peint. Ils se retrouvaient régulièrement chez Cristina, inventant de nouveaux jeux sexuels ou passant de longues heures à parler de l'essentiel et du superflu, certains que personne ne pourrait percer leur secret.

Fin juin, Frida, qui nourrissait un projet d'exposition, invita comme à son habitude plusieurs amis qui pourraient la conseiller lors d'un repas de circonstance appelé au Mexique «banquet aux nappes longues». Bien entendu, Léon et sa femme faisaient partie des invités. La soirée fut chaleureuse et le dîner des plus copieux. Soupes épaisses, morue préparée selon une recette maison, carré de porc à la sauce aigre-douce, *tortitas* aux pommes de terre, salade de courgettes, haricots noirs frits accompagnés de fromage, sorbet au citron, il y en avait pour tous les goûts. Quand sonna l'heure de passer au dessert préféré de Frida, ananas fourré et langues de chat, la chaleur monta de plusieurs degrés. Le vin aidant, chacun y alla de sa chansonnette. Airs de la révolution mexicaine et mélodies populaires occupaient une bonne place. Tandis que Diego sirotait une infusion de fleurs d'oranger entre deux tequilas, Frida, qui avait l'intention de quitter la pièce afin de montrer au « camarade Trotski » ses dernières toiles, entonna le célèbre « Je m'en vais au port où se trouve la barque d'or qui m'emportera ; je m'en vais, je suis seulement venue dire adieu »...

– Excellente idée, lança Diego, ajoutant en offrant à Natalia un verre de tequila qu'elle refusa : Et moi je reste ici avec Natalia.

– Pourquoi pas, répliqua celle-ci, légèrement dépassée par les événements.

– Et voilà, marmonna Diego, chantant à Natalia une version très personnelle de *México lindo y querido* : « Ravissante et adorée Natalia, si je meurs loin de toi, qu'ils me disent que je dors et me ramènent ici... Je chante tes belles fesses, tes seins, ta bouche, tes hanches qui sont pour moi les talismans de l'amour de mes amours... »

L'atelier de Frida était dans l'obscurité. Le temps de trouver l'interrupteur, les mains des deux amants se frôlèrent. Léon embrassa Frida qui se laissa faire, puis recula de quelques pas lorsque le jet de lumière éclaira violemment la pièce. Comme toutes les fois où elle montrait ses dernières œuvres, Frida était nerveuse.

– C'est un peu comme si j'avais les jambes grandes ouvertes et que tu regardais mon sexe, murmura-t-elle tout en lui dévoilant, au sens propre, trois toiles recouvertes de lés de tissu maculés de peinture

– C'est comme un strip-tease, dit Léon, très ému.

– Oui, tu as tout compris, *lindo*.

La première toile représentait une Indienne hiératique au visage de masque précolombien qui nourrissait une Frida Kahlo à tête d'adulte et au corps d'enfant.

– *Ma nourrice et moi*, en réalité une vraie pocharde, dit Frida.

Sur la seconde toile, une cruche pleine de fleurs sauvages, dont les tiges évoquaient très clairement des organes sexuels, trônait, majestueuse, à côté d'une rose solitaire.

– Privée d'eau, elle va mourir ? dit Léon.

– Oui, exactement, répondit Frida en lui caressant la joue. Je l'ai appelée *J'appartiens à ma propriétaire*...

– Et pourquoi « Viva México » sur le vase en terre cuite ?

– Sans doute mon amour pour ma terre natale...

– N'est-ce pas plutôt qu'en dépit de ton amour pour moi, tu resteras toujours la « propriété » de Diego ?

– Et toi celle de Natalia, Barbichette, non ?

Léon ne répondit pas.

– Regarde, dit Frida en dévoilant le troisième tableau.

Léon sourit. Il s'agissait en réalité de deux petites miniatures d'à peine 14 × 9 cm, placées dans des cadres similaires et en forme de lyre et incrustées de coquillages. La première était un portrait de Frida, la seconde de Léon, les deux maintenues ensemble par une corde qui enserrait leur cou, comme si elle les étranglait.

– *Léon et moi, 1937-19*...

– La seconde date est laissée ouverte...

– Dieu sait ce que l'avenir nous réserve, mon chou.

Après quelques secondes de silence, Léon dit :

– Donc, tu travailles beaucoup en ce moment ?

– Oui, grâce à toi, mon amour. Et ce n'est pas tout, ajouta-t-elle en allant chercher, dissimulé sous d'autres toiles, un tableau inachevé ne montrant que la tête.

– C'est toi ?

– Oui, un autoportrait. Quand il sera fini, je te l'offrirai.

Au lieu de manifester de la joie, Léon devint soudain sombre. Ce n'est pas que ce tableau ne lui plaisait pas, bien au contraire. Sa joie, à l'idée de recevoir un tel présent, était comme gâchée par un trop-plein d'émotions et par une crainte qu'il n'avait jusqu'alors jamais pu ou voulu manifester.

– Que se passe-t-il ? demanda Frida.

Après une légère hésitation, il lui confia qu'il était inquiet. La veille, Natalia lui avait dit qu'il avait parlé en dormant et qu'il l'avait appelée, elle, Frida à plusieurs reprises. Il avait rêvé qu'il venait de s'échapper de prison, qu'il avait traversé des centaines de kilomètres de désert glacé sur un traîneau tiré par des rennes et conduit par un conducteur ivre.

– C'est plutôt poétique, dit Frida.

– Non, en février 1906, je me suis évadé de Berezovo où j'étais déporté, une ville située au-delà du cercle polaire… J'ai retrouvé Natalia. Notre fils était né pendant mon emprisonnement. Elle m'attendait dans la petite station entourée de bois enneigés et de plaines blanches… Le rêve de cette nuit l'a rendue folle. Elle commence à soupçonner que quelque chose se passe entre nous et…

Trotski ne termina pas sa phrase. Frida venait d'entendre dans le couloir menant à son atelier Diego qui sifflait les premières notes de *L'Internationale*. C'était sa façon à lui d'annoncer son arrivée, non pas qu'il voulût la prévenir mais toutes les fois qu'il empruntait ce chemin il se mettait à siffler cette foutue *Internationale*. C'était comme ça. Frida et Léon firent mine d'observer *Ma nourrice et moi*.

Natalia, aux côtés de Diego, apparut, triomphante, annonçant que Léon partirait le lendemain pour les montagnes en compagnie de son garde du corps :

– Pour prendre de l'exercice physique, pour travailler comme un cultivateur, pour faire du cheval, pour chasser…

– Comme ça, comme un voleur, sans nous prévenir ? dit Diego.

– Et où ça ? demanda Frida.

– Dans une hacienda à 130 kilomètres au nord de México, répondit Natalia, près de San Miguel Regla.

– Je n'étais pas au courant, dit Léon, ironique.

– J'ai complètement oublié de te prévenir, Landero a téléphoné, l'hacienda est libre. Tu peux y aller quand tu veux… Il fait beau. Tu n'as pas trop de travail… Alors, j'ai dit oui. Une vraie surprise, non ?

Visiblement, Natalia venait de prendre tout le monde de vitesse. En annonçant ce voyage, elle mettait son mari au pied du mur et le contraignait au silence Ils n'allaient tout de même pas se battre comme des chiffonniers devant leurs hôtes.

Le regard que Natalia jeta alors à son mari et à Frida en disait long sur ce qui devait être l'étendue de ses soupçons.

19

Frida, qui venait de parcourir plus d'une centaine de kilomètres sur des voies creusées dans les montagnes de basalte rouge et de traverser des petits villages aux rues pentues remplies de tavernes, d'ânes, de poussière et de vieilles demeures d'un rose pâli par le temps, était épuisée. Le chauffeur de Diego avait eu beau conduire avec prudence, la vieille Ford break bringuebalante avait plusieurs fois tangué au bord des ravins. Mais, lorsque apparut enfin le panneau indiquant San Miguel Regla, Frida sentit sa fatigue disparaître comme par enchantement. Dans le ciel tournoyaient des vautours.

Personne n'ayant été prévenu, elle se doutait que l'accueil ne pourrait être amical. Aussi, lorsque plusieurs hommes menaçants, mitraillette au poing, stoppèrent le véhicule et en firent descendre les deux occupants, cela ne l'inquiéta guère. Bien au contraire, elle fut rassurée : elle était sortie vivante de ce voyage sur ces routes de poussière où d'énormes camions, tels des messagers de la mort, roulaient à tombeau ouvert. Évidemment, à peine fut-elle descendue de voiture que Jesús Casas, le lieutenant de police qui commandait la petite garnison de rue de Londres et qui avait suivi Trotski jusqu'ici, la reconnut.

– Je ne fais que mon devoir, madame Rivera, dit-il.

Frida détestait qu'on l'appelle ainsi, « madame Rivera », mais pour le fonctionnaire de police, Frida Kahlo n'existait pas, seule comptait « madame Rivera ». Pendant que le chauffeur garait la voiture, elle parcourut à pied la courte distance la séparant de l'entrée de la ferme perdue au milieu d'une forêt de résineux. C'était une lourde bâtisse carrée en forme de forteresse, construite autour d'un patio, et dont les fenêtres donnant sur l'extérieur étaient munies de barreaux. Trotski y occupait un petit appartement situé à l'arrière du bâtiment. Prévenu par ses gardes, il attendait Frida sur le pas de la porte.

– Trois jours sans te voir, c'est trop long, dit-elle, se jetant dans ses bras.

– Attends, pas ici, dit-il, l'entraînant à l'intérieur.

– Il n'y a personne.

– Détrompe-toi, tout se sait, il y a des espions partout, dit-il en lui présentant une grosse femme qui venait d'entrer dans la pièce : Teresa, la cuisinière.

– Elle cuisine bien ? glissa Frida à l'oreille de Léon.

– Non, pas du tout, répondit-il, attendant qu'elle ait quitté la pièce pour embrasser longuement Frida, ajoutant : Tu aurais du me prévenir que tu venais.

– Ce n'aurait plus été une surprise, Petit Bouc, minauda Frida. Tu n'es pas content de me voir ?

– Si, évidemment !

– Je ne voulais pas passer mon anniversaire sans toi.

– Ton anniversaire ?

– Le 7 juillet ! Enfin, c'est le 6, mais je le fête toujours le 7 ! Trente ans, le bel âge, non ! Hein, mon Viejo…

Trotski parut contrarié.

– Je n'ai même pas de cadeau…

– Moi si ! Le jour de mon anniversaire, c'est moi qui offre des cadeaux. Ferme les yeux.

À peine lui avait-elle glissé une petite boîte bleue dans les mains, qu'elle commença à parler, tout en ouvrant le paquet à sa place. C'était un stylo-plume de chez Misrachi sur le capuchon duquel elle avait fait graver sa signature.

– Comme ça, tu seras obligé de m'écrire !

– Comment as-tu eu ma signature ?

– Volée, répondit Frida avec effronterie.

L'hacienda, dont l'aspect plutôt austère et calme avait immédiatement plu à Natalia qui avait comploté pour y envoyer son mari penser à autre chose qu'à Frida, était à présent traversée par une sorte d'ouragan de gaieté. Frida était intarissable et sautillait d'une pièce à l'autre. Léon, qui l'observait virevolter avec un enthousiasme communicatif, comprenait, une nouvelle fois, comme à chacune de leurs retrouvailles, pourquoi, alors qu'il était encore sur le quai à Tampico, il était immédiatement tombé sous le charme de cette femme. Elle n'arrêtait pas, donnant son avis sur la décoration, regrettant qu'il n'y ait aucun bouquet de fleurs dans la maison, que telle fenêtre soit ouverte et telle autre fermée, déclarant que des hommes seuls dans une maison, et de plus armés jusqu'aux dents, ce ne pouvait être qu'une catastrophe, et que visiblement il n'y avait rien à manger et qu'il fallait tout de même fêter sa venue et son anniversaire :

– À part quelques vieilles bougies, des morceaux de savon rabougris, des piments flétris, quelques sauterelles sèches, de la poussière et un pigeonnier vide, il n'y a rien. Ah si, des bouteilles de Tepache pour se bourrer la gueule. Avec ça, on ne va pas aller loin !

Frida proposa ses solutions : puisque ces hommes étaient armés, ils pourraient chasser le canard et la tourterelle sur les bords de la rivière qui courait dans la montagne. Elle les cuisinerait à la mexicaine ! Quant à elle, elle partirait avec Léon à Huasca, une petite ville située à 3 kilomètres de San Miguel Regla, jadis un grand centre minier, dont il ne restait aujourd'hui plus rien, excepté un goût pour la fête issu du temps où l'or et l'argent y coulaient à flot. Là, au milieu des défilés de juillet, de la musique, de la chaleur et de la poussière, ils se rendraient au marché et rapporteraient de quoi préparer une belle table :

– Une nappe blanche ajourée d'Aguascalientes, des assiettes de Talavera et des coupes bleues en verre soufflé.

– Tu es certaine de trouver tout cela ? demanda Léon.

– Évidemment, Bicho, répondit Frida.

La promenade dans les allées du marché de Huasca faillit tourner court. À peine avaient-ils mis pied à terre qu'un jeune homme sortant du bureau de poste reconnut Trotski. Bien que ce dernier portât des knickerbockers non attachés aux genoux et fût chaussé de pantoufles de maison, le jeune postier le salua, le poing serré en l'air !

Heureusement, Frida prit les choses en main et, après avoir attrapé Léon par l'épaule, se perdit avec lui dans les allées du marché. Elle acheta des haricots noirs pour faire une salade, du cresson, des tomates, des avocats, de quoi préparer une soupe aux crevettes et du cacao qui entrerait dans la composition de certaines sauces.

– Ça te changera de vos repas de maïs bouilli et de banane ! dit-elle à Léon.

Rentrée à l'hacienda, elle fit la cuisine avec Teresa qui ronchonnait d'avoir perdu sa suprématie, et dressa une table de fête dans le patio de la maison planté d'arbres et couvert de fleurs, où Teresa élevait des cochons d'Inde et où régnaient une vieille dinde et un vieux coq. Comme toujours le dîner se termina par des chansons. Mais à la place des *mañanitas* traditionnelles, Frida chanta des airs plus mélancoliques, comme celui des *Hirondelles* qui parle d'amour et de séparation.

Cette nuit-là, la première qu'ils passaient ensemble, Frida et Léon, sans essayer de comprendre pourquoi, ne firent pas l'amour. Léon raconta comment se déroulaient ses journées. Était-ce la chaleur étouffante depuis son arrivée, ou la fatigue, toujours est-il qu'il se promenait peu, écrivait beaucoup et allait souvent s'asseoir dans le patio en compagnie de la dinde et du coq qui venaient lui rendre visite. Il dormait comme un loir et résuma son état d'esprit par cette phrase mystérieuse : « Pensées et sentiments sont étouffés et vagues. Tant mieux. » Frida, de son côté, ne parla que d'une chose, sa peinture. C'était toujours comme ça quand elle était dans une période de création intense. Comme si elle ne pouvait rien faire d'autre que de peindre et de parler de sa peinture. Diego était le parrain du petit Dimas, fils de l'Indien Dimas Rosas qui lui avait servi de modèle. L'enfant était mort en bas âge comme tous ceux de Rosas, qui préférait écouter les sorciers plutôt que les médecins. Depuis l'époque coloniale, les portraits mortuaires étaient une sorte de tradition qui rendait hommage à des êtres exemplaires. Alors elle avait voulu rendre hommage, à sa manière, au petit Dimas mort pour rien à l'âge de trois ans. Elle l'avait représenté allongé sur son lit de mort, une couronne de carton sur la tête, vêtu du manteau de soie des Rois mages, les yeux ouverts perdus dans le vague.

– La mort vue par une athée, dit Léon.

– Oui, exactement. La mortalité infantile atteint au Mexique des taux extravagants.

– Tu as un titre ?

– *Le défunt Dimas.*

Puis, fatigués de parler, Léon et Frida finirent par s'endormir.

Le matin, un léger parfum d'œillets les réveilla, mélangé à la senteur résineuse du bois de pin, à une vague odeur de feuillage et à l'arôme du café que venait de préparer Teresa. Le coq chantait. Frida ne pouvait rester. C'était une escapade. Il y en aurait d'autres. Elle s'en fit la promesse tout en regardant Léon devenir de plus en plus petit à mesure que la voiture prenait de la vitesse.

Sur la route du retour, alors que la Ford break filait au travers d'interminables haies de cactus, traversant de rares villages aux chaumières de brique et de boue, Frida ressentit comme une étrange sensation de vide, de ténèbre. Il y avait de grands murs raides, des touffes de fleurs pourpres, de hauts manguiers, des bananiers, des routes si étroites qu'on aurait dit des ruisseaux rocailleux. Elle revenait à México comme dans un rêve. Elle pensait à Léon, mais dans le lointain, dans une forme d'oubli. Finalement son tableau, elle ne l'appellerait pas *Le défunt Dimas* mais plutôt *Déguisé pour le paradis*. C'était plus sombre, mais plus exact.

20

Frida reprit plusieurs fois la route de San Miguel Regla, parfois sous un ciel de nuages, parfois par un soleil brillant tout jaune, dans la lumière plus crue des montagnes silencieuses, repartant toujours tôt, après un café bu hâtivement, pour pouvoir arriver avant la nuit à México car avec la pluie le chemin du retour était des plus dangereux.

Puis l'histoire, au fil des jours, se compliqua. D'un côté il y avait la vie de Léon, qui attrapait des poissons de ses propres mains, faisait la sieste, galopait des heures dans la campagne environnante, lisait *Le Temps* en buvant du thé, continuait d'écrire une œuvre mais qui désormais ne s'identifiait plus à son action et poursuivait tant bien que mal la rédaction de sa biographie du « chacal du Kremlin ». De l'autre, il y avait la vie de Frida, qui pensait que les êtres étaient terriblement seuls et que rien ne pourrait jamais les arracher à cette solitude. Frida était plus que jamais tournée vers elle-même et se demandait parfois si sa capacité de changer était toujours aussi forte. Léon, malgré l'exil, la peur, le havre relatif de San Miguel Regla, était capable de voir loin, d'anticiper comme dans cette étude qu'il venait de finir et dans laquelle il prévoyait une conflagration mondiale pour dans deux ans, avec, il en était certain, une alliance entre l'Allemagne et l'URSS. Frida, elle, vivait dans la peur : celle de ne plus pouvoir peindre, celle de souffrir davantage encore, celle de ne plus trop savoir comment faire avec cette histoire d'amour, celle enfin de perdre Léon car, cette « biographie de merde », comme elle l'appelait, devait certainement obséder Staline qui ferait tout pour empêcher son auteur de la terminer. Léon était ce qu'il était, la situation vécue par les deux amants était ce qu'elle était, mais Frida n'était pas encore prête à mettre fin à cet amour. Frida avait encore besoin de Léon.

Au début, tout avait paru facile. Maintenant, la moindre aspérité était source de conflits. Un jour, alors qu'elle revenait d'une promenade avec Léon durant laquelle ils étaient – Dieu sait pourquoi – entrés dans une église de Pachuca blanchie à la chaux avec des ornements bleu et or, toute remplie de fleurs sauvages et de gerbes jaunes traînant sur le sol, et qu'ils avaient été si heureux, eux les athées, de goûter le silence du lieu, Léon était entré dans une rage folle parce qu'elle avait cru bon de lui raconter comment un jour Diego l'avait surprise en train de faire l'amour avec le sculpteur nippo-américain Isamu Noguchi. C'était une vraie scène de Chaplin ! Noguchi, son pantalon à la main, avait fui par les toits, poursuivi par Diego lui tirant dessus avec son pistolet, pendant que le chien de Frida déchiquetait rageusement une des chaussettes de l'amant en fuite.

– Enfin, petit bouc, c'était il y a un an ! De l'histoire ancienne ! Et puis merde, je te demande si tu te fais sucer par Natalia ! Alors arrête, s'il te plaît !

Cette crise absurde de jalousie comblait Frida d'aise.

– Tu m'aimes vraiment, Viejo ! Si tu es jaloux, c'est que tu m'aimes vraiment ! répétait-elle en buvant des verres de pulque.

En réalité, cette dispute cachait autre chose. Léon était inquiet. Sa tension nerveuse, qui se traduisait souvent, avant qu'il prît la parole dans les réunions, par des malaises physiques le faisant blêmir, parfois même défaillir, s'était à nouveau emparée de lui. Natalia, qui lui écrivait deux fois par jour, ayant sans doute appris les voyages de Frida à l'hacienda, lui demandait des explications, et de façon de plus en plus pressante. Son entourage immédiat – secrétaire, gardes du corps, collaborateurs –, était envoyé en mission à San Miguel Regla, afin que cesse ce que Natalia appelait « cette relation inutile et sans lendemain ». Trotski, qui avait axé toute sa vie sur la politique révolutionnaire, était en train de tout compromettre. Que Diego l'apprenne, et cela provoquerait une explosion aux conséquences incalculables. Quant aux communistes mexicains, Siqueiros en tête, ils demanderaient son expulsion. Jean van Heijenoort, qui depuis des années vouait sa vie à Trotski, était le plus virulent. Trotski, qui l'avait injurié le jour où il avait appris qu'il était allé danser à un bal à México, qui lui rebattait les oreilles avec la nécessité d'un dévouement total à la cause, qui ne cessait de le sermonner, qui voulait passer pour un parangon de vertu, couchait avec la femme de celui qui l'avait accueilli, trompant celle qui l'accompagnait depuis des années au péril de sa vie. « Je vous ai sacrifié les plus belles années de ma vie ; je vous ai pris comme modèle, Lev Davidovitch, quelle affreuse déception », se lamentait Jean van Heijenoort, en larmes.

Mais plus l'autre camp argumentait, plus Trotski campait sur ses positions. Parfois, il en avait assez de la Casa azul, qui était comme un bagne : traduire, écrire, taper à la machine d'interminables papiers, donner des conférences, intervenir, dormir la nuit avec un pistolet dans son pyjama... Et tous ces collaborateurs, Natalia en tête, ne parlant que de devoir, de vertu, d'honneur, d'ascétisme. Trotski étouffait. Les missives interminables de femme blessée de Natalia l'écœuraient. Et face à cela, il y avait Frida, la rayonnante, la drôle, la pleine de vie, toujours à réinventer le quotidien, toujours à rire, toujours prête à toutes les aventures. Voilà pourquoi parfois il explosait pour un rien et faisait d'imbéciles crises de jalousie.

Début août, alors que Frida se préparait à un nouveau voyage pour San Miguel Regla et se regardait une dernière fois dans la glace – longue jupe de coton à franges, de couleurs vives, corsage à jabot ; maquillage léger, rouge à lèvres rouge sang, cheveux partagés en deux, tressés et relevés sur la nuque à l'aide d'un ruban –, elle ouvrit la lettre qu'on venait de lui apporter. Elle aurait pu la lire dans la voiture, mais elle décida de prendre le temps de la déguster sur la terrasse de la maison de San Ángel. Il faisait beau et elle avait reconnu l'écriture de Léon. La lettre était postée de Huasca et écrite à l'encre violette, celle du stylo qu'elle avait offert à Léon.

Elle la relut plusieurs fois, pour être sûre de l'avoir bien comprise. En s'arrêtant sur chaque phrase, chaque mot. Léon y paraissait abattu, il s'épanchait, se vautrait dans ses états d'âme, reprenait sa litanie sur l'âge – « je ne fais plus d'efforts, je n'ai plus de perspectives». Frida n'en croyait pas ses yeux. Il y a quelques jours encore, à San Miguel Regla, il l'avait aimée comme jamais et avait paru de nouveau invincible. En un mot, Léon lui exprimait maintenant un amour éperdu qu'il était incapable d'assumer. Frida serait son dernier amour, qui l'avait fait renaître à la vie et mourir tout à la fois, faute de pouvoir le vivre pleinement. «Mes yeux vieillis ne peuvent supporter ton soleil étincelant», résumait-il, avant de conclure : «Nous ne devons plus nous voir, mon amour. PS : Surtout, ne laisse pas cette lettre tomber dans des mains étrangères, brûle-la, je t'en supplie, mon amour, brûle-la.»

Frida resta prostrée plusieurs minutes, abattue, sans voix. Puis, après avoir fait dire au chauffeur qu'elle ne partait plus à San Miguel Regla, elle prit une bouteille de whisky et s'enferma dans son atelier.

21

Frida se promena plusieurs jours avec dans sa poche la lettre de Léon, sans la relire, sans jamais vouloir la relire. Cette lettre émouvante, qui était bien autre chose qu'une simple lettre de rupture, qui était une des plus belles qu'elle ait jamais reçues, avait été écrite par un homme mûr redevenu, le temps d'une missive, le collégien de dix-sept ans qu'il avait été. « La résurrection d'un être humain, c'est presque toujours la naissance d'un nouvel amour », avait-il écrit en exergue de cette lettre qui, en réalité, n'était que la première d'une grande enveloppe qui en contenait deux… Dans sa précipitation et son trouble, Frida n'avait pas vu la seconde lettre… Tout en la dépliant, elle se récitait des phrases de la première : « Ce n'est ni de l'amour, ni de la tendresse, ni de l'affection, c'est la vie entière, la mienne, que j'ai trouvée lorsque je l'ai vue dans tes mains, sur ta bouche, sur ta poitrine », « je note que je suis toujours à jamais avec toi. En cet instant encore plein de sensations, mes mains s'enfoncent dans des oranges, et mon corps sent que mes bras t'entourent », enfin, ce qu'elle préférait : « j'ai dormi avec ta fleur ; tu as laissé des fleurs sur mon épaule – des fleurs rouges ».

Ce matin-là, elle était partie en voiture. Au nord-ouest de México, à quelques kilomètres, existe un pays plat et découvert où s'étendent des champs de rocailles et des haies de cactus et de ronces poussiéreuses. Derrière un amas de gros rochers jaunes, une ligne de saules fait une énorme tache verte cachant un lac aux eaux profondes. Enfant, elle avait l'habitude de s'y rendre avec ses parents et ses sœurs. Depuis, elle y revenait régulièrement quand une trop grande tristesse prenait le pas sur sa gaieté naturelle.

C'est là qu'elle ouvrit l'enveloppe pour lire la deuxième lettre. Léon, sans doute troublé par ce qu'il venait d'écrire, avait mis dans une même enveloppe la lettre qu'il destinait à Natalia et celle qu'il avait écrite pour Frida ! Frida, qui ne croyait pas au hasard, croyait en revanche au destin qui met les hommes au bon endroit, au bon moment, leur demandant alors de prendre seuls la décision qui changera leur vie. Elle lut la lettre à haute voix devant les eaux scintillantes du lac :

– « Natalia, depuis que je suis arrivé ici, ma pauvre bite n'a pas bandé une seule fois. Comme si elle n'existait pas. Elle aussi se repose des efforts de ces jours passés. Mais moi tout entier – à part elle – je pense avec tendresse à ton vieux con chéri. Je veux le sucer, y enfoncer ma langue, dans sa profondeur même. Natalotchka chérie, je te pénétrerai encore bien fort, avec ma langue et avec ma bite. Pardonne-moi, Natalotchka, ces lignes ; c'est, je crois, la première fois de ma vie que je t'écris ainsi. Je t'embrasse bien fort, en serrant tout ton corps contre moi. »

Frida s'arrêta quelques minutes, but plusieurs gorgées de whisky, et relut la lettre, revenant sur certains extraits, y ajoutant cette fois son propre commentaire :

– « Mon unique Nata, mon éternelle, ma fidèle, mon amour, ma victime. » Espèce de gros connard ! « Oh, tes yeux, Natacha, dans lesquels s'est reflétée toute ma jeunesse, toute ma vie… » Vieux déchet, trotskiste de mes deux ! « Mon écriture est déformée à cause des larmes, Natalotchka, mais y aurait-il quelque chose de plus… » Pauvre impuissant, débris infantile du communisme !

Comme pour conjurer le mauvais sort, elle relut plus fort encore la lettre que Léon lui avait envoyée : « Nous joindrons nos lèvres, nos corps et nos âmes, mon amour, ma renaissance… »

« Oh, et puis merde, se dit-elle, après une nouvelle rasade de whisky, comment un homme peut-il envoyer en même temps deux lettres d'amour à deux femmes, le même jour ? » Léon avait souhaité qu'elle brûle sa lettre après l'avoir lue. Elle fit bien mieux. Elle ramassa une belle pierre ronde qu'elle entoura des deux lettres et jeta le tout dans les eaux du lac, attendant que les rides causées par la pierre disparaissent totalement et que l'eau redevienne plane et calme, pour partir sans se retourner.

Elle avait dit au chauffeur de revenir la chercher en fin de journée. Il lui restait plusieurs heures avant son retour. Au bord du lac, une petite baraque proposait des plats bon marché. Sa bouteille de whisky à la main, elle s'installa à une table et commanda un repas pantagruélique.

– La tristesse donne faim, dit-elle à la jolie métisse en robe rouge moulante et pieds nus, qui la servait : soupe, riz bouillant, petits poissons frits, morceaux de viande bouillie, légumes, corbeille de mangues, de papayes et de zapotes. La tristesse donne faim et parfois envie de baiser, reprit-elle en regardant la jeune fille qui s'appelait Maria et qui lui expliqua que des hommes du chantier voisin, situé de l'autre côté du lac, venaient parfois la voir pour faire des choses, et que si elle voulait, ce qu'elle faisait avec les hommes elle pouvait bien le faire avec une femme qui elle était propre et sentait bon.

Afin de mieux exercer son second métier, la jeune fille se mit entièrement nue et couvrit son corps de breloques en faux argent et turquoise comme une idole. Quand elle eut fini de faire l'amour, Frida regarda longuement le corps de María, pensant à l'autoportrait qu'elle avait commencé et dont elle avait montré une ébauche à Léon, le jour où il était entré dans son atelier. Finalement, elle lui donnerait le corps de María. Son autoportrait ressemblerait à la beauté sauvage de cette jeune Indienne dont la fougue venait de l'amener là où aucun homme n'avait su jusqu'alors la conduire. Assise, les mains crispées sur sa poitrine, elle lui donna un dernier baiser et se rhabilla. María refusa les billets que Frida lui tendit.

– Pas entre femmes, dit-elle.

La nuit commençait de tomber quand les phares de la Ford break éclairèrent la baraque. De l'autre côté du lac un convoi de camions arrivait dans un nuage de poussière.

– Voilà les hommes, dit simplement María.

22

Fallait-il parler d'une victoire de Natalia ? Et si oui était-elle totale ? Toujours est-il que – vengeance féminine, besoin de marquer son territoire – elle organisa pour le retour de celui qu'elle ne désignait plus que sous le nom de « mon très cher mari », bien qu'ils ne fussent pas mariés, une fête à laquelle furent évidemment conviés, comme le précisait le carton d'invitation, « Monsieur et Madame Diego Rivera ».

Lors de cette soirée placée sous le signe du ragoût d'agneau au pulque, d'une gigantesque salade d'*aguacates* et de petites *copitas* de cognac dansant de main en main, Frida, précédée par le bruissement de ses jupes et de ses jupons multicolores, décorée de bijoux comme une déesse aztèque, passa par toutes les couleurs de la palette émotionnelle : joie, tristesse, indifférence, rage, ne sachant que faire, que dire, ni quelle attitude adopter. Bien qu'elle n'eût plus dans sa poche la lettre de Léon à Natalia, elle aurait pu en jeter le contenu au milieu de la pièce, ce qui aurait été comme les premiers signes d'un tremblement de terre. Elle préféra garder le silence et observer, tel un entomologiste, les deux bestioles qui s'agitaient devant elle. Elle savait tout, ils ne savaient rien.

Dans le courant de la soirée, Frida, qui se reposait sur un canapé dans une pièce attenante à la chambre de Léon et Natalia, cachée par la pénombre, entendit les premiers éclats d'une dispute qui alla s'amplifiant. Elle qui avait parfois vu Léon aller et venir dans son bureau, et dicter tout en marchant des textes en français ou en allemand, ne reconnut pas complètement cette voix lançant des phrases martelées, rythmées, mélodieuses. Comme brisée par l'émotion, déstabilisée, la voix se faisait hésitante, maladroite, alors que celle qui lui répondait – celle de Natalia – était ferme, forte, sûre de son droit.

Éprouvant un vif sentiment de culpabilité envers Natalia après l'aventure qu'il venait de vivre avec Frida, Trotski avait décidé de l'attaquer plutôt que de reconnaître ses torts et lui faisait ni plus ni moins une scène de jalousie. Alors que celle-ci s'était dévouée corps et âme à lui, et depuis des années, dans les petites comme dans les grandes choses, le grand homme lui reprochait une infidélité fictive qui remontait à 1918, à l'époque où un camarade, s'étant il est vrai entiché d'elle, l'avait aidée à comprendre le fonctionnement du poste qu'elle venait d'obtenir au département des musées du Commissariat du peuple à l'instruction publique…

– Il y a vingt ans, vingt ans, Lvionotchek ! ne cessait de répéter Natalia. Et moi je n'ai rien fait !

Se drapant dans sa dignité, Trotski se contenta de répondre :

– Le passé, c'est le présent !

Toujours cachée dans la pénombre, Frida riait et

pleurait à la fois. Coincé entre son sentiment de culpabilité et celui de sa dignité personnelle, Trotski qui était un grand politique s'enfonçait davantage à chacune de ses interventions dont la mauvaise foi éclatait au grand jour.

– Je vais te dire, sale petit lion, disait Natalia, tu projettes sur moi la faute que tu viens de commettre et tu te punis toi-même par les tortures que la seule pensée de cette infidélité t'inflige. Si cela ne me donnait pas envie de pleurer, je mourrais de rire !

– Ce Iat, c'est bien comme ça qu'il s'appelait, continua Trotski, ce jeune homme qui…

Frida n'avait jamais entendu Natalia tenir tête à ce point à Trotski. Les explications humiliantes qu'elle lui donnait touchaient presque Frida dans son cœur de femme. « C'est toujours pareil avec les hommes », pensa-t-elle, presque prête à voler au secours de Natalia, qui finit par hausser le ton :

– Ca suffit, Lvionotchek, tu m'ennuies. Je n'ai rien fait. Je n'ai pas couché avec Iat, et toi tu as couché avec cette pute de Frida ! Est-ce que je te demande ce que tu as fait ou n'as pas fait avec Clare Sheridan, qui était censée sculpter ta tête dans la glaise, dans ton bureau du Kremlin, en 1920 ?

Trotski ne répondit rien. Les forces étaient en train de s'inverser.

– Le passé, c'est le présent… C'est ça que tu m'expliquais, tout à l'heure ?

Cette fois, le long silence qui suivit la question de Natalia, Frida le reçut comme un coup de poignard : Natalia et Léon étaient en train de se réconcilier – elle le sentait. Contrairement à l'accalmie terrible qui survient en plein milieu d'un cyclone, durant laquelle la bête reprend haleine pour mieux redoubler de vigueur ensuite, la dispute s'évanouit d'un coup. Trotski parla, retrouvant sa voix posée, profonde, et chacun de ses mots était comme un petit coup de lame de rasoir dans le corps de Frida :

– Natalotchka, nous sommes ensemble depuis trente-cinq ans. Je suis stupéfait de voir tout ce que la nature a en réserve, lorsque le malheur nous frappe. Nous ne nous quitterons jamais, n'est-ce pas ? Tu es mon âme sœur, il n'y a qu'avec toi que je peux parler de la vieillesse qui approche. Toi seule peux me comprendre.

– Mon petit lion, mon amour.

– Je voulais que tu saches que tu es non seulement mon camarade, ma maîtresse de maison, mais aussi ma femme désirable. C'est pour ça que je t'ai envoyé cette lettre un peu crue, je sais que nous n'avons ni l'un ni l'autre perdu notre appétit sexuel. Sinon cette lettre aurait été simplement insultante.

– De quelle lettre parles-tu ?

– Tu ne l'as pas reçue ! Je te parlais de ta chatte, de ma bite. Je te disais que c'était terminé avec Frida…

– Léon, je t'en prie ! Non, je n'ai aucune lettre de ce genre, je m'en serais souvenue !

– C'est étrange, tout de même, dit Trotski.

– Peu importe, Lev Davidovitch. Et comme tu dis : nous n'avons ni l'un ni l'autre perdu notre appétit sexuel.

Frida, de l'autre côté de la cloison, était hors d'elle. Toute cette guimauve, tous ces mensonges lui donnaient envie de vomir. La conversation se poursuivit, Trotski confia à Natalia qu'il versait des larmes de repentir, de tourment, qu'il était son « vieux chien fidèle ». Ils se mirent à se raconter leur vie, comment ils s'étaient rencontrés, en 1902. Ils évoquèrent l'appartement de la rue Lalande et celui de la rue Gassendi, le tombeau de Baudelaire qu'ils apercevaient derrière le mur du cimetière Montparnasse, elle lui rappela qu'elle recevait une vingtaine de roubles par mois que lui envoyait sa famille, il se souvint qu'il collaborait à des publications diverses « pour arrondir les fins de mois ». Il aimait cette fille au grand cœur, calme, avec son visage aux pommettes saillantes et ses yeux plutôt tristes ; d'origine noble, elle était une rebelle depuis l'enfance et cela lui avait immédiatement plu. Elle avait immédiatement été attirée par sa vitalité, sa vivacité d'esprit, sa capacité de travail... C'en était trop, Frida se leva. Tout ça était répugnant, la dégoûtait. Comment avait-elle pu succomber aux charmes de ce vieillard qui lui avait raconté qu'après ses chevauchées à San Miguel Regla, il était comme Tolstoï, lequel, après avoir lui aussi passé des heures à cheval, mais à soixante-dix ans, revenait plein d'odeur de pisse, de crottin et de campagne, rempli de désir et de concupiscence pour sa femme ? Qu'il reste avec sa vieille révolutionnaire, ce « vieux chien fidèle », et qu'il crève de sa nostalgie dégoulinante !

La soirée fut interminable. Frida ne comptait plus les *copitas* de cognac qu'elle avait absorbées et, dans une sorte de brouillard, elle put quand même voir les regards de haine que lui lançait Natalia. Trotski osait à peine la regarder, ce qui prouvait sans doute qu'il n'avait pas avoué à Natalia toute la vérité : sa rupture avec Frida n'était sans doute pas aussi claire que ses paroles prétendaient le signifier. Diego, lui, saoul et hilare, hurlait à qui voulait l'entendre que « chaque fois qu'il baisait une femme il voulait la faire souffrir, et que Frida était la victime la plus connue de cette répugnante tendance ». Certains prenant ça pour une boutade se mirent à rire, d'autres parurent gênés. Frida, tripotant ses perles et fronçant les sourcils, était morte de honte.

« C'est vraiment une soirée de merde ! » pensa-t-elle. Comme toutes les fois où elle sentait le désespoir l'envahir, elle se demanda quelle digue de fortune elle pourrait rapidement édifier pour arrêter la montée des eaux. Dans un coin du patio, Jean van Heijenoort fumait une cigarette. Elle avait pu constater à plusieurs reprises qu'il n'était pas insensible à son charme. L'homme était jeune, aimait danser, plaisait beaucoup aux femmes, ressemblait à Jean Marais, cet acteur français dont elle avait vu la photo dans la revue *Ciné*, et il était libre comme l'air depuis que sa femme et son fils étaient partis vivre aux États-Unis.

Après une brève conversation avec lui, elle l'invita à la retrouver le lendemain soir au Tenampa, un bar à la mode. L'idée de mettre dans son lit l'ex-amante de son chef spirituel l'amusa beaucoup. Il répondit positivement à l'invitation de Frida en l'embrassant doucement dans le cou.

23

Leur liaison dura quelques semaines. Jean van Heijenoort, assumant les fonctions de secrétaire, traducteur et garde du corps, avait peu de temps libre. Souvent, ils allaient dîner chez Bellinghausen, rue de Londres, où on leur réservait une table. Mais rien dans leur attitude ne laissait supposer qu'ils étaient amants. Il faut dire que Trotski, qui évidemment n'était au courant de rien, ne leur facilitait pas les choses. Fou à l'idée que son jeune assistant passe la nuit dehors, il lui trouvait toujours quelque chose à faire, qui le contraignait à rester à la Casa azul, ce qui ne l'empêchait pas de partir quand même, ne serait-ce, comme il le confiait à Frida, « pour évacuer toute la tension qui règne entre les murs de cette foutue baraque ».

Les deux couples – Trotski et Rivera – continuaient de se fréquenter, mais un observateur perspicace aurait immédiatement senti que des différences subtiles s'étaient désormais installées entre eux. Une certaine distance était présente. Frida ne jetait plus des « love » à la cantonade comme elle aimait à le faire, et les relations entre les deux femmes alternaient moments de froideur et effusions soudaines. Diego, trop occupé à poursuivre de ses assiduités ses nouveaux modèles et à compter les *copitas* de cognac qu'il était capable d'écluser en une minute, arborait une certaine indifférence. Quant à Léon, il vivait cette situation avec beaucoup de souffrance et de gêne.

Une histoire comme celle-là ne peut se clore ainsi, d'un coup, sur une simple décision prise par l'un ou par l'autre. Ses ramifications sont profondes, les souvenirs reviennent sans cesse, la moindre brise peut faire reprendre le feu qui couve encore sous les broussailles. À plusieurs reprises, les deux amants faillirent recommencer leur relation. Avait-elle d'ailleurs vraiment cessé ? Certes, ils ne faisaient plus l'amour, mais ils se voyaient ici ou là. Leur complicité était bien réelle, leur entente évidente. Tout, dans les regards qu'ils échangeaient, dans leurs gestes, dans les sous-entendus qu'ils faisaient planer lors de telle ou telle discussion, montrait qu'ils étaient encore très proches.

Léon, qui fut le seul à dire à Frida qu'il avait pensé à elle le matin du 17 septembre, date anniversaire de son terrible accident, avait cependant une idée fixe : il voulait absolument qu'elle lui rende les lettres qu'il lui avait écrites. « Imagine qu'elles tombent entre les mains de la Guépéou ! » ne cessait-il de lui dire. Frida hésitait. Lui rendre ses lettres, c'était comme s'ils rompaient une deuxième fois. Elle finit cependant par céder, et les lui rendit, après les avoir toutes relues plusieurs fois. Il lui annonça dès le lendemain qu'il avait lui aussi brûlées les siennes, et que cela l'avait fait souffrir. Elle lui en voulut beaucoup.

Un peu de temps passa, automnal, durant lequel elle rejoignit souvent Léon dans le patio intérieur de la Casa azul. Quelque chose avait changé. Hier encore luxuriant, lumineux, le patio, où enfant elle avait joué avec ses sœurs, lui parut sombre, presque solennel, comme mort, trop silencieux, excepté lorsqu'un tramway passait derrière les murs, faisant un bruit de ferraille, ou quand les explosions des moteurs des automobiles ressemblaient à des rafales de mitrailleuse. C'est là qu'elle finit par avouer à Léon qu'elle avait reçu la lettre qu'il destinait à Natalia.

– Quelle lettre ? demanda-t-il.

– Celle où tu parles de ta queue, Barbichette, répondit Frida, satisfaite de son effet et surprise que Léon prît cette révélation avec un certain détachement.

Comme si tout cela ne comptait plus. Il en rit presque.

– Tu l'as détruite ?

– Je l'ai mise autour d'une pierre, et je l'ai balancée dans un lac !

Comme pour tester le degré de détachement de l'un vis-à-vis de l'autre, Frida et Léon s'arrangèrent pour que l'autre sache que chacun avait entamé une nouvelle aventure. Après avoir rompu sa relation avec Jean, avec la même rapidité et la même surprise qu'elle avait commencé, Frida s'enticha d'une jeune Irlandaise, une marchande de tableaux aux fesses couvertes de taches de rousseur et fit en sorte que Léon les surprît un jour en train de s'embrasser derrière un des gros pots de fleurs rouges et blanches du patio. Léon, de son côté, échafauda un plan diabolique qui faillit tourner au scandale. La relation avec Frida à peine terminée, la réconciliation avec Natalia tout juste établie, il se mit à faire des avances à une jeune Mexicaine qui habitait dans le quartier. Pour la retrouver, il lui fallait une excuse qui n'éveillât pas les soupçons. Ayant toutes les raisons de croire qu'un groupe de tueurs envoyés par Staline avait élu domicile dans une des maisons proches de la sienne, il imagina un plan destiné à échapper à ses agresseurs : il utiliserait l'échelle dissimulée au fond de la cour et irait se cacher dans la maison de la jeune Mexicaine. Bien entendu, un certain nombre de répétitions étaient nécessaires afin de voir si cette stratégie était la bonne, répétitions qui devaient avoir lieu dans le plus grand secret. La jeune Mexicaine, plus que réticente, fit savoir à Trotski qu'elle dédaignait ses avances et ne souhaitait pas le voir escalader nuitamment le mur de sa maison. Habile politique mais piètre stratège lorsqu'il s'agissait des choses de l'amour, Trotski semblait ne pas vouloir comprendre. Il fallut une nouvelle fois toute la force de persuasion de Jean van Heijenoort pour qu'il renonce à la belle. La version qu'il fournit à Frida fut totalement différente : pour ne pas mettre en péril la survie même de la IVe Internationale qui ne se serait pas remise d'un tel scandale si celui-ci éclatait, il avait dû refuser les avances empressées de la jeune femme…

Le 7 novembre, jour de la naissance de Trotski, qui fêtait ses cinquante-huit ans, et accessoirement le XXe anniversaire de la révolution d'Octobre, Frida offrit à Léon l'autoportrait qu'elle avait commencé dans les premiers temps de leur relation, une petite toile de 60 cm sur 76. Plutôt que de se représenter en paysanne vêtue du costume de Tehuana ou en militante politique, le poing levé, elle choisit de se peindre en grande bourgeoise, dans une ambiance un peu raide, comme sur les photos posées que son père faisait dans son atelier. Elle apparaissait droite, figée, entre deux grands pans de lourds rideaux blancs. Poitrine et oreilles ornées de bijoux coloniaux. Cheveux relevés, tresses nattées ornées d'un œillet rose et d'un ruban rouge. Jupe saumon à volants blancs, corsage pourpre, châle ocre jaune. Ongles peints, bouche couleur rouge vif, rose aux joues. Dans une main un petit bouquet de fleurs des champs, dans l'autre une lettre où l'on pouvait lire : « À Léon Trotski avec toute ma tendresse je dédie ce tableau le 7 novembre 1937. Frida Kahlo à San Ángel, México. »

Alors qu'elle offrait son tableau, Frida observa Léon avec attention. Il semblait réellement ému et la remercia en l'embrassant tendrement. Frida crut voir ses yeux s'attarder sur la poitrine bien dessinée sous le corsage rouge et les plis du châle ocre jaune, et se réjouit en pensant qu'il ne s'agissait pas des siens mais de ceux de la jeune Indienne aimée dans la cabane au bord du lac. Frida observa aussi Natalia qui affirmait trouver le tableau « tout à fait charmant, et si frais, presque juvénile ». En réalité, elle voyait bien que Natalia comprenait parfaitement la teneur particulière de ce tableau et que cela la faisait souffrir : cette jeune fille séduisante, d'apparence si sage, était en réalité bien pernicieuse et s'offrait une nouvelle fois, en toute impudeur, à son « mari ».

La fête terminée, Frida rentra chez elle. Se disant qu'elle n'en pouvait plus, qu'il était tard, qu'elle était fatiguée. Elle prit trois doses de Phanodorm et essaya en vain de s'endormir.

24

Natalia exultait. Cela faisait des mois qu'on ne l'avait vue dans un tel état d'euphorie.

– Le comité de défense vient de télégraphier de New York. Il a annoncé publiquement son verdict lors de son meeting ! Non coupable, Lvionotchek, non coupable !

Le calme de Trotski contrastait avec l'effervescence qui s'était rapidement emparée de toute la maison.

– « Nous constatons l'imposture des procès de Moscou. » C'est écrit, Lvionotchek, « *the frame-up* », « *the frame-up* », l'« imposture » des procès de Moscou.

Trotski releva lentement la tête et posa son stylo, celui que Frida lui avait offert :

– C'est bien. C'est très bien, se contenta-t-il de dire.

Natalia poursuivit :

– « Nous constatons donc l'innocence », Lvionotchek, tu entends, « l'innocence de Trotski et de Léon Sedov ! »

Petit à petit, le bureau se remplissait de monde, secrétaires, blocs-notes en main ; cuisinière s'essuyant les mains sur son tablier ; gardes du corps, pistolet au poing ; camarades en faction dans la cour, mitraillette en bandoulière.

– Que personne n'abandonne son poste, je vous en

supplie, dit Trotski, surtout toi, Jean, tu es le meilleur tireur d'entre nous.

Natalia tendit le combiné du téléphone à Léon. C'était Ruth Ageloff, qui l'avait beaucoup aidé au moment des sessions de la commission Dewey, traduisant, tapant à la machine, cherchant des documents. Dans l'euphorie, elle lui passa sa sœur, la jeune Sylvia, tout comme elle militante trotskiste américaine et qui voulait féliciter le héros de vive voix.

Puis on alluma la radio. La commission d'enquête annonçait que les deux cent quarante-sept considérants formant un volume de quatre cents pages allaient être publiés par Harper & Brothers, à New York, sous le titre *Not Guilty !* « Non coupable ! ».

Diego arriva, serrant Léon et Natalia dans ses bras.

– On les a baisés, les staliniens !

Les signataires du document étaient avocats, écrivains, éditeurs, journalistes ; il y avait même un ancien membre du Comité national de la Confédération des travailleurs mexicains, des anciens députés du Reichstag, de nombreux professeurs, des médecins, des chercheurs.

– Quelle victoire, Léon ! ne cessait de répéter Diego. Ça va tout changer ! C'est très important, très important !

– Nous verrons, mes amis. Ne nous emballons pas. Une étape est franchie, mais le chemin est encore long…

Le soir même, les Rivera, comme les appelait Natalia, parce qu'elle savait que cela énervait Frida, organisèrent une fête à la maison de San Ángel, à laquelle furent conviés nombre de trotskistes mexicains et étrangers présents à

México. Cette victoire était la leur et pour rien au monde, ils n'auraient manqué la fête. Une nouvelle fois on but, on chanta. Une nouvelle fois Diego tira au pistolet, de sa terrasse, sur d'hypothétiques étoiles qui scintillaient dans la nuit mexicaine. Une nouvelle fois Diego, mort de faim et d'une humeur de chien, envoyant au diable médecin, régime et médicaments, engloutit tout ce qui se trouvait à sa portée, femmes et nourriture, critiquant on ne sait pourquoi la religion catholique et les serviteurs de Dieu avec un manque de respect et une vulgarité qui atteignirent cette fois des sommets. Le tumulte qui s'ensuivit donna le ton à la fin de la soirée. Frida, qui n'était pas en reste, entreprit, on se sait trop pourquoi, de faire la roue. Bien entendu, elle n'y parvint pas, mais lorsque ses jupes glissèrent le long de ses jambes, lui recouvrant le visage, l'assistance médusée s'aperçut qu'elle ne portait pas de culotte, ce qui ajouta à une soirée déjà bien engagée la note de folie qui lui manquait encore. Diego voulait que tout le monde s'embrasse, hommes et femmes, femmes entre elles et hommes entre eux, et que l'alcool coule littéralement à flot. Jean van Heijenoort, qui jusque-là avait réussi à ne pas boire une goutte d'alcool, pensa qu'il ne lui restait plus qu'à prier pour que la soirée se déroule sans incident. Il eût en effet suffi de quelques tireurs bien placés, ou de participants à la fête armés d'armes blanches voire de grenades, pour faire un massacre et assassiner Trotski sans qu'on sache d'où le coup était parti tant la confusion était grande.

Juste avant que les premiers convives ne quittent la maison de San Ángel, profitant de l'obscurité de la terrasse, Frida mit la main à l'entrejambe de Léon, lui disant à l'oreille :

– Dis-moi, Barbichette, ton bernard-l'hermite ne s'ennuie pas trop de mon coquillage ?

Léon ne répondit pas. Frida ne sut jamais s'il n'avait pas entendu ou s'il avait refusé de répondre.

Si le 12 décembre resta pour les trotskistes la date à laquelle la commission Dewey les innocenta des crimes dont ils étaient accusés, pour les habitants de México, c'est le jour consacré à la naissance de l'enfant Jésus et au culte de Marie, la Vierge de Guadalupe, leur patronne. À partir de cette date et jusqu'à la veille de Noël, a lieu chaque soir dans les différents quartiers de Coyoacán une fête appelée *posada*. Un groupe d'enfants rendent visite à ceux d'une rue voisine, qui à leur tour rendront visite aux enfants d'une autre rue, et ainsi de suite jusqu'au jour de Noël. Devant chaque porte, le groupe d'enfants demandent l'hospitalité. Le dialogue est convenu : « Au nom du ciel, je vous demande l'hospitalité, car ma chère femme ne peut plus voyager. » La réponse est immédiate : « Ceci n'est pas une auberge, passe ton chemin. » Et la conversation s'engage : « Ne soyez pas si cruels, faites la charité. » « Allez-vous-en, n'insistez pas, ou je me fâche. » « Nous venons de Nazareth, je m'appelle Joseph, je suis charpentier… » « Peu importe votre nom, laissez-moi dormir, etc. » Bientôt les portes s'ouvrent. On laisse entrer les pèlerins. Les enfants courent jusqu'au patio. Les yeux bandés, bâton à la main, ils frappent les *piñatas* qui explosent en mille morceaux, déversant leur contenu. Les adultes arrivent ensuite, au crépuscule, distribuent des bonbons et des jouets aux enfants. De grands repas sont servis durant lesquels on mange des petits chaussons au chorizo, des farces à base de poulet et de haricots rouges, des tortillas remplies de fleurs de courge, de fromage, de pommes de terre.

Trotski vécut ces journées typiquement mexicaines d'une étrange façon. Tout ce remue-ménage le troublait, le mettait mal à l'aise. Il ne savait dire pourquoi. Quelques jours avant que l'année 1937 ne bascule dans la suivante, il fit un rêve étrange qu'il voulut absolument raconter à Frida. Tout lui semblait absurde du début à la fin, absurde et atroce. Cela commençait dans la cuisine, la grande cuisine bleue et jaune de la Casa azul infestée de fourmis, de blattes et de quantité d'autres insectes dont il ne parvenait pas à se débarrasser, qui la traversaient en procession ininterrompue. Puis le rêve se poursuivait, utilisant visiblement des éléments des fêtes de la Vierge de Guadalupe. Tandis qu'à la radio un communiqué de Moscou annonçait l'exécution sans procès de huit personnes, tous anciens collaborateurs de Trotski, des groupes venaient frapper à la porte de la Casa azul. Ce n'était plus des enfants mais des adultes, et bien qu'ils reprennent les questions traditionnelles – « Au nom du ciel, je vous demande l'hospitalité, etc. » –, l'atmosphère joyeuse avait cédé la place à la peur. Il soufflait un vent glacial, il faisait sombre. Ceux qui venaient chercher l'hospitalité formaient un long cortège, celui des victimes du stalinisme ; les anarchistes espagnols assassinés dans les rues de Madrid, beaucoup d'anonymes, beaucoup aussi de visages sanglants, sur lesquels Trotski pouvait mettre un nom : Marc Rhein, enlevé dans un couloir d'hôtel ; Camillo Berneri, abandonné dans une ruelle le corps criblé de balles ; Andreu Nin, disparu en Catalogne ; Gamarnik, retrouvé « suicidé » ; Boudou,

Mdivani, Okoudjava, Eliava, anciens camarades tous fusillés ; Kavtaradzé, assassiné dans une cave ; les frères Nestor et Mikhaïl Lakoba, exécutés sur un chemin de terre ; Erwin Wolf, son si cher ami, emmuré vivant dans sa prison ; Ignace Reiss, retrouvé dans un fossé près de Lausanne ; et Kurt Landau, tué en pleine rue ; tous, hommes sans visages, visages sans corps, engloutis par l'océan.

– Voilà mon rêve, qui se poursuit dans le patio, où je les attends, où l'on me contraint à fracasser leurs têtes à coups de bâton, comme dans votre jeu de la *piñata*. Tandis que j'entends monter de la rue la clameur de ceux qui réclament mon expulsion du Mexique… Parfois, Frida, j'ai l'impression, ici, dans le petit jardin tropical de Coyoacán, de vivre entouré de fantômes au front troué.

Frida n'avait jamais senti Léon aussi fatigué, aussi découragé. Tout à coup, et c'était la première fois, il lui parut très vieux, usé. Il disait qu'il en avait assez, que toute sa vie il avait dû montrer ses papiers à des fonctionnaires hargneux, se justifier, se cacher, fuir. Le matin de ce rêve affreux, un journaliste du *Baltimore Sun* était venu l'interviewer. Léon avait exigé la somme exorbitante de 1 000 dollars, laquelle, bien évidemment, lui avait été refusée. La direction avait été très ferme : elle ne débourserait pas plus de 200 dollars. Racontant l'anecdote, Léon ne décolérait pas devant une Frida meurtrie qui ne trouvait pas les mots pour lui faire comprendre qu'il n'était plus l'homme influent qu'il avait été et qu'il n'était plus en somme qu'un ancien commissaire de toutes les Russies en exil surveillé au Mexique…

Plus rien ne semblait amuser le vieil homme. En cette période de Noël, Frida passait ses journées dans les boutiques pour chercher des cadeaux pour ses amis. Elle montra à Léon les poupées en carton habillées en acrobate, ou d'autres vêtues de chiffons argentés qu'elle adorait. Elle lui montra aussi des patins multicolores et des sifflets de formes multiples dont elle faisait collection et qu'elle utilisait parfois pour, comme elle disait, « épater le bourgeois », en pleine discussion sérieuse ou au beau milieu d'une pièce de théâtre pour montrer sa désapprobation. Léon resta de glace, englué dans son terrible rêve, dans sa déception.

Après un long silence, il lui prit la main et lui dit doucement :

– Le passé évoqué fait toujours peur, n'est-ce pas... mais quand il est évoqué afin d'engloutir le présent... il... il paraît infernal.

Frida ne sut quoi répondre. D'ailleurs, cette pensée n'induisait peut-être aucune réponse. Le soir était depuis un certain temps tombé sur le patio. Frida et Léon se parlaient dans une quasi-obscurité. Ils se dirent qu'ils entraient dans une nuit épaisse. Celle de México est plus noire qu'ailleurs, toujours avec une alerte en suspens, quelque chose de farouche.

– C'est vraiment une nuit terrible, dit Frida, ajoutant après un long silence : À quoi penses-tu, mon amour ?

Léon ne parut pas surpris. Tous deux savaient qu'ils s'aimaient encore, mais d'un amour différent, peut-être plus profond, dont il était difficile de cerner les frontières.

– Je pense à un cheval rouan, tacheté de blanc, qui court et qui bondit. Qui hennit, qui est très excité, dont la crinière est au vent, dont les nasaux sont dilatés. Il heurte les cailloux de ses sabots. Il galope le long du rivage. Je me demande bien ce qu'il peut chercher.

Frida sourit.

– Tu trouves ça ridicule ? demanda Léon.

– Au contraire. Écoute... Pendant que tu rêvais, je travaillais dans mon atelier. Encore une insomnie, ça m'arrive de plus en plus... J'ai peint à l'aquarelle un paysage. En plein milieu un gros bâtiment, et devant : un cheval au galop ! Le ciel est d'un bleu intense. Seule l'ombre du cheval donne de la profondeur à l'image. C'était étrange, en peignant, j'entendais le bruit des sabots. L'ensemble donne une impression d'oppression, de solitude.

– Tu as peint mon rêve !

– Je ne sais pas. J'ai toujours pensé que je ne peignais pas mes rêves, mais ma propre réalité.

– Oui, mais là il s'agit de mon rêve et non du tien...

25

L'année 1938 commença par une affaire étrange. Alors que Trotski était absent de chez lui, un inconnu s'était présenté à la Casa azul avec de gros sacs d'engrais destinés, prétendait-il, au jardin de Diego Rivera. Le livreur avait affirmé qu'ils étaient envoyés par le général Múgica, ministre des Communications. Le garde, soupçonneux, avait refusé les sacs et invité le livreur à se représenter le lendemain. Ce qu'il ne fit évidemment pas, et lorsqu'on vérifia si le général avait donné l'ordre de faire livrer quoi que ce soit à la Casa azul, il s'avéra qu'il n'avait jamais donné aucune instruction en ce sens !

Cet événement se superposa, dans la tête de Trotski, à un autre. Comme chaque 5 janvier depuis 1933, il repensa au suicide de sa fille Zina qui avait ouvert le gaz dans son appartement de Berlin. Elle aussi était poursuivie par les agents spéciaux du Kremlin. Elle aussi redoutait par-dessus tout de se retrouver contrainte de retourner un jour en Russie. Depuis la mort du père de son enfant, Platon Volkov, déporté en Sibérie, elle avait dû faire face à de nombreux accès de délire qui l'avaient plusieurs fois conduite à se faire soigner dans une clinique. Mais à Berlin, seule, désespérée, enceinte, il lui avait semblé que la seule solution était de mettre fin à ses jours. Sur sa table de nuit, elle avait laissé une lettre destinée à son amie Jeanne Martin des Pallières, dans laquelle elle lui demandait de s'occuper de Siéva, son fils de six ans « tellement gentil »...

De ses quatre enfants, Zina était celle dont Trotski était le plus proche, parce qu'elle lui ressemblait physiquement et, d'une certaine manière, moralement aussi. Alors, à chaque moment difficile de sa vie, depuis le 5 janvier 1933, il repensait à cette mort, se disant que lui aussi il choisirait un jour peut-être cette voie fatale.

Cette histoire de sacs d'engrais l'inquiétait fortement. Dans un premier temps, il adopta des mesures de défense plus sérieuses : exigeant qu'une petite troupe monte la garde vingt-quatre heures sur vingt-quatre et qu'un système d'alarme fût installé dans la maison de Coyoacán.

Remarquant de suspectes allées et venues dans la maison voisine de celle de Trotski, Diego Rivera prit les choses en main. Après avoir vérifié l'identité des voisins, il entreprit des travaux dans la Casa azul. Il ouvrit une porte entre deux pièces, ce qui éviterait à ses occupants de faire un détour en cas de fuite nécessaire ; il condamna des fenêtres avec de grosses briques de terre rouge et il prévit de ménager une large ouverture dans le mur qui séparait la Casa azul de la maison voisine qu'il comptait bien acquérir. De gros sacs de sable interdiraient désormais l'entrée de la rue de Londres à toute circulation et, à chaque visite, Léon partirait rejoindre l'une des pièces intérieures avant que les portes donnant sur la cour ne soient ouvertes.

Comme si la peur générée par la fausse livraison de sacs d'engrais ne suffisait pas, la campagne d'injures et de menaces menée par les staliniens mexicains reprit de plus belle. Ils reprochaient cette fois à Trotski son rôle dans l'écrasement de la révolte de Kronstadt en 1921, laissant entendre qu'afin de faire triompher l'adage selon lequel la fin justifie les moyens, il n'avait pas hésité à tuer des innocents. En réalité, ce que craignaient Trotski et son entourage n'était pas tant les attaques de la presse auxquelles finalement ils étaient habitués que les appels à descendre dans la rue pour manifester sous ses fenêtres. Une fausse manifestation politique menée de front au coin de la rue de Londres et de la rue Allende pourrait très bien dégénérer et se terminer en attentat contre lui.

Finalement, Diego Rivera pensa qu'il valait mieux que son hôte s'éloigne quelque temps et il lui proposa d'aller résider chez un ami mexicain, Antonio Hidalgo, qui possédait une maison dans les Lomas de Chapultepec, à l'ouest de México. Afin de dissimuler l'absence de Trotski, Natalia resterait à Coyoacán et ferait tout pour laisser accroire que ce dernier occupait encore les lieux : elle ne laisserait personne entrer dans la chambre de Trotski, invoquant une maladie qui le contraignait à rester couché ; et de temps en temps lui apporterait du thé, des livres, la presse quotidienne qu'il avait l'habitude de dévorer, sans oublier d'allumer la radio aux heures où il aimait l'écouter…

Le 13 février, Lvionotchek se glissa donc dans la voiture garée dans la cour, se coucha sur le plancher sous une couverture, tandis que Jean van Heijenoort au volant du véhicule se faisait ouvrir la porte cochère et passait devant la guérite des policiers, leur faisant un certain geste de la main qui voulait dire : je suis seul et pressé !

La maison du couple Hidalgo était une merveille de calme et ses habitants pleins d'une prévenance teintée de respect. Ne pouvant sortir et jouir ni du parc tout proche dont il pouvait cependant respirer l'odeur de l'herbe et des arbres, ni des multiples commerces animant jour et nuit les rues de ce quartier très chic, Trotski passait ses journées à lire et à écrire, notamment un article intitulé « Leur morale et la nôtre », auquel il ajoutait sans cesse de nouveaux paragraphes. Hidalgo et Jean van Heijenoort assuraient la liaison avec la Casa azul. Depuis leur exil en Turquie, en février 1929, Trotski et Natalia n'avaient été séparés que pour de brèves périodes. Celle-ci était la quatrième fois et, comme lors des précédentes, ils s'adressaient des lettres remplies de détails quotidiens.

Songeant à ce qu'il appelait un « avenir plus lointain », il lui confia qu'il pensait devoir remplacer ses costumes blancs par des vestes de cuir, ses chaussures claires par des chaussures foncées, et son chapeau de paille par une casquette. Il lui demanda de lui faire parvenir son pardessus, son cache-nez et sa ceinture médicale parce qu'il avait mal aux reins. Il la pria de lui envoyer sa pommade pour les cheveux oubliée à Coyoacán et une brosse dure qui lui permettrait de les faire tenir droits. En réalité, et malgré l'acte de contrition réitéré, en larmes aux pieds de Natalia, l'assurant de son amour sans faille et du besoin intense qu'il avait d'elle, il ne pouvait s'empêcher de penser à Frida, à tout ce qu'il venait de vivre avec elle, à tout ce qu'elle lui avait donné. La nostalgie qu'il éprouvait pour ce passé proche était une nostalgie heureuse.

Le matin du 16 février, il était sur le point de lui écrire une nouvelle lettre, dans laquelle il voulait lui exprimer son désir de la revoir, lorsqu'un brouhaha se fit entendre dans le hall d'entrée de la villa. Diego Rivera, monumental, en nage, le visage fermé, ce qui lui conférait une sorte de puissance dionysiaque, fit violemment irruption dans sa chambre, accompagné de Jean van Heijenoort :

– Léon Sedov est mort ! dit Diego.

– Que dites-vous ? hurla Trotski.

Diego répéta « Léon Sedov est mort » en brandissant le journal du soir qui reproduisait la dépêche de Paris.

– Liova, mon petit Liova...Foutez le camp ! Sortez de ma chambre ! Sortez d'ici ! lança-t-il, ajoutant : Attendez, Natalia le sait ?

– Non.

– Alors, c'est moi qui le lui dirai. Partons immédiatement pour Coyoacán.

Le voyage vers México fut pénible pour les trois voyageurs. Jean van Heijenoort conduisait. Diego était assis à côté de lui. Trotski était seul à l'arrière, la tête pleine d'une seule pensée : pendant qu'il terminait son article, son fils luttait contre la mort, et il n'en savait rien ! Ne desserrant pas les dents du trajet, une seconde pensée submergea la première. C'était la troisième fois qu'il pleurait la mort d'un enfant. Après celle de Nina, en 1928, puis celle de Zina, cinq ans plus tard, c'était maintenant Léon Sedov, que lui et Natalia appelaient affectueusement, Liova, qui mourait...

Arrivé à Coyoacán, il prit Natalia par les épaules, lui répétant à plusieurs reprises « Notre petit Liova est malade, Natalotchka, notre petit Liova est malade », avant de s'enfermer dans leur chambre avec elle et de n'en ressortir que le lendemain après-midi.

Frida était là, qui embrassa Natalia longuement en la prenant dans ses bras.

– Léon va vous raconter, moi je ne peux pas, dit-elle tout en disparaissant dans la cuisine, le dos soudain voûté, comme si en une nuit elle était devenue une vieille femme.

Frida serra chaleureusement les mains de Léon, qui l'entraîna dans son bureau en demandant qu'on leur prépare du thé.

– Il y a exactement trente-deux ans, Natalia m'annonçait dans ma prison la nouvelle de la naissance de Liova… C'est affreux…

Assis côte à côte sur le canapé, Léon et Frida ne desserraient pas leurs mains enlacées comme celles de deux amis réunis par une même peine.

– Comment est-ce arrivé ?

– Liova a été pris de douleurs abdominales. Il a été transporté d'urgence dans une petite clinique d'Auteuil dirigée par un médecin russe émigré. Pour éviter que les tueurs de Staline ne le retrouvent, il a été enregistré sous le nom de M. Martin, ingénieur français. L'opération s'est très bien passée. Deux jours plus tard, il était sur pied… Et il est mort tout à coup le troisième jour…

– Comment ? Pourquoi ?

– Juste avant son décès, l'infirmière de garde l'a trouvé en train d'errer en pyjama dans les couloirs de la clinique, il délirait et ne savait plus ce qu'il disait. Il paraît que quelques heures avant sa mort, un médecin s'est adressé à lui en russe et qu'on lui a donné de la nourriture entre les heures régulières des repas.

– Tu crois qu'il a été empoisonné ?

– Sans aucun doute, c'est une habitude en Russie, dit Léon, la voix étranglée, les yeux pleins de larmes, ajoutant : C'est le jour le plus sombre de notre vie, Frida. Le plus noir. On l'a tué. On a tué notre petit Liova...

– Il avait des enfants ?

– Oui et non.

– C'est-à-dire ?

– Il vivait avec Jeanne Martin des Pallières, qui avait recueilli Sieva, notre petit-fils, quand sa mère, Zina, s'est suicidée à Berlin.

– Que vas-tu faire ?

– Obtenir la garde de l'enfant et le faire venir au Mexique...

Ils avaient parlé toute la journée, la nuit était tombée. Frida, qui avait recommencé à souffrir horriblement de ce qu'elle appelait son « mauvais pied » et qui, après l'opération qu'elle avait subie il y a quatre mois, savait qu'elle en aurait sans doute besoin d'une nouvelle, choisit de se taire. En temps normal, elle aurait dit qu'elle continuait à « claudiquer du sabot », et que « ça l'emmerdait », et que « ça faisait des mois qu'elle se faisait charcuter pour des prunes ». Mais elle préféra se taire. La souffrance de Léon était si intense, que la sienne lui parut négligeable. En temps « normal », elle lui aurait aussi dit qu'elle était en train de travailler à un dessin préparatoire, *Souvenir d'une blessure ouverte*, où elle se représentait sans tête, le cœur gonflé et rouge, assise, le pied bandé, une main dissimulée sous sa jupe, caressant une plaie ouverte : son sexe couleur rouge sang. Elle pensa : « Je ne vais tout de même pas lui parler de ce tableau où je me masturbe, je vais fermer ma gueule. »

Au moment de partir, elle embrassa Léon sur la bouche, lui disant :

– Je t'aime. Je vous aime tous les deux, Natalia et toi, ajoutant qu'elle avait appris que le poète français André Breton arriverait bientôt à México.

En entendant ce nom, Trotski changea soudain d'expression, comme si toute sa souffrance, réelle, profonde, venait de s'enfuir. Son visage était celui d'un homme redevenu énergique, aigu, dominateur. Comment faisait-il pour retrouver un tel calme ? se demanda Frida. Sa vie hasardeuse, inquiète, pleine de sursauts et de dangers, ne l'avait-elle pas à la longue privé de toute sensibilité ?

26

C'est dans les semaines horribles qui suivirent la mort de Liova, alors que Frida s'était mise volontairement en retrait de la vie de Léon et de Natalia afin de ne pas venir interférer avec leur peine, que le poète français André Breton, accompagné de son épouse, avec laquelle il était marié depuis trois ans, arriva au Mexique. Sous le couvert d'une mission des Affaires étrangères et d'une série de conférences, le chef incontesté du mouvement surréaliste, crinière argentée au vent, passa sa première nuit chez Lupe Marín, l'ex-femme de Diego, avec laquelle il venait de renouer et qu'il s'était remis à dessiner et à peindre sous le regard soupçonneux de Frida.

En réalité, le célèbre « pape du surréalisme », avait bien failli reprendre le soir même le premier bateau pour rentrer en France. Le fonctionnaire d'ambassade n'ayant prévu aucun hébergement, et Breton n'étant pas en mesure de se payer une chambre d'hôtel, c'est Diego qui avait trouvé cette solution. En quelques secondes, l'angoisse et la colère du grand homme étaient retombées :

– Vous dormirez les premières nuits chez Lupe puis vous viendrez chez nous à San Ángel. Vous êtes nos invités. Tout est réglé. Quant à Trotski, il m'a chargé de vous transmettre son invitation. Il vous attend.

Dès leur première rencontre, Frida trouva André Breton déplaisant. Elle n'aimait pas le bleu profond de ses yeux, trouvait son visage aussi peu expressif qu'un masque et ses mains brassant l'air comme des moulins inutilement théâtraux, et encore moins cette manière imbécile de lui faire le baisemain, comme à une dame du siècle passé. Mais ce rejet physique n'était pas le plus important. L'homme inondait son auditoire d'incessantes formules ou théories toutes plus prétentieuses, ineptes et arrogantes les unes que les autres, comme « Cette terre est le lieu surréaliste par excellence » ou « Ici, les cactus ont l'éternité devant eux : celle des idoles de pierre ». Une expression revenait souvent dans la bouche de Frida : « Le problème *con el Señor* Breton, c'est qu'il se prend trop au sérieux. » En fait, elle pensait sincèrement qu'il ne comprenait rien au Mexique. Ne parlant que de lui – « pour moi l'essentiel est que je n'ai pas transigé avec les trois causes que j'avais embrassées au départ : la poésie, l'amour et la liberté » –, il rappelait à qui voulait l'entendre qu'il avait à plusieurs reprises élevé la voix pour la défense de Trotski, et que celui-ci n'aurait qu'un désir : le voir au plus vite. À l'écouter, il avait été l'un des premiers à pressentir la grandeur de Trotski et à défendre son honneur perdu de révolutionnaire. Quand il ne dissertait pas des heures sur le rôle de l'inconscient dans la création, il stigmatisait le vent de crétinisation systématique qui soufflait sur tout ce qui ne touchait pas au surréalisme et n'encensait pas son illustre personne.

Leur première altercation eut lieu après une conférence publique donnée par Breton au palais des Beaux-Arts, durant laquelle il avait attaqué « les intellectuels cléricaux, stalinistes, guépéoutistes, membres de toutes les sectes et de toutes les chapelles », et pour laquelle il avait exigé la présence d'un discret service d'ordre fait de militants mexicains que Trotski s'était empressé de lui offrir. Bien entendu aucun incident n'avait eu lieu et cela d'autant plus que l'assistance venue écouter la bonne parole du maître était plus que clairsemée.

Lors du repas qui avait suivi la conférence donnée dans la maison de San Ángel, Frida Kahlo n'avait pu s'empêcher de faire une pointe d'ironie. Alors que tout le monde profitait de la douceur de la soirée dans le jardin, tandis que l'Indienne faisant office de gardienne et de cuisinière préparait le dîner sur un feu de braises, Breton, avisant le tamanoir qui se promenait en toute liberté au milieu des pots d'agaves, pérora sur le fait que cet animal figurait sur son ex-libris, en tirant d'étonnantes conclusions sur les raisons de cette apparition providentielle et vraisemblablement due à ce qu'il nommait le « hasard objectif ». Frida, après l'avoir écouté sans broncher, lança qu'un troupeau de tamanoirs aurait été le bienvenu pour remplir la salle où les membres du service d'ordre étaient plus nombreux que le public !

Breton prenant très mal la chose devint subitement muet. Jacqueline, son épouse, dotée d'une vive intelligence, amusée, ravie, lumineuse de beauté, sauva la situation. Éclatant d'un rire merveilleux, elle s'avança vers Frida, la prit par la main et lui dit qu'elle avait terrible ment envie de voir ses toiles, et que Breton – nom qu'elle lança avec ce qu'il fallait de déférence – serait aussi très heureux si elle voulait bien leur faire cette faveur. Frida se laissa faire. Âgée de vingt-huit ans, Jacqueline était énergique, spontanée et d'une beauté immédiatement perceptible. Regard intense, visage aigu auréolé d'une chevelure dorée, elle cherchait à cultiver ses talents de peintre tout en gagnant sa vie comme danseuse aquatique au Coliseum de la rue Rochechouart à Paris. Frida, conquise par celle en qui Breton voyait une naïade et qu'il avait surnommée « Quatorze Juillet », se dit qu'un jour peut-être toutes deux pourraient avoir une aventure. Alors elle céda, parce que la main qui tenait la sienne était d'une douceur extrême et que ce devait être excitant de faire l'amour avec une sirène.

Autant Frida aimait montrer ses toiles aux gens qu'elle appréciait – elle se souvint de la première fois où Diego Rivera les avait longuement regardées, ou des moments passés avec Léon à essayer de le faire pénétrer dans son univers particulier –, autant elle détestait dévoiler son intimité à des inconnus ou à des gens dont elle sentait qu'ils lui étaient hostiles. Mais heureusement il y avait Jacqueline, peintre elle aussi, et c'était pour elle, rien que pour elle, qu'elle montrerait un tableau, un seul, minuscule, à peine dix centimètres sur quinze : *Petite fille au masque en forme de crâne.* On y voyait sur un fond désolé, avec dans le lointain des montagnes prises dans des nuages, une fillette en jupe rose, pieds nus, tenant à la main une fleur *zempazuchi* de couleur jaune, la tête couverte d'une tête de mort blanche et à sa droite un masque affreux.

– Pourquoi une fleur jaune ? demanda Breton.

– C'est la fleur des morts chez les Aztèques. Aujourd'hui, elle orne les cimetières le jour de la fête des Défunts, répondit Frida.

Ce qu'elle voulait, c'était évincer Breton de la discussion. Elle s'adressa à Jacqueline :

– Vous avez des enfants ?

– Une petite fille, Aube, âgée de deux ans.

– « J'ai embrassé l'aube d'été. Rien ne bougeait encore au front des palais. L'eau était morte. Les camps d'ombres ne quittaient pas la route du bois... », Arthur Rimbaud, déclama Breton.

– Nous l'avons laissée à Paris chez des amis, poursuivit Jacqueline. Ça se passe mal. Elle refuse de nous croire partis ! Elle dit qu'on est derrière la porte, à la lisière de la forêt, qu'elle nous voit régulièrement au bout du jardin. Ça me rend folle.

– Moi, je ne pourrai jamais avoir d'enfant. Fausse couche sur fausse couche.

– Voilà, c'est cela : ce tableau est un autoportrait. Vous y révélez votre désespoir à l'idée de ne jamais porter la descendance de votre mari, dit Breton en se tournant vers Diego. L'inconscient révèle le conscient. Vous peignez vos rêves...

Frida répéta à Breton ce qu'elle avait déjà dit à Trotski, quelques mois auparavant :

– Je n'ai jamais peint de rêve, je ne peins que ma propre réalité.

Frida sentit la main de Jacqueline serrer plus fort la sienne. En signe de complicité et de compassion.

– André, ce sont des histoires de femmes, vous ne pouvez comprendre tout ça, dit Jacqueline en incluant Diego dans son « vous ».

Cette remarque tout en finesse, qui laissait délicatement entendre que ce n'était peut-être pas la peine de s'étendre sur le sujet, n'en arrêta pas pour autant Breton qui, prenant la pose, lança :

– Femme… La femme doit être le dernier mot d'un mourant et d'un livre. Vierge ou putain, elle est omniprésente car érotique.

En réalité, la situation était complexe. Breton était réellement séduit par Frida. Elle correspondait parfaitement à l'idéal féminin surréaliste. Théâtrale, excentrique, mystérieuse, indépendante, elle tenait de la fée et de la sorcière. Breton était sincèrement fasciné par ce qu'il entrevoyait de l'œuvre de Frida dans cette toile minuscule qui n'était pas plus grande qu'une main.

– Vous n'avez aucun maître, cela se voit. Pas de traditions, pas de références. Si je vous demande de me citer vos peintres préférés, vous me direz que vous n'en avez aucun…

Tout en pensant, « quel vieux cafard, cet enculé de Français », Frida répondit :

– Grünewald, Piero della Francesca, Bosch, Clouet, Blake, Klee, Gauguin, Rousseau…

– Évidemment, vous noyez le poisson ! Quel humour !

– Oui, en effet. Je suis ignorante, naturelle, presque naïve.

– Voilà, c'est exactement ça, dit Breton qui, alors qu'il n'était là que depuis quelques jours, ajouta : Je retrouve chez vous ce que je découvre dans le Mexique, le surréalisme sauvage, pur de toute ascendance... Dans son relief, dans sa flore, dans le dynamisme que lui confère le mélange de ses races, mais aussi, comme chez vous, dans ses aspirations les plus élevées. Eh bien, je vais vous dire...

– Oui, dites-moi.

– Je crois que je peux vous accepter dans notre grand mouvement international surréaliste !

– J'ignorais que j'étais surréaliste jusqu'à ce que vous veniez au Mexique. En réalité, moi qui ne sais jamais vraiment qui je suis, grâce à vous, maintenant j'ai cette certitude : je suis surréaliste.

– Mieux, votre art est comme un ruban autour d'une bombe !

– *Mierda ! ¿Una bomba ? Estupendo, maravilloso*, merci Señor Breton, je suis bouleversée. Me voilà peintre surréaliste ! Je n'ose y croire, quel bonheur !

Tout le monde semblait avoir compris ce qui se passait, excepté Breton qui pensait avoir fait une nouvelle recrue.

– Je voudrais aussi que ma peinture et moi-même soyons dignes des gens auxquels j'appartiens et des idées qui me donnent la force ; j'aimerais que mon œuvre contribue à la lutte pour la paix et la liberté, poursuivit Frida.

– Mais bien sûr, acquiesça Breton, disant qu'il croyait dur comme fer que les chemins de la poésie et de la révolution menaient l'humanité du règne de la nécessité à celui de la liberté, et que c'était pour cela qu'il voulait absolument en parler avec Trotski.

– Je crois qu'un rendez-vous est pris pour demain, dit Frida, afin de couper court à une soirée qui s'éternisait.

– Oui, alors allons nous coucher pour être frais et

dispos, dit Jacqueline qui avait très bien vu que Frida n'en pouvait plus.

Installés à l'étage supérieur de la maison, Breton et son épouse regagnèrent leurs appartements après un dernier verre.

Alors qu'elle cherchait le sommeil, Frida pensa à la peau de Jacqueline qui sentait le chèvrefeuille.

27

Tandis que leurs deux hommes travaillaient, l'un peignant dans son atelier, l'autre préparant la conférence qu'il devait donner à l'Université nationale de México, Jacqueline, assise dans le jardin de la maison de San Ángel, racontait à Frida les deux premières rencontres entre Breton et Trotski :

– Nous étions très émus. Nous nous sommes immédiatement sentis accueillis à bras ouverts. Natalia nous a servi du thé. André, qui déteste ça, en a même bu une tasse, me murmurant dans le creux de l'oreille : « En ces circonstances historiques, disons qu'il est buvable… »

Durant la première rencontre, qui n'avait duré que quelques heures, les deux hommes avaient parlé des procès de Moscou, de Malraux, de Gide. L'un se disait qu'il avait en face de lui tout un pan de la Révolution russe qui resurgissait tout à coup, l'autre qu'il parlait avec un artiste qui était non seulement tout à fait indépendant du stalinisme mais qui lui était totalement hostile. Jacqueline, amoureuse de Breton, ne parlait que de « surprise émerveillée », d'« admiration mutuelle », et dit combien elle était tombée sous le charme de « cet homme qui parlait un très bon français avec un léger accent blond». Elle rappela aussi combien Trotski lui avait paru «jeune et encore vigoureux», se demandant même s'il était un bon amant. Frida écoutait en silence, et cela d'autant plus que Jean van Heijenoort lui avait confié quelques jours auparavant, sous le sceau du secret, qu'il avait dû se procurer des exemplaires de l'œuvre de Breton que Trotski n'avait jamais lue et ainsi tenter de se familiariser avec un mouvement surréaliste auquel il était tout à fait étranger. Quant à cet accueil si chaleureux, au milieu des fleurs roses et violettes des bougainvillées et des cactus, Jean lui avait rapporté que Léon lui avait dit qu'il n'avait pas les moyens d'être sectaire en matière d'idéologie «quand les alliés se font rares». En somme qu'il avait compris la valeur toute stratégique d'accueillir chez lui un des rares intellectuels français à le soutenir ouvertement. Pour Frida, la gentille Jacqueline ne voyait pas que les deux grands hommes avaient tout intérêt à ce que leur rencontre au sommet se passe le mieux possible et soit répercutée en ces termes dans la presse internationale.

Si lors de ce premier entretien, aucun grand sujet n'avait été véritablement abordé, il n'en fut pas de même lors du second. Jacqueline commença par raconter comment André s'était longuement arrêté devant l'autoportrait que Frida avait offert à Trotski et avait eu ces mots mémorables, que la jeune femme récitait comme s'il s'agissait de quelques vers sacrés : «Il nous est donné d'assister là, mon cher Trotski, comme aux plus beaux jours du romantisme allemand, à l'entrée d'une jeune femme pourvue de tous les dons de séduction qui a coutume d'évoluer entre les hommes de génie.»

Mais Trotski et Breton ne parlèrent pas que de peinture. Ce deuxième entretien donna lieu à une escarmouche qui dévoilait en réalité le gouffre séparant les deux hommes. Les goûts littéraires de Trotski s'arrêtant au XIXe siècle, et plus particulièrement aux grands écrivains naturalistes, il confia avec la plus grande candeur à Breton que lorsqu'il lisait Émile Zola, « il entrait dans une réalité plus vaste ».

– Tu aurais dû voir le petit air pincé de Breton disant à Trotski qu'il reconnaissait à Zola quelques mérites !

– En réalité, tout les opposait. Trotski ne comprenait pas pourquoi Breton accordait tant d'importance à ce Freud et à ses théories dont il se méfiait, ni pourquoi il aimait à ce point Sade et Lautréamont : « Vous n'allez tout de même pas me dire, mon cher Breton, que ces deux-là sont aussi importants pour l'émancipation de l'homme que Marx et Engels ! » Il reprochait au surréalisme de vouloir « étouffer le conscient sous l'inconscient » et ne voyait pas pourquoi il fallait accorder une telle place au « hasard objectif ».

Bien que Jacqueline insistât beaucoup sur le climat respectueux, poli, déférent de ces échanges, Frida comprenait très exactement ce qui était en train de se passer. Certes, son manque d'objectivité à l'égard de Breton était total mais elle connaissait parfaitement son « Barbichette » et savait que derrière son calme apparent il pouvait dissimuler un rejet total. Ce qui n'excluait pas d'ailleurs le calcul politique le plus froid. Trotski voyait très bien où se trouvaient les lacunes politiques de Breton, et Breton pouvait observer celles de Trotski dans le domaine littéraire puisque aux yeux de ce dernier la poésie la plus contemporaine s'arrêtait à Nerval. À la fin de cet entretien, alors que Natalia, de nouveau, faisait circuler les tasses de thé qu'elle sucrait d'une cuillérée de confiture, Trotski « émit l'idée magnifique, magnifique, insista Jacqueline, de créer une Fédération internationale des artistes et des écrivains révolutionnaires ».

– Pour contrebalancer les organisations staliniennes ! C'est une formidable idée, non ? cria Breton qui, accompagné de Diego, venait de rejoindre les deux femmes dans le jardin. Les mots pour changer le monde ! Le pouvoir des plumes contre celui des fusils !

– Alors, cette conférence, demanda Frida qui avait décidé de se faire aimable, elle avance ?

– Il n'y a plus de conférence, répondit-il.

– Plus de conférence ? Mais c'est affreux ! dit Frida, dont l'ironie ne fut guère appréciée par les deux hommes.

– Le recteur de l'université a démissionné et on craint un coup d'État, dit Diego.

– Contre Cárdenas ? demanda Frida.

– Oui, répondit Diego, et ce n'est pas tout.

– La presse communiste me couvre de boue, ajouta Breton. Chaque jour, elle laisse entendre que le surréalisme est une tour d'ivoire. Bref, Diego vient de m'apprendre qu'on me retire toute fonction officielle. On veut me faire taire. Ma lecture de poèmes le 26 juin dernier aura donc été la dernière intervention d'André Breton au Mexique.

– Tu pourras voir Trotski encore plus, dit Jacqueline.

– Et visiter notre beau pays, ajouta Frida, qui ne croyait pas si bien dire, puisque, deux jours plus tard, les Breton et les Rivera, accompagnés de Léon et de Natalia, répartis dans plusieurs voitures encadrées par douze gardes du corps, partirent pour Toluca, ville située au sud-est de México et juchée à 2 600 mètres d'altitude.

28

La visite des alentours de México occupa deux mois durant les trois couples, dont les voitures se suivaient en file indienne, rebondissant au milieu des cailloux et de la poussière, envoyant la tête de leurs passagers heurter la capote. La joyeuse cohorte, dont la discrétion – bien que la sécurité de Trotski l'eût exigée – n'était pas le fort, parcourut ainsi des routes de campagne bordées de cactus et de palmiers, écrasées de soleil, dans des habitacles embrasés comme des fours. Ils virent la plaine torréfiée de Teotihuacán et ses pyramides sacrificielles, le monastère forteresse d'Acolmán, la cathédrale néogothique de Tepic, l'étrange champ de lave du Pedregal, les orchidées de la sierra de Taxco, les horizons infinis du désert des Lions, le Popocatépetl et l'Iztaccíhuatl, volcans aux cimes enneigées ; ils virent les jardins de fleurs écarlates bourdonnant d'oiseaux-mouches de Cuernavaca, la pyramide de Xochicalco, et Toluca, et Tenayuca, et Calixtlahuaca, tous témoins vivants des cultures indiennes revendiquées par la révolution mexicaine. Le long des routes accidentées, ils croisèrent des revendeurs de couteaux de chasse, de revolvers, d'appareils photographiques, de lampes de poche, de montres, de coraux. Diego avait raison : « Ici commencent les choses sérieuses, notre réalité, celle de nos rêves et de nos songes. »

Les pique-niques étaient joyeux, pour dormir on trouvait des petits hôtels, les soirées étaient alcoolisées, parfois même on allait au cinéma dans un village perdu, alors Trotski se cachait sous un mouchoir et regardait un western en riant de bon cœur. Un temps nouveau s'installait, s'étalant en une vague et brumeuse réalité ; celle du matin, de l'après-midi et de la nuit. Certains jours, Breton et Trotski, éblouis par la lumière, clignaient des yeux comme un homme qui sort de prison : « Voilà le Mexique profond, le Mexique de l'Indien, disait Diego, le temps n'est plus découpé en parcelles exactes. Il n'y a même plus ni midi, ni soir. »

Breton ne pouvait s'empêcher de commenter ce qu'il voyait – « Ah, ces routes désertiques abondant en accidents et en mirages » – et trouvait toujours le moyen de relier des menus faits à des données plus générales qu'il transformait immédiatement en théories, excepté lorsqu'il passait à côté de *peónes* rongés par la pauvreté dont il ne remarquait ni la stupeur ni la tristesse. C'était à la fois très énervant et touchant. Quant à Trotski, il s'adonnait à ses deux jeux favoris : distribuer des surnoms et envelopper des cactus dans des sacs de toile, finissant même par trouver celui qu'il cherchait depuis longtemps, le « Petit Vieux », un cactus couvert de poils blancs.

Souvent, les femmes, lassées par les discussions sur le statut de l'art avant et après la révolution, en profitaient pour jouer aux cartes russes, une variante du cadavre exquis surréaliste, pour écumer les marchés, se promener dans les villages, enfin fumer en paix et se maquiller, deux activités que ne supportait pas Trotski qui ne cessait de répéter : « Les femmes ne doivent pas fumer, c'est inélégant ! Ni se maquiller, c'est une perte de temps ! »

En somme, la joyeuse bande vécut là ses moments les plus heureux, excepté le soir où Diego, qui avait légèrement forcé sur le cognac, partit dans une explication fumeuse où il expliqua que Frida, tout au début de leur relation, pour le retenir, était devenue ce qu'il avait voulu qu'elle devînt, une petite amie athée qui croirait comme lui au communisme et marcherait à ses côtés dans les manifestations politiques :

– Alors, du jour au lendemain, la pauvresse qui craignait Dieu, qui portait un large crucifix, qui priait et allait à la messe régulièrement, se fit athée ; et elle qui ne s'intéressait pas à la politique épousa le communisme ! C'est bien comme ça qu'elle apparaît dans ma fresque *Distribution d'armes*, non ? Beau cul communiste ! Belle poitrine ! Une affaire au lit ! Vive la révolution prolétarienne !

Un silence gêné accueillit les paroles avinées de Diego. Trotski, qui ne pouvait rien dire, bouillait de honte. « Obligé de me taire, de la boucler devant ce connard ! » pensait-il.

Cette nuit-là, Frida ne dormit pas dans le lit de son mari, elle préféra le canapé.

Ce fut le seul moment vraiment déplaisant. Oui, la petite bande vécut là ses instants les plus heureux. Frida pouvait voir Léon quotidiennement et constater que leur complicité était intacte. Quant à celle avec Jacqueline, elle grandissait de jour en jour, comme celui où Frida, revenue d'une de leurs promenades brûlée par le soleil, vit ses souffrances apaisées par Natalia qui lui avait proposé de traiter ses brûlures à la manière russe, avec du yogourt. Ce fut Jacqueline qui étala l'onguent et Frida en éprouva quelques frissons. Parce que les mains de Jacqueline caressaient ses épaules et son dos nus avec une dextérité des plus troublantes, et aussi parce qu'une réflexion de cette dernière lui fit perdre pied. Alors qu'elle lui demandait en quoi consistait exactement cette «histoire de fresque» évoquée par Diego le soir où il était saoul, et que Frida avait précisé que Diego l'avait représentée en train de faire passer des armes aux paysans et ouvriers mexicains révoltés, en «pantalon d'homme, chemise rouge frappée de l'étoile à cinq branches et cheveux courts à la garçonne», Jacqueline avait dit : «Tu dois être très érotique habillée comme ça.» Ce n'était pas une question. Jacqueline n'attendait aucune réponse. Mais ces paroles «en l'air» avaient beaucoup troublé Frida.

C'est lors du voyage à Guadalajara, jadis la plus espagnole des villes de la Nouvelle-Espagne, que la belle entente se fissura. C'était en juin. Diego y peignait une fresque et la petite troupe avait décidé d'aller l'y retrouver. Alors que Trotski et Breton s'étaient, tout au long de ses escapades amicales, découvert des passions communes – l'amour de la nature, la chasse aux papillons, la pêche aux axolotls, pantalon relevé et mains plongeant dans l'eau glacée –, un incident stupide fut le ver qui s'installa dans le fruit de leur amitié. Lors de leur deuxième entretien, Trotski avait évoqué l'idée de la création d'une fédération d'artistes révolutionnaires, projet qui, bien évidemment, demandait la rédaction d'un manifeste. Tout naturellement, Breton avait été désigné pour le rédiger. Mais les semaines passaient et Trotski ne voyait rien venir. « Alors, André, ce manifeste, il avance ? Alors, André, vous avez quelque chose à me montrer ? » ne cessait de demander Trotski, qui n'obtenait que des réponses confuses, oiseuses, dignes d'un élève tentant d'échapper à un professeur exigeant.

Il fallait, pour que la colère de Trotski éclatât, un incident. Celui-ci survint dans une modeste église de campagne du côté de Puebla, quand il surprit Breton volant, parmi une véritable forêt d'ex-voto, une douzaine d'entre eux déposés là par des paysans reconnaissants. Trotski l'athée ne supportait pas que Breton blasphème à ce point une croyance populaire, foule aux pieds ces pratiques ancestrales. Comment pouvait-il, lui qui se disait révolutionnaire, agir de la sorte ?

Quand la conversation reprit dans la voiture du retour, Breton prit ça à la légère :

– Quelques morceaux de métal, des petites peintures naïves sur bois, quelle importance ? Un vol ? Non. Une participation à la culture surréaliste. Ces gens devraient être fiers qu'André Breton s'intéresse à eux !

– Enfin, André, vous volez le peuple !

– Le « peuple » n'en saura rien, le « peuple » s'en fout ! Et pour nous, surréalistes, ces œuvres un peu gauches sont un trésor !

– Vous vous croyez dans une de vos colonies !

– Non, j'accomplis un geste surréaliste anticlérical ! À mort les curés !

– Vous n'y connaissez rien, mon pauvre ami, au Mexique tous les biens ecclésiastiques appartiennent à l'État. C'est le peuple que vous volez !

– Et alors ?

– Si les autorités locales ont connaissance de ce vol, les staliniens feront vibrer la corde patriotique des Mexicains. Vous imaginez le scandale : Trotski et ses amis attentent au patrimoine national.

– La révolution du prolétariat mondial doit...

Trotski ne le laissa pas terminer sa phrase :

– Laissez le prolétariat où il est, et ne touchez pas à la révolution, vous allez salir votre beau costume ! Au lieu de voler dans les églises, vous feriez mieux de rédiger notre manifeste. Si vous en êtes incapable, dites-le-moi tout de suite !

Breton, qui était à l'avant, assis à côté du chauffeur, fou de rage, fit arrêter la voiture. Le cortège roulait depuis deux heures environ. Frida et Jacqueline, dans la voiture qui suivait, virent Breton en descendre avec, sur le visage, une expression de stupeur étonnée. Tout autour la terre était brûlante, pâle, sèche, le vent la soulevait en poussière de sable fin. La sueur perlait sur son cou et dans les salières sous la chemise ouverte. Il faisait une chaleur étouffante et humide. Breton monta dans la voiture tandis que Jean van Heijenoort alla le remplacer auprès de Trotski.

Le reste du voyage – plus de six heures – se déroula dans un silence de mort. Arrivés à Guadalajara, les deux groupes s'évitèrent soigneusement. Trotski alla rendre visite à José Orozco, qui avait là son atelier, afin de bien montrer à Breton et à Rivera qu'il pouvait rencontrer qui il voulait là où il voulait, même si cela leur déplaisait. Quant à Breton, il se promena avec Jacqueline et Frida dans les rues de Guadalajara à la recherche de brocanteurs et d'objets anciens.

Sur la route du retour, Breton finit par parler. C'était chez lui comme une sorte de maladie. Il fallait qu'il donne son avis sur tout, qu'il explique tout, qu'il analyse tout. En l'occurrence, il expliquait à Frida ce qu'était le Mexique :

– Une terre rouge, une terre vierge imprégnée du sang le plus généreux. Une terre où la vie de l'homme est sans prix, toujours prête comme l'agave à perte de vue qui l'exprime à se consumer dans une fleur de désir et de danger.

Les deux femmes se regardaient en riant sous cape.

– « Désir et danger, désir et danger »..., répéta Jacqueline, ajoutant malicieusement : Comme la petite de l'hôtel particulier que nous avons visité ?

Tout en regardant par la vitre un ciel violemment bleu alors que sur l'horizon flottait un épais brouillard nacré, Breton, le plus sérieusement du monde, répondit :

– Cette admirable créature de seize ans, idéalement décoiffée, qui est venue nous ouvrir, était une fée lubrique. Avez-vous remarqué ? Elle était nue sous une robe de soirée en lambeaux. Peu importe son origine, sa crasse. Il me suffit de rendre grâce à son existence, ainsi est la beauté.

De retour à San Ángel, Frida se sentit soudain lasse. Ses escapades la fatiguaient et ces disputes vaines l'ennuyaient. Elle se rendait compte que la présence de Breton constituait un obstacle aux échanges qu'elle pourrait continuer d'entretenir avec Léon. Le maudit surréaliste était toujours fourré chez Trotski. Très vite, d'ailleurs, l'incident de Guadalajara oublié, ils se réconcilièrent. Ils avaient trop besoin l'un de l'autre. Breton assura qu'il allait reprendre l'écriture du manifeste et mettrait en forme pour le mieux les idées que Trotski voulait faire passer. Obsédé par son manifeste, Trotski ne voyait pas tout ce qui le séparait de Breton. Frida, elle, observait et voyait bien ce qui se passait. En dehors des conversations autour de thèmes politiques ou culturels, les deux hommes abordaient aussi d'autres sujets, parfois plus vastes, parfois plus restreints. Ainsi Trotski adorait les animaux et soutenait que les chiens avaient une âme, certes un peu différente de celle des hommes mais une âme quand même. Breton évidemment ne pouvait être d'accord :

– Voilà qui est inconciliable avec le matérialisme dialectique. C'est une position que j'appellerais « sentimentale », donc indéfendable.

– Regardez mon chien, dit Trotski, c'est un ami. Ne trouvez-vous pas qu'il a un regard humain, qu'il est capable d'émotions ?

– Soutenir que votre chien est « amical », mon cher Léon, c'est aussi absurde que dire qu'un moustique est « cruel » ou qu'une écrevisse est « réactionnaire ».

Frida, qui assistait à la scène, prit la défense de Trotski :

– Eh bien moi, j'aimerais être un aigle. Ce qu'il y a de remarquable dans un aigle, ce sont ses yeux, et leur expression !

– Eh pourquoi pas une limace ou un *ver* ! ironisa Breton, hilare.

Frida ne riait pas. Pour plusieurs raisons. Breton

l'énervait de plus en plus. Cette discussion lui semblait inutile dans la mesure où la pensée mexicaine intégrait tellement ce lien entre les hommes et les animaux qu'elle se disait qu'il fallait être un intellectuel européen desséché pour ne pas adhérer à cette évidence. Et puis Diego l'inquiétait, cela faisait plusieurs mois déjà que, malgré les opérations qu'il avait subies deux ans auparavant, il développait toujours une angoisse pathologique à l'idée de devenir aveugle et cela le rendait d'une irritabilité maladive.

Pendant que Breton et Trotski se disputaient sur la question de savoir si les chiens avaient ou non une âme, et que Diego continuait de traîner son mal-être, elle ne cessait d'observer la photo prise à Cuernavaca, trônant sur la cheminée de la salle à manger. Ils étaient tous là alignés, les uns à côté des autres, comme s'ils allaient poser pour une fresque que Diego peindrait et qui aurait pour thème : l'avenir artistique de la planète après l'offensive culturelle trotskiste. Tous les protagonistes de son histoire d'amour étaient là, et sur la photo, tous étaient au courant : Frida, Trotski, Natalia, Jean van Heijenoort, même André et Jacqueline, bien que dans une moindre mesure. Seul Diego ignorait tout, mais jusqu'à quand ? Enfin peu importe, finit par penser Frida. On envisageait maintenant une nouvelle excursion, autour du lac de Pátzcuaro, entouré de prés et de pinèdes, et seul ça comptait. Demain, il faudrait se lever à l'aube.

29

– Moi, c'est simple, dit Breton en savourant son *pescado blanco*, s'il n'avait tenu qu'à moi, j'aurais tout laissé là et je serais parti à pied.

– Mais où seriez-vous allé ? demanda Diego. La région n'est qu'un vaste marécage...

Breton ne répondit pas et se contenta de faire un geste vague de la main qui pouvait tout et ne rien dire.

Le voyage à Pátzcuaro s'était fait en ordre dispersé. Breton, Jacqueline et Jean van Heijenoort étaient partis les premiers sur les chemins de terre détrempés par les pluies à la recherche de ces petites figurines d'argile représentant des femmes nues aux yeux en amande et au sexe ouvert comme des lèvres, dont la maison de San Ángel possédait plusieurs exemplaires. Trotski et Natalia, puis Diego et Frida les avaient rejoints, tous étaient maintenant réunis, à la nuit tombante, dans ce petit restaurant de l'île de Janitzio habitée par des pêcheurs, après avoir arpenté ensemble les patios et les galeries colorés, abrutis par les bruits incessants des mainates jacassant dans leur cage. L'heure était aux rires : Trotski ne parlant pas espagnol discutait en français avec Breton, Frida ne parlant pas français conversait avec Jacqueline en anglais ; quant à Natalia, qui ne parlait que le russe, elle restait la plupart du temps silencieuse ou intervenait quand personne ne s'y attendait, ses dialogues avec Diego étant du plus haut comique.

Après le récit de cette promenade avortée durant laquelle la voiture s'était embourbée à plusieurs reprises, la conversation dériva tout naturellement sur le terrain de l'art et de la littérature. L'idée du manifeste refit son apparition. En réalité, ce n'était ni plus ni moins qu'une reprise légèrement modifiée du projet élaboré quinze ans auparavant par Trotski dans *Littérature et Révolution*, à l'époque où il cherchait coûte que coûte à éviter la mise en tutelle, par le stalinisme, des arts et de la littérature. Inévitablement la question de l'avancée de sa rédaction se posa à nouveau, avec moins de virulence que précédemment mais tout de même, il fallait bien que Breton finisse par l'écrire, ce maudit texte ! L'heure avançant, on promit de se revoir le lendemain pour parler de ce même sujet, et pourquoi pas, toujours dans un des petits restaurants de l'île de Janitzio caché au fond d'une de ces ruelles tortueuses encadrées par des maisons aux toitures de tuile.

Il n'y eut pas de deuxième discussion, non point tant parce que Frida avait de nouveau mis les pieds dans le plat en faisant remarquer aux trois futurs signataires du manifeste qu'ils avaient tous omis soigneusement de préciser comment un État révolutionnaire devait traiter les œuvres d'artistes dont les idées n'étaient pas celles défendues par la révolution, mais parce que Breton fut frappé dans la nuit par une crise d'aphasie. Il n'y avait pas d'autre mot : le pape du surréalisme ne pouvait plus parler ! Après quelques jours de vaine attente durant lesquels Trotski se contentait de répéter «L'indépendance de l'art – pour la Révolution ! La Révolution – pour la libération définitive de l'art ! », ce qui pour Frida ne voulait pas dire grand-chose, le surréaliste muet fut laissé aux bons soins de Jacqueline Lamba, et dans une moindre mesure de Diego et de Frida, tandis que Trotski rentrait à Coyoacán.

Quelques jours plus tard, les trois hommes reprirent leurs discussions pendant que Jacqueline et Frida s'amusaient comme des collégiennes, et que Breton, convalescent, écrivait le fameux manifeste, finalement cosigné par Diego Rivera, parce que Trotski, qui en avait pourtant rédigé une bonne partie avec Breton, avait demandé que ce nom fût substitué au sien.

Les jours qui suivirent furent marqués par un enchaînement d'histoires sombres. Tout d'abord, ce fut l'annonce de la disparition de Rudolf Klement. Secrétaire du bureau de la IVe Internationale à Paris, on venait de retrouver son cadavre décapité, enfermé dans une valise, flottant sur les eaux de la Seine. Puis la campagne contre Trotski reprit de plus belle : la revue mensuelle *Futuro* et le quotidien *El Popular* le présentaient de nouveau comme un traître aux intérêts du peuple et un complice du fascisme hitlérien. Enfin, les Breton repartirent en France. Après une dernière entrevue dans le patio ensoleillé de la Casa azul, durant laquelle Trotski remit très solennellement à Breton le manuscrit commun du manifeste, revu par ses soins, ils quittèrent México pour Vera Cruz où les attendait le paquebot *Iberia*.

Frida avait aidé Jacqueline à faire ses valises. Contrairement à celles d'André bourrées de masques, de poteries, de cadres décorés, de poupées, de crânes en sucre, de boîtes en bois peint et d'ex-voto dérobés dans les églises, les valises de Jacqueline ne contenaient aucun objet, aucun témoin d'on ne sait quel larcin, aucun souvenir. Jacqueline avait longuement serré Frida contre elle. Elle emporterait à Paris son parfum, son sourire, les souvenirs de leurs crises de rire alors qu'elles se moquaient de l'intransigeance de Trotski qu'elles appelaient «le Vieux». Et puis, elles se reverraient à Paris puisque Breton avait promis de lui organiser une exposition rien que pour elle.

Durant les quelques semaines qui suivirent le départ de Jacqueline, Frida pensa souvent à elle, avec beaucoup de tristesse; la revoyant, gracile, parmi les grenadiers, les lauriers-roses, les poivriers, les bougainvillées offrant au soleil des grappes fleuries comme elle offrait elle aussi au soleil son corps bronzé, parfois brillant de sueur. Puis les images de Jacqueline s'estompèrent, comme si un vent puissant s'était engouffré dans les pièces de San Ángel, avait gonflé les tentures, soulevé les couvertures du lit, fait claquer les portes grandes ouvertes sur le jardin. Alors, elle se remit à peindre, car elle revenait toujours à la peinture. Elle peignit une petite toile qu'elle intitula *Fruits de la terre*, sur laquelle on voyait des épis de maïs, deux d'entre eux dans leur gangue et un troisième dénudé, représentant pour elle le temps qui passe, celui de l'absence de Jacqueline; puis un pied de champignon, bulbe tête en bas, pointe tournée vers le haut, tel un phallus, image de son désir de Jacqueline. Puis elle peignit *Pitahayas*, petit squelette brandissant sa faux au-dessus de grenades rouges jaillissant d'un cactus.

Enfin, elle commença *Dos corazones felices*, représentant deux immenses grenades ouvertes, sanguinolentes, se frottant l'une contre l'autre, prenant tout le tableau, fruits gorgés et frémissants. À Trotski qui lui demandait ce que cela pouvait bien signifier, elle répondit, provocante :

– Deux chattes en furie, ça t'en bouche un coin, hein, Barbichette !

En septembre, alors que Trotski était tout à la création d'une nouvelle Internationale, la IVe, Diego organisa la première grosse vente de tableaux de Frida. Elle qui avait toujours caché une trentaine de tableaux dans l'éventualité où un jour elle pourrait les mettre aux enchères reçut la visite d'Edward G. Robinson. Les toiles, alignées côte à côte sur la terrasse de la maison de San Ángel, ne laissèrent pas le célèbre acteur et sa femme Gladys indifférents. Ils en achetèrent quatre. Frida, folle de joie, voulut absolument partager sa joie avec Trotski, qu'elle alla trouver dans son bureau de la Casa azul. Il ne put placer un mot. Frida était folle de joie, volubile, rarement il l'avait vue aussi exubérante, joyeuse :

– Tu comprends, je vais pouvoir être libre ! libre ! Je vais pouvoir voyager et faire tout ce que je veux ! Je n'ai plus besoin de demander de l'argent à Diego !

– Tu en as tiré un bon prix, au moins ? demanda Léon.

– Deux cents dollars pièce, dit-elle.

– Et tu veux aller où ?

– À New York.

– Je croyais que tu détestais les Américains ?

– Un jeune galeriste, Julien Levy, me propose d'exposer. Trois semaines. Vingt-cinq toiles. Tu imagines ! Et tu ne devineras jamais qui a écrit le texte du catalogue.

– Oh que si !
– Je t'écoute.
– André Breton…
– Comment le sais-tu ?
– Il aime sincèrement ce que tu fais.
– Je refuse qu'il ponde quoi que ce soit sur mon travail !
– Tu es folle !
– Je m'en fous ! Pas ce connard, non !
– Attends au moins de lire ce qu'il a écrit.
– C'est fait !
– Il te l'a déjà envoyé ?
– Oui.
– Alors ?

– Tu sais comment il termine, cet enculé ? Écoute : « Il ne manque à cet art pas même la goutte de cruauté et d'humour qui est la seule capable d'unir les rares pouvoirs affectifs qui entrent en composition pour former ce filtre dont le Mexique détient le secret. » Quelle foutaise !

– Que vas-tu faire ?

– Je m'embarque dans deux jours pour New York… L'exposition commence le 1er novembre.

30

Sur le bateau qui l'emmenait à New York, Frida prit une résolution. La veille de son départ, elle avait passé une soirée euphorique et bien arrosée, gâchée cependant par Diego, une fois n'est pas coutume, qui avait invité à la fête une de ses amantes, un jeune modèle, une Indienne à la bouche pulpeuse et aux seins généreux « qu'il doit pétrir en rugissant, le cochon », avait pensé Frida. Et puisqu'il en était ainsi, elle partirait à New York le cœur léger, prévoyant un nombre conséquent d'amants et d'amantes auxquels elle ferait croire qu'elle avait largué Diego, « cette ordure qui me fait tant souffrir ». Oui, c'est cela, c'est ce qu'elle dirait : « la liberté totale pour tous les deux ». Et peu lui importait les maîtresses de Diego. Elle n'en avait rien à foutre. Certes, Diego lui manquerait bien un peu mais en réalité elle ne l'aimait plus. Dans ses malles, elle emporterait les œuvres auxquelles elle tenait le plus : *Ma nourrice et moi*, *Moi et ma poupée*, *Fulang Chang et moi*, *Ce que l'eau m'a donné*, *Hôpital Henry Ford*, *Burbank – créateur de fruits américains*. D'autres encore et une série de petits autoportraits encadrés de fer-blanc, de coquillages, de plâtre coloré, de bandes collées de céramique de

Talavera, comme *Le Cadre*, *Œil*, ou *Le Survivant*, « pour emmerder le bourgeois, qui prendra ça pour un truc folklorique ».

Les pieds à peine posés sur le sol américain, elle tomba immédiatement sous le charme de Julien Levy. Le jeune galeriste était bel homme, hédoniste, possédait une voix douce et chaude, et dès le premier soir lui proposa de faire la tournée des bars de Harlem, ce qu'elle accepta volontiers. À mesure que la soirée avançait, et malgré la fatigue qui commençait à s'emparer d'elle, elle flirta sans complexe avec lui mais décida de rentrer seule à son hôtel. Il fallait un peu de stratégie, un peu d'attente, ne pas lui laisser croire que tout était déjà fait, et cela d'autant plus qu'ils devaient tous deux se rendre le lendemain chez Edgar Kaufmann, un riche collectionneur ami de Levy qui vivait en Pennsylvanie. Donc, ce premier soir, elle se coucherait tôt.

Durant le voyage en train, Frida poursuivit sa stratégie de séduction, lâchant au gré de la conversation que Diego était un « vieux porc obèse », qu'elle en avait assez d'« être sa poupée », et d'autres amabilités du même acabit. Et quand Levy se rapprochait un peu trop d'elle, elle lui disait, malicieuse, qu'il était bien dommage qu'il défende la peinture surréaliste avec autant de zèle, sans cela elle l'aurait bien accueilli dans son lit… Arrivée à la maison d'Edgar Kaufmann, Frida continua son jeu amoureux. Elle avait désormais trois chevaliers servants : Levy, Edgar Kaufmann et le fils de ce dernier. Sa tenue mexicaine faisait des merveilles et les trois hommes pensaient qu'ils avaient chacun leurs chances. Ne pouvant rentrer le soir même à New York, Julien Levy et Frida passèrent la nuit, à l'invitation d'Edgar, dans son immense villa pourvue d'une cinquantaine de pièces. Ce détail a son importance car, à l'heure du coucher, le ballet des trois hommes devant la porte de la chambre de Frida fut incessant. Chacun s'évitant, se saluant, tous gênés et finissant par regagner leurs chambres respectives. Quand Julien Levy pénétra dans la sienne, Frida l'attendait, entièrement nue sur son lit, n'ayant gardé, pour toute parure, que ses énormes boucles d'oreilles en forme de roue. Sachant que son mauvais anglais, marqué par un fort accent hispanique, lui conférait un charme irrésistible, elle ne fit rien pour en gommer les imperfections, et les quelques mots invitant Julien Levy à venir la retrouver achevèrent de troubler le jeune homme, qui se souvint alors des paroles de Breton : «Je vous préviens, cher ami, notre Mexicaine est la femme surréaliste par excellence, et elle possède *la beauté du diable.*»

La vie est étrange. Le soir du vernissage, alors qu'elle trônait, triomphale, au milieu de toutes ses toiles, en une exposition qui était tout de même la première de toute sa vie, Frida fut envahie par un sentiment bizarre dont elle ne parvenait pas à se défaire : elle aurait voulu que Diego soit là ! Non pour lui crier au visage qu'elle aussi existait comme peintre, comme peintre à part entière, sans lui, mais simplement pour qu'il partage sa joie et son bonheur. La petite galerie du 15, 57e East Street était bourrée à craquer. Tout le monde était là : Ginger Rogers, Martha

Graham, le couple Rockefeller, Dorothy Miller, George Grosz ; des marchands, des collectionneurs, des critiques, des artistes, des militants, des éditeurs, des milliardaires, des hommes politiques. Et d'anciens amants comme Noguchi, auquel elle fit croire qu'elle venait de quitter Diego, « ne serait-ce que pour voir sa tête », ou Nickolas Muray, qu'elle avait connu au Mexique en 1931 et qui l'avait aidée à préparer cette exposition. Escrimeur de premier plan, grand photographe qui publiait ses clichés dans *Harper's Bazaar* et dans *Vanity Fair*, pilote d'avion, mécène, Nick Muray avait toutes les qualités. Tendre, sincère, pourvu d'un corps svelte et gracieux, il était l'anti-Diego. Au milieu du brouhaha de la soirée, Frida, chemisier blanc étincelant, châle noir sur les épaules, rubans de couleur dans les cheveux, eut le temps de lui glisser qu'elle l'aimait comme un ange.

– Comme un ange ? lui répondit-il, alors qu'ils étaient tous deux arrêtés devant *Ma robe était suspendue là-bas*.

– Oui, tu es un lys des vallées, mon amour.

Nick ne semblait pas prêt à entendre des douceurs :

– Et Julien Levy, c'est aussi un ange ?

Frida réussit à l'entraîner un peu plus loin, tout près de *Chien ixcunhintle et moi*.

– Dès que tout ce cirque sera fini, nous irons tous les deux ensemble à Tehuantepec ! O.K., my love ?

– Tu me prends pour un de tes gigolos ?

– Je ne suis plus ta Xochitl préférée ?

– Non, tu n'es plus ma Fleur préférée ! Tu ne sais pas ce que tu veux ! Et ça me fatigue !

Nick était furieux. Heureusement, le bruit et le monde étouffèrent leur dispute. Une vraie dispute d'amoureux.

Nick était vraiment amoureux de Frida, à tel point qu'elle se dit qu'elle pourrait un jour tout laisser tomber pour venir vivre avec lui, à New York. Il était si différent de tous les autres. Sans cruauté, sans calcul, d'une gentillesse désarmante qui semblait à toute épreuve. Malgré la bousculade, il parvint à lui faire passer un message essentiel : c'était lui et personne d'autre, et tout de suite, sa patience légendaire avait des limites.

Dès le lendemain matin, elle retrouva Nick dans Central Park. Ils dévorèrent des bagels salés achetés à un petit marchand ambulant et passèrent la journée à arpenter les allées du parc. Alors que la nuit commençait à tomber, amoureuse comme une collégienne, elle lui dit :

– Promets-moi, tu n'emmèneras jamais personne d'autre que moi ici, c'est notre parc, il n'appartient qu'à Nick et à Xochitl ?

Nick ne répondit pas et l'embrassa longuement. Ils étaient au pied de la Bethesda Fountain.

Les semaines qui suivirent furent parmi les plus heureuses de la vie de Frida. C'est du moins ce qu'elle ne cessait de répéter à Nick. Ils passaient des heures à faire l'amour sur le canapé de son bureau, à écouter des disques de Maxine Sullivan sur le gramophone. Le soir ils allaient danser jusqu'à l'aube. Frida découvrit le whisky qu'elle ne connaissait pas et riait en tenant Nick par la main.

– Et ton galeriste ? lui demanda un matin Nick.

– Oublié, trop surréaliste, il mange dans la main de cet enculé de Breton, répondit Frida.

Une nuit qu'ils ne dormaient pas, Nick osa même lui parler de mariage. Après tout, pourquoi pas. Elle n'aimait plus Diego. Elle pourrait venir vivre à New York, avec lui.

– Je m'appellerais madame Frida Muray, il faudrait que je m'habitue, se contenta-t-elle de répondre.

L'exposition prit fin le 15 novembre. Malgré la crise, Frida avait vendu la moitié des œuvres exposées. Elle était désormais, comme le remarqua la presse, « un peintre à part entière, dont l'œuvre inhabituelle, très féminine, typiquement surréaliste, reprenant les grands thèmes de la culture mexicaine, était en train de menacer les lauriers de son distingué époux ».

Malgré la réussite de cette exposition et le bonheur incroyable qu'elle vivait avec Nick, elle ne pouvait s'empêcher de penser à ce qu'elle avait laissé au Mexique, et notamment à Trotski.

Un matin, elle reçut une lettre d'une tristesse atroce dans laquelle Léon lui racontait une mauvaise blague de Diego qui avait tourné au drame. Le 2 novembre, jour des Défunts, Diego avait fait irruption dans la Casa azul. Il avait sa tête des mauvais jours, sa tête de sale gamin qui prépare un sale coup. Il portait un paquet qu'il avait offert à Léon en assurant qu'il s'agissait d'un cadeau. Léon l'avait ouvert, et il avait découvert une grosse tête de mort violette, sur le front de laquelle se lisait, inscrit au sucre blanc, le mot « Staline ». Diego avait éclaté d'un rire énorme, tapant dans le dos de Léon, puis avait filé aussi rapidement qu'il était venu. « Inutile de te dire, écrivait Léon, qu'à peine ton cher mari parti, j'ai demandé à Jean de détruire cette foutue tête de mort. »

Mais ce n'était pas tout. Diego venait de comprendre qu'ils avaient eu une liaison. Il l'avait appris quelques jours à peine après son départ pour New York. Qui lui avait dit ? Léon avait des soupçons, mais aucune preuve.

Cristina peut-être, pour se venger. La tête de mort n'était qu'un épisode d'une série d'événements plus graves. En réalité, Diego avait décidé de couper les ponts avec Trotski, évoquant des désaccords politiques. De son côté, Trotski, par un hasard comme seule la vie peut en ménager, avait mis la main sur une lettre de Diego destinée à Breton et dans laquelle il traînait son hôte dans la boue. Son secrétaire, par inadvertance, l'avait glissée dans le courrier qu'il devait signer ! L'attitude inconséquente de Diego inquiétait beaucoup Trotski : il attaquait très violemment le président Cárdenas et venait d'apporter son soutien au général Almazar qui avait promis de museler les syndicats et de mater la gauche, bref il mettait la vie de Trotski et de Natalia en péril. Trotski avait juré de ne pas intervenir dans la vie politique mexicaine et Rivera se conduisait comme un irresponsable. Trop lié à ce trublion, Trotski risquait d'être de nouveau expulsé. Au point où en étaient désormais les deux hommes, c'est-à-dire, éprouvant l'un pour l'autre des sentiments confus proches de la haine, leur rupture était inévitable. Diego envisageait de démissionner de la IVe Internationale et Léon de quitter la Casa azul. Sa lettre se terminait par ces mots : « Fridita, c'est le moment de me coucher. Jusqu'à ce que je m'endorme, je vais parler en pensée avec toi. Je deviens vieux, Fridita. Ton rire me manque. Je t'embrasse comme tu sais que j'aime le faire, mais je me sens si fatigué. »

Le fossé entre le drame que vivait Trotski et le bonheur dans lequel nageait Frida était tel qu'elle se sentait à la fois concernée par tout ce qui était en train de se passer du côté de la Casa azul et dans le même temps en ressentait une sorte d'indifférence et de culpabilité. Le jour même de la réception de cette lettre, Nick et Frida avaient pris leur petit déjeuner au restaurant de l'hôtel Barbizon puis, bras dessus bras dessous, étaient allés au studio de McDouglas Street. C'est là que Nick avait fait de Frida une série de photos d'une beauté sans nom. Deux notamment lui étaient particulièrement chères. Sur la première, un portrait en couleur, elle apparaissait pour la première fois depuis longtemps habitée par une sérénité extraordinaire, drapée dans un sublime *rebozo* de couleur rouge. Sur la seconde, en réalité un ensemble d'une vingtaine de photos, en noir et blanc cette fois, elle était en pied, poitrine offerte, arrangeant ses cheveux dans un geste nonchalant. « Ces photos-là, avait dit Nick, il ne faudra jamais les montrer à personne, aucune revue ne pourra les publier, aucun éditeur les mettre en couverture d'un de leurs foutus bouquins d'art, ce sont nos photos, personne d'autre que toi ne doit en connaître l'existence. » Ils avaient fait l'amour avant que Nick ne prenne ces clichés et avaient recommencé une fois les photos prises.

Au beau milieu de ces journées d'insouciance, les problèmes de santé de Frida refirent surface. D'énormes cors vinrent se former sur la plante de ses pieds, au niveau des points d'appui, qui l'empêchèrent de marcher, et sa colonne vertébrale recommença à la faire souffrir. Cloîtrée plusieurs jours dans sa chambre du Barbizon, et fatiguée de passer ses nuits d'insomnie à lire des romans policiers, elle en profita pour honorer la commande de Clare Boothe Luce, la rédactrice en chef de *Vanity Fair*, qui voulait offrir à la mère d'une certaine Dorothy Hale un portrait de sa fille qui venait de se suicider. Elle peignit le suicide lui-même, avec beaucoup de sang et un corps qui vole dans les airs et s'écrase au sol. Au bout d'un moment, épuisée, elle laissa le tableau, se disant qu'elle le terminerait plus tard. Elle en commença un autre, qu'elle voulait plus léger et qui ne le fut pas, *Autoportrait au singe*, dans lequel elle enroula consciencieusement un ruban rouge sang autour de son cou et qui la reliait, telle une veine, à un singe. Nick ne comprit pas d'ailleurs pourquoi il se dégageait de ce tableau un tel désespoir. « Parce que tout a toujours une fin, mon chou », répondit Frida.

Au bout de quelques jours, et sur l'insistance de Nick, elle consulta des spécialistes des os, des nerfs et de la peau, et resta dans l'expectative jusqu'à ce que le docteur David Glusker parvienne à faire cicatriser l'ulcère qui la gênait tant. Mais le charme était rompu. « Je vais mieux, mais ça fait quatre fois qu'on me charcute, dit-elle à Nick. Je commence à en avoir marre. »

La chambre de l'hôtel Barbizon donnait sur un petit parc où des érables aux feuilles rousses oscillaient doucement. Le zoo de Central Park n'étant pas loin, elle entendait rugir les lions et les tigres, et voyait parfois les ours se mettre debout sur leurs pattes arrière pour tenter d'attraper la nourriture que leur lançaient les enfants. Nick serra Frida dans ses bras.

– À nous deux, nous sommes indestructibles !

– Quelle chienne de vie, mon frère, on s'en prend tout de même plein la tronche.

– On tire des leçons au fur et à mesure, et on avance, non ?

Le calme de Nick était si différent du survoltage permanent qu'elle vivait au Mexique aux côtés de Diego, que parfois cela la désarçonnait.

– Mais ça finit toujours par nous retomber dessus, comme une masse d'eau énorme.

– Mais tu es forte, mon amour.

– Parfois, j'ai envie de tout envoyer valser.

– Je n'aime pas te sentir triste.

– Mais moi non plus, dit Frida. Allez, buvons un whisky et mets un disque de jazz.

Grâce aux médicaments et à la présence bénéfique de Nick, elle finit par se rétablir. C'est-à-dire par être de nouveau prête à arpenter les rues de New York. C'est durant cette période qu'elle reçut confirmation de l'invitation de Breton l'engageant à venir à Paris, où il voulait organiser autour d'elle une exposition qui la ferait découvrir aux critiques parisiens proches du surréalisme, c'est-à-dire, dans son esprit, au monde entier…

Elle hésitait. Nick lui disait qu'elle ne pouvait manquer une telle occasion, même si son départ lui serrait le cœur. Et puis, ne lui répétait-elle pas à longueur de journée qu'elle en avait marre des Américains «qui sont des andouilles au carré», de «leurs maisons qui ressemblent à des fours à pain», et de «leur confort à la con qui n'est qu'un mythe». Diego, de son côté, par lettre la suppliait de partir. «Ne sois pas sotte, lui écrivait-il, ne rate pas ta chance d'aller à Paris pour moi.» Signé : «Ton crapaud-grenouille n°1.» Mais ce que le crapaud-grenouille n°1 ne lui disait pas, c'est qu'il la poussait à aller à Paris pour la punir de sa liaison avec Trotski. Il savait bien que le Mexique lui manquait, et qu'à Paris il lui manquerait encore davantage. Et puis Diego avait entamé une nouvelle aventure et il voulait avoir le champ libre, peut-être même envisageait-il de recoucher de temps en temps avec Cristina. De Diego et de Frida, c'est bien Diego qui savait le mieux comment faire souffrir l'autre…

Les premiers jours de janvier 1939, Frida embarqua à destination du Havre. Cela faisait à peine plus d'un trimestre que Daladier et Chamberlain avaient signé les accords de Munich. La guerre civile espagnole touchait à sa fin, un calme précaire régnait en Europe.

Dans huit mois les troupes allemandes envahiraient la Pologne

31

Jacqueline Lamba et André Breton habitaient à Paris un appartement près de la place Blanche, au 42, rue Fontaine, juste derrière *Le Ciel et l'Enfer*. C'est la première chose que remarqua Frida en descendant de voiture : ce cabaret qui portait un nom prémonitoire. Très vite, elle fut agacée de devoir partager une chambre minuscule avec la petite Aube, qui n'était pas particulièrement déplaisante, mais qui, à quatre ans, avait la langue bien pendue et gigotait comme une sauterelle. De plus, obliger une femme qui ne peut pas avoir d'enfant à vivre en très grande promiscuité avec une très petite fille n'était peut-être pas la meilleure idée qui soit.

Les jours qui suivirent son arrivée donnèrent à Frida d'autres raisons d'être énervée. Les Breton, désargentés, menaient une sorte de vie de bohème, dans une saleté qui ne les gênait guère, et avaient un rapport étrange à la nourriture qui les faisait manger à n'importe quelle heure et n'importe quoi. Tout cela en réalité n'aurait eu guère d'importance, si le projet d'exposition de ses œuvres avait avancé correctement. Or il n'en était rien. Les tableaux de Frida étaient toujours bloqués à la douane, car Breton ne s'était même pas donné la peine d'aller les chercher, quant à la galerie censée les exposer, Frida comprit très vite qu'elle n'existait pas. Le pape du surréalisme, qui clamait à qui voulait l'entendre qu'il n'était qu'« honnêteté et transparence », lui avait menti.

Ne connaissant du mouvement parisien que quelques œuvres, quelques écrits, des ragots, des on-dit ou ce qu'avait bien voulu lui en raconter Breton, en rencontrer les membres constitua pour elle une déception à la mesure de son attente. Elle croisa Desnos, Aragon, Éluard et beaucoup d'autres, espérant qu'elle pourrait en faire ses amis mais elle s'aperçut rapidement que ces êtres étaient des hommes de glace inaccessibles, qu'elle surnomma les « Grands Cacas ». Certes, elle les suivait dans les cafés d'artistes et les cabarets, allait avec eux écouter du jazz ou danser, ou plutôt les regarder danser dans les boîtes de nuit à la mode, mais elle ne supportait pas leurs discussions sans fin autour de révolutions qu'ils ne feraient jamais, de mots d'ordre qu'ils ne seraient jamais en mesure de respecter, de théories qu'ils ne mettraient jamais en pratique, ne faisant rien d'autre que réchauffer leur précieux derrière dans des cafés sinistres, parler d'art et de culture en se croyant les dieux du monde et en méprisant le reste du genre humain, sans oublier la rédaction de tracts pompeux dont l'élaboration prenait des heures. Nom de Dieu, qu'était-elle venue faire dans cette ville de merde ! Les deux seuls surréalistes à trouver grâce à ses yeux étaient Max Ernst, auteur de collages luxuriants, et Marcel Duchamp, avec lequel elle avait eu une aventure d'un soir et qui lui avait promis de lui trouver une galerie en cas de défection de Breton.

Au milieu de toute cette grisaille, de tous ces gens si faux et pour le coup si « irréels », il y avait Jacqueline, la lumineuse, la dansante Jacqueline au corps de liane. C'était la seule à la comprendre. Avec elle, elle arpenta la place des Vosges, les quais de Seine, elle déposa des cierges à Notre-Dame pour les gens qu'elle aimait, dont Diego et Trotski. Avec elle, elle alla voir *L'Opéra de quat'sous*, dont elle recopia, dans son mauvais allemand, quelques vers : « Et le requin a des dents/ Et il les porte sur le visage,/ Et Macky, il a un couteau./ Mais le couteau on ne le voit pas. » Avec elle, elle se perdit dans les allées du marché aux puces de Saint-Ouen, où elle trouva émerveillée une petite poupée aux yeux bleus en robe de mariée – « pour remplacer celle qu'on m'a cassée quand j'étais enfant, tu comprends, Jacqueline » –, qu'elle mettrait un jour, entourée de barbelés, dans un tableau qu'elle intitulerait *La fiancée effrayée de voir la vie ouverte*. Avec elle, elle se promena dans les rues, dans les parcs, la nuit, le jour, fit une escapade à Chartres, aux châteaux de la Loire, passa de longs moments dans les salles du Louvre. Un matin, avant de partir retrouver Duchamp qui cherchait toujours une galerie, elle écrivit quelques mots pour Jacqueline : « J'aimerais que mon soleil te touche. Que tu enlèves mes jupes à volants de dentelles et ma blouse ancienne que je porte toujours, et mes bracelets. »

Le soir, quand elle revint, elles étaient seules.

– Aube dort chez une amie, dit Jacqueline.

– Et Breton est à Bucarest, répondit Frida.

Elles passèrent trois jours lumineux à faire l'amour et à boire toutes les bouteilles de cognac, une « boisson angélique », que Frida découvrit à cette occasion.

– Moi, j'ai tout de suite eu envie de toi, dit Frida. Dès México. Dès ton arrivée dans le jardin de la maison. Mais toi, dis-moi, à quel moment c'est arrivé ?

– À México, comme toi, puis j'ai oublié. Et puis, il y a eu la soirée chez Aragon.

– La soirée chez Aragon ?

– Le jeu de la vérité…

Frida sourit. C'était le jeu préféré de Breton, qui ne tolérait lors de son exécution aucun écart, aucune plaisanterie. Qui refusait de répondre à une question écopait d'un gage, comme se promener à quatre pattes dans une pièce, les yeux bandés, et deviner qui l'embrassait ou le caressait. Cette nuit-là, Frida n'avait pas voulu donner son âge. Malgré les ordres réitérés de Breton. C'est lui qui avait décidé du gage. « Faire l'amour à ce fauteuil », avait-il dit en désignant une bergère, ajoutant : « Un fauteuil de sexe féminin ! »

– Tu t'es allongée par terre et tu as commencé à caresser les pieds du fauteuil comme s'il s'agissait de jambes ouvertes, puis tu es remontée vers l'assise comme s'il s'agissait d'un sexe que tu faisais mine d'ouvrir, puis les accotoirs que tu prenais dans tes mains comme deux belles fesses… Nom de Dieu, ça me rend folle rien que d'en parler !

– Viens, dit Frida, embrassant tendrement Jacqueline.

Oui, ces jours et ces nuits firent oublier tout le reste : ce Paris où elle s'ennuyait tant et ces intellectuels qui ne cessaient de la décevoir.

Un soir qu'elles étaient nues l'une contre l'autre, fumant la merveilleuse cigarette d'après l'amour, Jacqueline aperçut sur la table de nuit une lettre adressée à Frida et qu'elle avait déposée là il y avait plus d'une semaine. Elle venait de México.

– Tu n'es pas pressée de la lire, dis-moi. Tu as peur que ce soit une mauvaise nouvelle ?

– Non. C'est Léon. Ouvre-la, si tu veux. Et lis-la-moi.

– C'est peut-être très personnel ?

– On ne baise plus ensemble depuis longtemps, allez, lis-la, tu en meurs d'envie !

Trotski écrivait à Frida pour lui demander de bien vouloir intervenir auprès de Diego qui avait démissionné de la IVe Internationale sous prétexte qu'il lui avait suggéré, pourtant avec la diplomatie nécessaire, de ne pas accepter un poste bureaucratique qu'il aurait été de toute façon incapable d'exercer. Le crapaud-grenouille avait piqué une colère et claqué la porte. « Aucune solidarité mentale ne me lie plus à Diego. C'est un coup très lourd pour notre organisation, mais aussi pour Diego, concluait Trotski. Dans quelle autre organisation trouvera-t-il autant de sympathie et de compréhension – comme artiste, comme révolutionnaire, comme homme ? Je vous en supplie, ma fidèle amie, aidez-moi. »

– Que comptes-tu faire ? demanda Jacqueline.

– Rien. Qu'ils se démerdent tous les deux. Moi aussi, j'ai des soucis.

– Que veux-tu dire ?

– Je ne peux plus rester ici. Ce n'est pas possible. La petite, André, l'exposition qui ne se fait toujours pas, mes douleurs qui reprennent. J'ai besoin de me retrouver… seule.

– Où iras-tu ?

– À l'hôtel.

– Il y en a des centaines à Paris ! Ou trop chers ou infâmes.

– Marcel s'en est occupé. Il m'a trouvé une chambre à l'hôtel Regina, place de la Pyramide.

– Pas la Pyramide, Les Pyramides. Mais quel Marcel ? Duchamp ?

– Oui, Marcel Duchamp ! Tu connais un autre Marcel, toi ?

32

Ouvert en 1900 pour l'Exposition universelle, l'hôtel Regina, des fenêtres duquel Frida voyait les jardins du Louvre, était un hôtel de luxe où, après avoir eu l'autorisation d'installer son chevalet pour y terminer *Le suicide de Dorothy Hale*, elle ne put malheureusement rester que quelques jours. En effet, à peine fut-elle installée qu'une inflammation colibactérienne rénale commença de la faire atrocement souffrir. Ne pouvant plus marcher, une ambulance vint la chercher pour la conduire à l'Hôpital américain où elle fut admise en urgence. Rapidement hors de danger, elle regagna sa chambre d'hôtel.

Les jours passèrent, monotones, terribles. Couchée dans son lit, Frida écrivit à Jacqueline, alors dans l'impossibilité de venir la voir. Elle lui avouait que l'amour était le socle de toute sa vie, et que celui-ci devait, à ses yeux, durer autant de temps qu'il donnait du plaisir ; et c'est bien ce sentiment qu'elle éprouvait en ce moment pour elle. Elle lui confia aussi que parfois elle pensait à la fin d'une relation, tout juste venait-elle de la commencer. Elle se disait jalouse, possessive, avouant qu'elle était persuadée de préférer les femmes quand elle faisait l'amour avec l'une d'entre elles, et les hommes quand elle était en train de faire l'amour avec l'un d'entre eux. Elle envoya plusieurs lettres à Nick dans lesquelles elle lui disait qu'elle l'aimait, qu'elle était heureuse à l'idée de l'aimer, à l'idée de le revoir, à l'idée qu'il l'attendait. Une nuit où la souffrance lui tordait le ventre, elle repensa même à la proposition que lui avait faite Nick de venir vivre avec lui à New York. Durant quelques secondes, elle se persuada qu'elle n'avait pour continuer sa vie que cette unique solution.

Le seul rayon de soleil dans ces journées à l'hôtel Regina, c'était Mary Reynolds, la femme de Marcel Duchamp, qui venait passer tous les après-midi avec elle. Elle attendait sa venue et devenait triste quand l'heure de son départ approchait. La jeune femme, une Américaine sympathique, pleine de verve et parlant américain avec un accent du Sud, n'avait rien à voir avec « la bande de trous-du-cul puants qui léchaient les bottes de Breton », c'est ce que Frida lui dit. Mary riait. Visiblement, elle n'était pas loin de penser comme Frida qui, mais hélas elle ne ressentait rien de sexuel pour elle, aurait bien aimé avoir envie de coucher avec cette Mary si frivole, sur le grand lit moelleux de l'hôtel Regina.

Petit à petit, l'infection s'estompa.

– Pendant deux jours pleins, je n'ai pas pu pisser, dit-elle à Mary, c'est comme si j'allais exploser ! Quelle merde !

Et comme une bonne nouvelle ne vient jamais sans une autre, Marcel rentra un jour triomphant dans la chambre. Il avait trouvé une galerie.

– La galerie Pierre Colle. Le marchand de Dali..

– Quelle date ?

– À partir du 10 mars. Et pendant quinze jours.

– Alors, champagne pour tout le monde ! cria Mary en appuyant comme une folle sur la sonnette du garçon d'étage, qui était sommé de revenir avec un magnum bien enfoncé dans son seau à glace.

Profitant de l'accalmie que lui apportait sa guérison, Frida accepta l'invitation de Mary et de Marcel à venir passer le restant de son séjour à Paris chez eux, dans leur appartement de Montparnasse.

Ce furent des moments heureux et très légers. Elle revit Jacqueline plusieurs fois, chez elle ou chez les Duchamp quand ils n'y étaient pas. Elle entretint même une relation de deux jours avec un militant trotskiste qui lui apportait des documents pour les membres mexicains de la IVe Internationale. Sa façon de faire l'amour était étrange mais assez nouvelle pour que cela lui procure un plaisir éphémère. Elle revivait. Elle écrivit même à Trotski qu'elle aurait bien aimé se promener avec lui dans les rues de Paris, sans évoquer les problèmes qu'il avait avec Diego.

Quelques jours avant le vernissage de l'exposition, Pierre Colle vint lui rendre visite. Mary et Duchamp étaient là qui la rassurèrent, lui manifestant leur soutien. Colle était accompagné d'un associé qui n'en démordait pas : ou elle acceptait leurs conditions, ou elle repartait sans avoir exposé ses toiles.

– Certaines toiles, voyez-vous, comment dire, sont trop choquantes pour notre public et…

– Mais un des éléments essentiels du surréalisme, n'est-ce pas justement le scandale ? demanda Frida.

– D'une certaine façon, le scandale surréaliste est un scandale...

– Institutionnalisé, dit Frida, lui coupant la parole. Qui ne fait de mal à personne, en somme. Une tempête dans un verre d'eau !

– Non, on ne peut pas dire ça, répondit l'associé de Pierre Colle, une sorte de fonctionnaire de la révolution en chambre, un certain Maurice Renou.

– Vieux bâtard, fils de pute, un mot de plus et je vous tue puis je vous bouffe les couilles ! Un surréaliste qui trouve ma peinture trop « gênante », on croit rêver, ma parole !

Duchamp sauva la mise de justesse. Il savait, lui, que Frida devait absolument exposer, et que, quelles que soient les conditions, l'exposition connaîtrait un succès et de scandale et d'estime :

– Messieurs, voilà Frida dans toute sa splendeur : provocation, grossièreté, virulence, le surréalisme même !

La tension accumulée dans la pièce baissa immédiatement. Frida ne dit plus un mot et les deux hommes repartirent, tels deux notaires contents de leur négociation.

Frida pensa : « Tout ce que je veux maintenant, c'est être totalement guérie, faire cette foutue expo et ficher le camp. »

33

À mesure qu'elle découvrait l'exposition en compagnie de Pierre Colle et de Maurice Renou, Frida sentait monter en elle une rage qu'elle connaissait bien : celle d'avoir le sentiment de s'être fait rouler. Cet « enculé de Breton » avait transformé l'exposition Frida Kahlo en « exposition Mexique ». On se serait cru dans les allées du marché aux voleurs de la rue des Rosiers. Il y avait pêle-mêle, disposées dans un ordre dont seul le Maître pouvait comprendre la cohérence, des photos d'Álvarez Bravo, des sculptures précolombiennes, des toiles des XVIIIe et XIXe siècles, et nombre de merdes issues de la collection privée de Breton – candélabre en céramique, crâne de sucre, articles d'artisanat vendus pour presque rien sur les marchés mexicains soudain transformés en œuvres d'art, ainsi, évidemment, que la série d'ex-voto volés dans les églises de Puebla. Et, au milieu de toute cette brocante surréaliste, dix-sept toiles de Frida – « des roses sur un tas de fumier », pensa-t-elle, prête à tourner les talons et à repartir pour prendre le premier bateau en direction du Mexique.

Mais, très vite, sa rage et sa tristesse disparurent avec l'arrivée des premiers invités. Il n'y en avait que pour elle. Kandinsky était à ce point touché par ses tableaux qu'après l'avoir prise dans ses bras et soulevée de terre, il lui parla de sa peinture avec des larmes dans les yeux. Picasso, à ses pieds, était venu avec un cadeau, des pendants d'oreilles qu'il la somma de porter *« inmediatamente »*. Juan Miró l'embrassa chaleureusement. Paalen et Tanguy la félicitèrent. Même Max Ernst, le grand Max Ernst, fut un des premiers à venir la voir, lui disant, avec sa sobriété habituelle : « C'est bien, vous êtes sur la bonne voie. » C'est à croire que toute la secte surréaliste s'était donné rendez-vous pour venir applaudir la Mexicaine !

Il y avait même quelques camarades trotskistes perdus dans la foule des bourgeois argentés et des révolutionnaires de salon, notamment une jeune femme frêle avec un visage en forme de cœur, le nez court, les joues creuses, portant des lunettes à verres épais pour corriger sa myopie. Ne semblant guère se soucier de son habillement, elle manquait totalement de distinction et attirait peu la sympathie. C'est l'amie américaine qui l'accompagnait, une certaine Ruby Weil, communiste de la première heure, qui la présenta à Frida.

– Sylvia Ageloff, la sœur de Ruth, qui a travaillé au secrétariat de Léon Davidovitch, au moment des procès de 37, dit-elle.

Frida, polie, l'embrassa sur les deux joues, bien qu'en réalité ce qui l'intéressait davantage, c'était le jeune homme qui l'accompagnait. Paraissant plus âgé qu'elle, svelte, les épaules larges, pourvu d'une chevelure abondante et bouclée et de grands yeux verts, le front haut coupé de rides profondes, il cachait derrière son teint olivâtre un charme réel.

– Jacques Mornard Vandendreschs, dit Sylvia, ajoutant, tremblante : Mon fiancé…

Le jeune homme portait un gros bouquet de fleurs à la main qu'il offrit à Frida.

– Il voulait absolument vous rencontrer, dit Sylvia, qui partit avec Ruby visiter le reste de l'exposition, après avoir « confié » son fiancé à Frida.

D'abord timide, Jacques Mornard Vandendreschs devint intarissable et ne quitta pas Frida, qui de toute la soirée ne put s'en dépêtrer. Son bouquet de fleurs toujours à la main, il lui raconta sa vie par le menu et dans le désordre le plus complet, sautant sans cesse du coq à l'âne.

Bourré de tics, parlant d'un ton rapide, éprouvant parfois une certaine difficulté à trouver ses mots, ce qui le conduisait à un léger bégaiement, il se disait fils de diplomate, Belge de nationalité, avoua nourrir un manque d'intérêt total pour toute question politique, gagnait sa vie en écrivant des articles sur le sport pour *Ce soir*, révéla qu'il était né à Téhéran, qu'il avait vécu à Bruxelles et poursuivi ses études au collège Saint-Ignace-de-Loyola, qu'il avait étudié trois ans à l'École polytechnique de Paris, qu'il avait hérité d'une fortune colossale de trois millions de francs, qu'il était alpiniste de haut niveau, collectionneur de vieilles automobiles, habile lanceur de javelot et de marteau, qu'il avait pris part à de nombreuses régates, qu'il était fasciné par la chirurgie et que d'ailleurs il découpait le poulet rôti avec la précision d'un chirurgien, que son père venait de mourir d'un accident de voiture sur la route Ostende-Bruxelles, qu'il était doué d'une extraordinaire mémoire visuelle, qu'il avait fait de la prison en Belgique parce qu'il avait refusé de faire son service militaire, qu'il avait été marié avec une certaine Henriette van Prouschdt mais qu'enfin divorcé, il comptait se marier avec Sylvia le plus tôt possible.

Frida n'en pouvait plus, à tel point que lorsque Sylvia revint elle l'embrassa cette fois copieusement puisqu'elle la délivrait enfin du fâcheux qui lui semblait être un dangereux mythomane. Ne lui avait-il pas dit, dans ce flot de paroles, qu'il était obligé de rester en Europe parce qu'il ne pouvait obtenir son visa américain ? Pourquoi le gouvernement des États-Unis aurait-il refusé un visa au fils d'un diplomate belge, qui s'intéressait aux sports et non à la politique, et qui jouissait d'une fortune personnelle suffisante pour le rendre indépendant... ? Sans compter la remarque de ce surréaliste belge de la bande à Nougé, Jean-Baptiste Baronian, qui trouvait étrange, lui, qu'un citoyen belge dise avoir habité chaussée « du Havre » à Bruxelles alors que tout Bruxellois ne connaît que la « chaussée de Wavre »... Allez, ce Belge qui parlait français avec un accent espagnol et dans une langue bourrée d'hispanismes était un fieffé menteur, même si, elle le reconnaissait volontiers, il se dégageait du jeune homme une aura fortement sexuée à laquelle elle ne pouvait être insensible.

Dans la semaine qui suivit, et bien que l'exposition ne fût pas un succès financier, la presse fut dithyrambique. *La Flèche de Paris* affirma que les toiles de madame Frida Kahlo étaient « une porte ouverte sur l'infini et la continuité de l'art », *Les Arts pour tous* vantèrent l'« authenticité et la sincérité de cette œuvre venue d'ailleurs », quant au *Soir de Paris*, sous la plume du grand critique Niklos Décointay, il loua cette « beauté convulsive » qui s'exprime dans « la beauté dramatique d'un corps blessé ». *Vogue* mit en couverture la main chargée de bagues de Frida et la styliste Schiaparelli créa un modèle intitulé « Madame Rivera ». Enfin, le prestigieux Louvre acquit un petit portrait, *Le Cadre*, où Frida apparaît couronnée d'une tresse, cheveux et ruban vert entremêlés, dans laquelle sont piquées trois grosses fleurs jaune d'or.

Malgré tous ces signes de reconnaissance, Frida décida de rentrer au Mexique, après une escale à New York. Elle voulait fuir cette Europe « pourrissante ».

Le 25 mars, le *La Fayette* quitta le port du Havre. Breton, qui avait pourtant écrit que Frida était le « prototype de l'artiste surréaliste, une personnalité féerique douée d'un monde intérieur dont la sensualité va jusqu'à la morbidité », ne l'accompagna pas. « Les femmes sont toujours sous-estimées, tu sais. Les hommes sont les rois, ils dirigent le monde, et encore plus celui de la culture. Une femme peintre, tu imagines ! Breton, comme tous les autres hommes, comme tous les autres surréalistes, est jaloux de ton succès », lui confia Jacqueline qui, elle, resta à ses côtés jusqu'au bout, jusqu'au bas de la passerelle brinquebalant le long de l'énorme coque noire du paquebot.

Une fois dans sa cabine, épuisée de fatigue et par l'émotion de toutes ces semaines parisiennes, Frida s'endormit : dans cinq jours, elle retrouverait Nick.

À son réveil, alors que les côtes de France avaient disparu depuis longtemps, elle resta dans son lit et écrivit à Jacqueline. Elle avait encore sur elle le parfum de ses baisers, toute la tendresse de leurs caresses. Elle lui dit que sans elle les nuits seraient longues et difficiles, qu'elle garderait longtemps le souvenir de son visage sur le quai, les yeux fixés vers le hublot de sa cabine. « J'aimerais que mon soleil te touche », lui dit-elle. Elle lui écrivit leurs promenades place des Vosges, et les escargots farcis et la poupée-fiancée, et leurs jupes à volants enlevées avec fureur parfois, et le sol des rues foulées par leurs pas, et leurs cheveux entremêlés. « Ma belle, tu es comme l'étoile du soir alors qu'il ne fait ni nuit ni jour, comme l'étoile du soir qui n'est perceptible qu'entre le jour et la nuit mais qui les éclipse tous deux. »

La veille de son arrivée à New York, elle pensa qu'elle pourrait faire un autoportrait de sa relation avec Jacqueline, une façon en somme de rester encore avec elle. Il pourrait représenter deux femmes entièrement nues, l'une à la peau mate (elle), l'autre à la peau claire (Jacqueline). Elles seraient enlacées dans un monde hostile, entre une forêt vierge et une tombe ouverte. Elle inscrivit le titre provisoire du tableau dans son petit carnet rouge . *Deux nus dans la forêt.*

34

Un soleil froid d'avril brillait quand le *La Fayette* accosta au Pier 17. Du pont du navire, Frida, dont les malles avaient à peine été ouvertes durant la traversée, aperçut Nick qui lui faisait de grands signes, perdu au milieu d'une foule bruyante parquée derrière des barrières. Une fois les formalités douanières terminées, elle se jeta dans ses bras. Elle avait tellement attendu ce moment. Mais Nick lui parut étrange, mal à l'aise, comme emprunté, lui qui était l'aisance même. Durant le trajet en taxi la conduisant chez son amie Ella Paresce qui devait la loger avant son départ pour México, il fut presque muet, ou ne proféra que des banalités sur le temps, la santé, les longs voyages en mer. À quelques blocs de la maison de son amie, Frida se jeta à l'eau :

– Tu restes avec moi ? Tu préfères qu'on se retrouve ce soir ?

– Non, ni l'un ni l'autre.

– La présence d'Ella te gêne ?

– Non.

– Tu as du travail, un rendez-vous important ?

– Non.

– Tu n'aimes plus ta petite Fridita ?

– Mais non, ce n'est pas ça, idiote.

– Que de mystères, Nick, je suis fatiguée. Que se passe-t-il ?

– Je vais me marier.

Bien que n'ayant plus rien à faire à New York, Frida n'arrivait pas à partir. Elle avait beau se repasser cette scène des dizaines de fois, elle ne trouvait aucune réponse à ses questions. Nick avait juste dit « Je vais me marier », était descendu du taxi et elle ne l'avait plus revu ! De plus, ses problèmes de santé étaient en train de refaire surface, comme toujours quand les choses allaient mal. Elle avait envie de retrouver le Mexique, mais dans quel état, dans quelle disposition d'esprit serait son gros Diego ? Des photos prises par Nick lui tournaient dans la tête, comme des rappels de son bonheur perdu, notamment celle où elle caressait son paon préféré, Granizo, dans le jardin de la Casa azul.

Elle finit par avoir avec Nick quelques échanges téléphoniques. Il préférait en rester là. Mieux valait ne pas se donner rendez-vous. Frida en conclut qu'il devait encore hésiter, qu'il avait peur que s'ils se revoyaient, leur amour ne recommence. Quand elle fit part à Ella des conversations qu'elle avait eues avec Nick, et des doutes qui l'habitaient quant à la réalité de cette rupture, celle-ci ne chercha nullement à la ménager :

– Il se moque de toi. C'est un lâche, comme tous les hommes.

– Je n'en suis pas certaine. Il se pose des questions. Il n'a sans doute pas encore pris sa décision.

– Il t'enverra une belle lettre, comme font tous les hommes, une fois que tu seras repartie…

– Mais non, ce que tu peux être négative.

– Il veut bien te baiser mais il ne veut pas vivre avec une estropiée dont il devra s'occuper, c'est tout. Ce n'est pas plus compliqué que ça.

– Il a dit que son affection pour moi n'avait pas changé, qu'il allait m'envoyer le dernier portrait qu'il a fait de moi, celui en couleur, et qui est actuellement exposé à l'Art Center de Los Angeles. Il m'a dit aussi que ma peinture le rendait heureux. Je ne suis pas sûre que tout soit perdu…

Ella était furieuse que Frida souffre à ce point de cette rupture et se sentait impuissante à la consoler.

– Retourne au Mexique, c'est là où tu es encore le mieux, Frida, finit-elle par lui dire d'une voix douce mais qui résonnait comme un ordre.

Ce fut comme un électrochoc. Au fond, c'est cela qu'elle voulait. Et retrouver le grand *cuentas*, cet arbre aux petits fruits, arrondis, durs comme des billes, que les Indiens ramassent pour les enfiler et qui, la nuit, lorsqu'ils tombent sur le trottoir, troublent le silence de la ville. Et aussi rejoindre Trotski, non pas l'homme politique, ni même celui qui lui faisait l'amour, mais celui qui voulait coûte que coûte aider à faire la vaisselle et qui essuyait chaque assiette, chaque verre, avec une telle lenteur exaspérante que la vaisselle durait trois fois plus longtemps et que tout le monde finissait très fatigué et énervé. Oui, c'est tout cela qu'elle voulait retrouver – loin de Paris, loin de New York : Coyoacán et son parc d'enfance de l'Alameda, plein de cactus et de palmiers, et dont le vert de l'herbe est si excessif qu'il en paraît violet.

35

Les communistes espagnols auxquels le Mexique avait accordé le droit d'asile comptaient dans leurs rangs des agents de la Guépéou qui menaient une campagne de meurtres et d'assassinats avec la ferme intention de s'infiltrer aux États-Unis. La police et l'armée étaient sur les dents, bouclaient certains quartiers où l'on estimait que ceux-ci pouvaient effectuer des actions terroristes. Notamment, ceux de Coyoacán et de San Ángel depuis que la belle et redoutable Tina Modotti et son compagnon Vittorio Vidali, commissaire politique durant la guerre d'Espagne ayant lui-même froidement exécuté des centaines de prisonniers suspectés sans preuves réelles de faire partie de la «Cinquième Colonne», étaient revenus à México. La rue de Londres était barrée et Frida Kahlo dut sortir de voiture pour qu'on comprenne qui elle était et qu'on pouvait la laisser sans crainte frapper à la porte de la Casa azul.

Trotski et même Natalia semblaient très sincèrement heureux de la voir de retour. Ils possédaient maintenant deux gros chiens, Benno et Stella, cantonnés dans leur niche mais qui, n'écoutant nullement leurs maîtres, se précipitèrent sur Frida Kahlo en lui donnant mille preuves de l'intérêt qu'ils lui portaient. Si la vie à México n'avait pas changé en si peu de temps, celle de Natalia et de Léon était en train de prendre une nouvelle direction. Leurs rapports avec Diego étaient arrivés à une telle extrémité qu'ils pensaient sérieusement quitter la Casa azul. En l'absence de Frida, Diego avait dépassé les bornes, comme on dit, dans sa vie privée, dans sa vie sociale, dans sa vie politique. Se sentant dégagé de toutes obligations à l'égard de ses hôtes, il avait abandonné ses activités politiques et avait démissionné de la revue *Clave*. Diego était plus que jamais isolé : rejeté par la droite, par les communistes, par les trotskistes, voire par certains membres du gouvernement qui trouvaient que ses tendances à l'exagération et à l'extravagance avaient atteint ses derniers mois un point de non-retour. Mais Trotski l'assura à Frida, sans la moindre hésitation : elle serait, elle, toujours la bienvenue et l'amour qu'il lui portait était intact. Cet après-midi-là il lui offrit un livre, comme au temps de leur amour fou, et y glissa un petit papier sur lequel il avait écrit : « I love you, my Frida from Paris. »

– Monsieur Rivera est absent de San Ángel depuis plusieurs jours, confirma à Frida l'homme à tout faire de Diego, alors qu'il portait dans sa maison les malles ramenées de Paris.

La semaine que Frida passa à San Ángel, sans Diego, fut merveilleuse. Elle redécouvrit le México qui lui avait tant manqué à New York et à Paris : celui des vieilles églises remplies de feuillages, de fleurs et de volutes d'or jusqu'aux voûtes ; celui d'un fameux petit théâtre du XVIIIe siècle qui devait servir d'hospice à tous les chats du quartier ; celui des marchés, des chanteurs des rues, des petits restaurants où on lui servait des plats épicés et dont tous les repas se terminaient par des chansons. Organisant son temps comme elle l'entendait, elle put même terminer *Deux nus dans la forêt*, couvrant la tête d'une des deux femmes d'un châle rouge et introduisant, dans la jungle épaisse, un observateur : un singe-araignée, image de la luxure.

Il est certains jours qu'elle aurait souhaité ne jamais vivre. Le 9 mai 1938 en fait partie. Il avait d'ailleurs fort mal commencé. Alors qu'elle se promenait du côté du monument à l'Indépendance, Frida croisa un convoi funèbre formé de trois personnes qui avançaient d'un pas vif. Ces obsèques étaient visiblement celles d'un enfant : le petit cercueil était peint en blanc et le couvercle, orné en son milieu d'un grand panache de fleurs blanches. Deux jeunes filles, l'une devant, l'autre derrière, portaient sur leur tête la charge légère. Entre les deux, juste sous le cercueil, gambadait une petite fille. C'était une course étrange et sautillante, mais dont l'allégresse même accentuait la douleur qui émanait de toute cette frise funèbre. On eût presque cru que l'enfant du cercueil était descendu une dernière fois jouer sur la place où il n'y avait pas si longtemps encore il faisait trotter un cheval en terre cuite en mangeant un bonbon acidulé.

Rentrée chez elle, Frida ne pouvait oublier cette scénette dramatique. C'est un peu comme si elle l'avait ramenée avec elle dans l'atelier de San Ángel et qu'elle continuait d'avoir lieu, là, sous ses yeux. Elle fit immédiatement un croquis pour un tableau futur, affublant les trois personnages de têtes de mort, ouvrant le cercueil d'où jaillissait un flot de sang et remplaçant la place de l'Indépendance par un paysage lunaire. La domestique interrompit son travail. Elle lui apportait son courrier.

Au milieu des lettres officielles, des missives d'admirateurs et d'admiratrices, des prospectus, des factures, elle reconnut sur une enveloppe l'écriture ramassée et claire de son cher Nick. Elle se cala dans son fauteuil et lut la lettre une première fois, une deuxième fois, dix fois, vingt fois, tremblante, les yeux remplis de larmes. Ella avait raison, Nick, qui n'avait pas osé rompre par téléphone, le faisait par écrit. Et cette fois, aucun doute n'était permis. Il terminait sa lettre en disant que tous deux avaient profité « un moment » l'un de l'autre, que cela avait été « extraordinaire », que c'était « la seule chose qui comptait », et que de toute façon, « il ne souhaitait que son bonheur ».

– Connard, c'est pour ça sans doute, que tu te maries avec une autre ! hurla-t-elle, estimant que le mot « connard » était le qualificatif adéquat.

Puis elle s'écroula sur son lit après avoir avalé plusieurs verres de whisky, breuvage qu'elle avait découvert avec Nick justement et qu'ils buvaient toujours ensemble avant, pendant et après l'amour.

– Mon bonheur… mon cul, oui !

Ce fut Diego qui la réveilla. Il était revenu de Guadalajara où il avait soi-disant fait une série de nus d'Indiennes. Elle aurait pu lui demander si ces « Indiennes » arrivaient tout droit de Chicago, de Budapest ou comme les dernières de la *Concha Peluda*, la boîte à putes de l'avenida

Francisco Sosa, mais elle ne le fit pas. Tout cela n'avait plus aucune importance. Elle pensa : « Va foutre ta queue là où tu veux, sale con ! »

Diego était là, planté devant elle, dans un état d'énervement intense, transpirant comme un cheval après l'arrivée d'une course, sentant fort la sueur de l'homme qui vient d'accomplir un effort physique formidable.

– Ce pourri de Siqueiros peint un *Retrato de la burguesía* qui fait couler beaucoup d'encre !

– Nous sommes en 1939, Diego, les peintres se doivent d'affronter certains démons, le fascisme en est un !

– Pourquoi l'a-t-il fait avant moi, ce pédé !

– Tu ne peux pas lui interdire de peindre ce qu'il a envie de peindre, tout de même ! Où sont tous tes beaux discours sur la liberté de créer ? Et puis, il est membre du Parti, lui, il a des commandes…

Diego ne répondit pas, prit le verre des mains de Frida et avala d'un trait une énorme quantité de whisky. Ah, et puis plus rien n'allait, la Modotti était revenue et avait déjà commencé à propager des insanités sur son compte. Quant à Trotski, « évidemment, je suppose que tu es au courant… Rien ne va plus, on ne s'entend plus du tout. Il veut même déménager de la Casa azul ! ».

Tandis que Diego continuait de vociférer, elle gardait les yeux fixés sur un bocal, bien en évidence sur une étagère. Il contenait un scorpion rougeâtre, d'un type bien particulier, qu'on ne trouve que dans l'État de Durango, et dont la piqûre est le plus souvent mortelle. Une prime de quelques centimes est donnée à ceux qui les apportent à l'administration. Diego avait acheté le scorpion à un gamin qui en faisait commerce et l'avait mis dans ce bocal où il avait fini par sécher, le dard dressé vers on ne sait quoi. Elle se dit que leur mariage, c'était un peu comme ce scorpion, tout desséché, tout mort, sans vie.

Diego finit par sortir de la pièce en hurlant que c'était pareil avec eux, que « rien n'allait plus, que leur histoire avait assez duré, qu'il faudrait songer à divorcer, oui, divorcer ». Frida répondit à Diego en lui chantant *La Chancla*, l'histoire d'une femme triste d'apprendre que son mari l'a trompée :

Les copains, j'vais vous raconter
quelque chose dont vous allez vous souvenir.
Celui qui m'aime, je saurai l'aimer
Celui qui m'oublie, je l'oublierai.

J'ai de l'orgueil et de la fierté
Et je ne me mettrai jamais à genoux.
Alors, la chancla, la « savate » que j'ai balancée,
Jamais je n'irai la ramasser !

Cette menace de divorce proférée ce soir-là n'était que la suite logique des précédentes. Cela faisait environ trois ans que Diego brandissait ce spectre, toutes les fois où il venait de tromper Frida. Pris en flagrant délit d'adultère, se sentant coupable, il attaquait. Mais à présent, la menace était d'une autre ampleur, ces derniers temps, plusieurs fois par jour il était revenu à la charge. Un soir, alors qu'il avait disparu depuis plusieurs semaines, Frida entendit le téléphone sonner, c'était Diego. Il avait bu :

– Écoute, Frida, nous avons été mariés pendant treize ans. Nous nous aimons toujours autant mais… tu connais mon appétit… J'ai besoin de faire l'amour tout le temps et… tu as de plus en plus, enfin… tu sais bien… de mal à jouir… Ça devient compliqué, trop compliqué pour moi… Alors, je dois pouvoir aller voir ailleurs et… je veux simplement être libre de faire selon mon désir avec les femmes dont j'ai envie, et… comme je ne veux plus te faire souffrir, je voudrais qu'on divorce.

Frida, qui jusque-là avait écouté en silence, répondit avant de raccrocher en tapant violemment l'écouteur de bakélite sur son support :

– Oui, mais alors tout de suite !

Nick avait rompu par lettre. Faisant preuve d'un courage similaire, Diego venait, lui, de rompre par téléphone. « Comme tous ces hommes sont courageux », pensa-t-elle. Le soir même, elle écrivit à Nick, lui disant à lui ce qu'elle n'avait pas dit à Diego : « Les mots me manquent pour te dire comme j'ai mal. Et toi qui sais combien j'aime Diego, tu peux comprendre que ma douleur ne prendra fin qu'avec ma mort. C'est décidé, on se quitte. Je me sens brisée, seule. J'ai l'impression que personne n'a souffert comme je souffre. J'espère que ça changera dans quelques mois. Franchement, je me demande comment. Mais il faut bien. »

Elle regarda une dernière fois le bocal au scorpion avant de se coucher. Elle posterait la lettre le lendemain. Elle connaissait Nick. Toute cette histoire le ferait lui aussi souffrir. Cette lettre la vengerait de sa lâcheté. Quant à Diego, elle savait comment le faire souffrir : en prenant un nouvel amant et en le lui faisant savoir.

36

Ricardo Arias Vinas était un jeune réfugié républicain qu'elle avait rencontré au café *La Parroquia*, où lui et ses congénères tentaient de recréer une Espagne peut-être à jamais perdue. Cet amoureux transi, il lui avait été très facile de le mettre dans son lit, où il se révéla d'ailleurs bien moins empoté que sur le terrain de l'engagement politique. Il était beau, agréable, cultivé et très protecteur – ce qui convenait parfaitement, en cette période agitée, à Frida.

Pendant que Diego s'occupait des papiers du divorce, elle s'affichait le plus possible avec Ricardo lors d'apparitions publiques qu'elle voulait scandaleuses, arrivant toujours en retard et faisant le plus de bruit possible. Ainsi, lors d'une prestation au Palais des beaux-arts de Carmen Amaya, première danseuse de flamenco à oser s'habiller en pantalon pour exécuter ses chorégraphies, le public n'eut d'yeux que pour Frida. Chargée de bijoux des pieds à la tête et ayant pour l'occasion recouvert deux de ses incisives de couronnes en or serties de diamants roses, elle avait relégué au rang d'accessoire la reine des *zapateados* et des castagnettes. Diego, présent à la même soirée dans une autre loge, au bras de sa nouvelle conquête, une certaine Irene Bohus, une jolie artiste peintre hongroise, était passé totalement inaperçu.

Trotski, de son côté, consommait lui aussi sa rupture avec Diego. Ce dernier lui ayant proposé, malgré leurs différends, de rester habiter la Casa azul, «*El Viejo*» lui avait répondu qu'il n'accepterait qu'à condition de lui payer un loyer de deux cents pesos par mois. Diego refusa d'abord en son nom propre puis ajouta que de toute façon la maison appartenait à Frida et que c'était à elle de prendre la décision. Trotski, drapé dans sa dignité, interpréta cette forme de boutade comme une pression morale exercée à son endroit dans le but de le faire partir. Blessé, il loua dans une rue voisine, l'avenida Viena, à une certaine famille Turati, une maison où il s'installa, le 5 mai, avec Natalia, ses secrétaires, ses domestiques et ses gardes du corps, sans oublier ses deux chiens, ses lapins, ses poules et ses cactus.

C'était une maison en très mauvais état, au loyer modeste mais avec un assez grand nombre de pièces et un jardin, entourée de hauts murs sombres et facile à surveiller. Certains planchers étaient défoncés, nombre de meubles manquaient, mais là il serait enfin libre de disposer de son temps comme il l'entendait, dans un quartier plutôt tranquille, à l'extrémité est de Coyoacán.

Le jour de son départ, Frida était là pour reprendre les clefs qu'elle lui avait confiées. Dans la pièce qui avait tout ce temps servi de bureau à Trotski, il laissait l'autoportrait que Frida lui avait offert ainsi que le stylo-plume qu'elle lui avait apporté lors de leur escapade à San Martin Regla :

– Je préfère te les rendre, lui dit-il, ému.

– Pour ça, tu as tort, mais pour le reste tu as raison.

– Le reste ?

– Ton départ de la Casa azul.

– Tu sais, je me sens de plus en plus seul, et je sais maintenant que cette solitude ne prendra jamais fin… J'ai soixante ans… J'ai l'impression d'être le dernier combattant d'une légion anéantie…

– Tu es devenu un symbole, Léon. Celui d'une doctrine, droite, claire, d'une certaine vérité historique. D'un combat.

– Donc, pour toutes ces raisons : condamné.

Ils se quittèrent sur ces mots. Natalia, revenue dans la pièce, sommait Léon de se dépêcher. L'autre maison était toute proche, mais elle ne souhaitait pas, par mesure de sécurité, y arriver à la nuit tombée.

La petite troupe partie, Frida se retrouva seule dans la maison vide, dans la maison de son enfance. Face à ce monde qui s'écroulait, elle se dit qu'elle devait réagir. Tout d'abord, en remboursant ses dettes, en peignant des natures mortes qui se vendaient toujours très facilement – c'est ce que voulaient les bourgeois. Puis en réfléchissant à une toile qui raconterait dans quel état d'esprit elle se trouvait, pour évacuer cette « putain de douleur qui la faisait beugler la nuit », malgré les cachets et les verres de cognac. Elle conjectura donc un tableau qui s'appellerait *Les deux Frida* : deux sœurs siamoises assises l'une à côté de l'autre, unies par la même artère, se tenant par la main, mais différentes, vivant chacune sa vie. Une même femme coupée en deux. L'image de son existence. Écartelée. Comme une carcasse chez le boucher, fendue en son milieu par le coup sec du hachoir.

37

Bien que la porte de communication entre les deux cubes restât constamment verrouillée, la vie à San Ángel était devenue impossible... Une série d'incidents avait fini par rendre la vie entre Diego et Frida infernale. Tout du moins aux yeux de cette dernière qui n'en pouvait plus. Un jour, Diego avait amené chez une de ses maîtresses, Señor Xólotl, le chien préféré de Frida, pour qu'il serve de reproducteur. « Qu'il baise sa pute idiote et trop maquillée, soit, mais qu'il aille chez elle avec quelque chose d'aussi personnel que mon Señor Xólotl, merde ! » Une semaine plus tard, c'est une certaine María qui lui avait annoncé qu'elle allait se marier avec Diego. « Tu pourrais attendre qu'on soit divorcés, pauvre conne ! » avait hurlé Frida, qui s'était empressée d'appeler les journaux pour dénoncer cette liaison « illicite ». Dans ce Mexique peu libéral en matière de mœurs, la nouvelle avait fait scandale et la presse avait immédiatement pris fait et cause pour l'épouse abandonnée et condamné les amants coupables. Le lendemain, Paulette Goddard, actrice et croqueuse d'hommes, avait annoncé par voix de presse qu'elle prenait un appartement dans la luxueuse auberge de San Ángel, située juste en face de l'atelier de Diego, afin que « ce géant, dans les bras duquel elle succomberait s'il lui demandait, puisse en toute quiétude réaliser son portrait ». Non, c'en était trop. Frida décida de déménager. En quelques jours, avec l'aide efficace de plusieurs amis, dont Ricardo, elle s'installa dans la Casa azul, avec sa colonie de petits singes noirs et ses chiens sans poil, dont Señor Xólotl, qu'elle avait fini par récupérer.

C'était comme une nouvelle vie. Elle était presque heureuse, et cela malgré son pied et sa colonne vertébrale qui la faisaient parfois souffrir. Au fond, elle pouvait faire ce qu'elle voulait : peindre, bien sûr, mais aussi boire, faire l'amour, passer des heures à se promener dans le jardin, cuisiner, lire, rêver, jouer avec sa ménagerie.

Fin août, elle décida de rendre visite à Léon. Sa première décision fut de repasser une nouvelle couche de peinture sur les murs, « couleur de sang et de profondeur de la mer », lui avait dit Harrison William Shepherd, son jeune ami américain qui voulait raconter sa vie, mais abandonna le projet après qu'il en fut devenu l'éphémère amant.

Située à la périphérie de Coyoacán, là où la rue se transforme en une voie pierreuse et poussiéreuse entourée de chaque côté de misérables cabanes de paysans, la villa était une maison de campagne du siècle dernier en forme de T. Entourée d'un haut mur de béton surmonté d'un réseau de fils électrifiés, flanquée de deux tours crénelées, elle était dotée d'une lourde porte blindée couleur de plomb. Ce portail, ces murailles sévères, ces tours sinistres abritant des mitrailleuses donnaient à la maison l'aspect d'une forteresse. Une fois la chicane de sacs de sable franchie, les signaux d'alarme neutralisés, l'équipe de cinq agents de police passée, Frida entra dans la maison, accompagnée par l'un des cinq trotskistes armés qui y patrouillaient.

Léon l'accueillit. Il était empressé, chaleureux, content de lui faire faire le tour du propriétaire, de lui montrer combien il était à l'aise et bien protégé. Il lui vanta la maison de style mexicain traditionnel, les murs de briques et de crépi, assez solides pour résister à une rafale de mitraillette. Lui expliqua qu'il s'était installé au fond avec Natalia, « pour plus de sécurité ». Leurs quartiers comprenaient trois pièces, plus une bibliothèque, une cuisine, une salle de bains et une salle à manger qu'ils partageaient avec les gardes hébergés le long du mur d'enceinte au nord.

– Quelle magnifique prison, n'est-ce pas ? ne cessait-il de répéter, plein d'une ironie triste. Cette maison rébarbative cache une merveille : ce jardin, ajouta-t-il, montrant à Frida un vaste carré de pelouse verte agrémenté de massifs de fleurs et de grands arbres au feuillage épais.

En réalité, cet étrange paradis en recélait un autre, encore plus étrange, auquel Léon tenait beaucoup. Dissimulés derrière une haie de cactus qu'il avait rapportés de ses périples dans les alentours de México, il dévoila à Frida ce à quoi il tenait par-dessus tout : ses poulets et ses lapins ! Joignant le geste à la parole, il enfila ses gants de travail – « tu sais bien que la moindre écorchure m'empêche de tenir correctement ma plume » – et commença à nourrir de gros lapins gris et blancs et une petite bande de poulets caquetants :

– La quantité de nourriture doit être très soigneusement mesurée. Il faut inspecter régulièrement les animaux, les surveiller, être attentif au moindre signe de maladie, de parasite. Il faut de la méthode, de la précision, observer, décider – comme en politique.

Au milieu de ce fortin encerclé par des ennemis tenaces, « mon fort Alamo à moi… », le bureau de Léon, auquel on accédait par la salle à manger, lui apparut comme un havre de sérénité. Tout y était méticuleusement rangé : livres, collections de revues et de journaux, archives. Au centre, une grande table de bois sur laquelle reposait le dictaphone avec ses rouleaux qui permettait à Trotski de répondre, en plusieurs langues, au courrier qui lui arrivait du monde entier et, bien en piles, ses articles et ses livres.

Frida était réellement émue, parce que ce bureau était à quelques détails près la réplique exacte de celui de la Casa azul. Mais cette maison était la sienne, tandis que dans celle-ci, elle avait le sentiment qu'il la faisait réellement pénétrer comme jamais dans son intimité. Elle touchait, presque religieusement, les caressant du bout des doigts, les plumes et les crayons dans leur pot de terre, le buvard à l'ancienne mode, le coupe-papier d'ivoire, la lampe à col de cygne. Un bouton vissé dans la table permettrait à Trotski de déclencher le système d'attaque en cas de nécessité. Elle vit aussi, à portée de main, un automatique de calibre 25 et un colt de 38.

– Pour me défendre, dit Léon en regardant Frida avec des yeux qui en disaient long sur son angoisse actuelle.

Tout en tripotant machinalement ses armes à feu, Léon racontait ses journées. Levé à six heures du matin, il commençait toujours par nettoyer l'enclos, puis gagnait son bureau où il travaillait jusqu'au petit déjeuner. Il retournait de nouveau s'occuper de ses animaux, déjeunait, faisait la sieste, recevait ensuite de courtes visites, nourrissait ses poulets et ses lapins, et retravaillait jusqu'au dîner.

– Mon équilibre, Frida, je l'ai trouvé dans cette monotonie. Sans cette routine quotidienne, je n'aurais plus la force de lutter.

Tous deux se faisaient face, séparés par la lourde table de bois. Frida allongea le bras et mit sa main sur celle de Léon :

– La vie s'écoule, ouvre des chemins que l'on ne choisit pas pour rien.

– Moi, ce que je voudrais, Frida, c'est pouvoir m'arrêter librement en cours de route, pour repartir ensuite.

– Impossible, ça retarderait le grand voyage général.

– D'où l'insatisfaction… d'où le désespoir… la tristesse.

– Je ne crois pas au destin. Je ne veux que vivre, c'est le but central de ma vie.

– Moi, je ne sais plus quel est mon but, Frida.

– T'occuper, entre autres, de ton petit-fils, dit Natalia, qui venait d'arriver dans le bureau avec un plateau et du thé, en montrant un jeune garçon d'une dizaine d'années, en sandales de cuir et culottes courtes, jouant dans le jardin.

– Votre petit-fils ? demanda Frida.

– Sieva, le fils de notre fille Zina, répondit Natalia, la voix brisée par l'émotion.

Après la mort de sa mère, le « garçonnet », comme l'appelait Trotski, avait été recueilli par Ljova, son oncle, et Jeanne, son amie. Ljova assassiné, Jeanne l'avait caché dans un établissement religieux. Après plusieurs mois de recherches et un procès pour savoir qui en aurait la garde, Alfred et Marguerite Rosmer, amis de toujours de Trotski, avaient escorté Sieva jusqu'à Coyoacán.

– Nos quatre enfants sont morts, dit Natalia. Sieva est tout ce qui nous reste de notre famille.

De retour chez elle, Frida ne put s'empêcher de pleurer. Tout cela était si triste. Cet homme traqué, cet enfant qui jouait au milieu de gardes armés et de lapins en cage. Et l'Histoire en embuscade qui allait broyer tout ce monde : depuis des années, Trotski répétait que rien ne conviendrait mieux à Staline qu'un petit arrangement avec Hitler – il y a quelques jours le pacte germano-soviétique venait d'être signé. Oui, l'Histoire en embuscade allait tout broyer, la vie de cet homme, celle de cet enfant, la vie de Natalia, leurs doutes, leurs espoirs, tout ce pour quoi ils avaient combattu. L'amour de Frida et de Léon, dans tout cela, n'avait été qu'une sorte de parenthèse inespérée, et celui de Frida et Diego, un mirage. Ainsi allait la vie dans la maison de l'avenida Viena, dérisoire forteresse d'opérette ; ainsi allait la vie dans la Casa azul, et pendant tout ce temps, le monde, lui, arraché à sa quiétude illusoire par les quatre cavaliers de l'Apocalypse, galopait vers un nouveau massacre.

Avant de quitter Frida, Léon lui avait murmuré à l'oreille : « Je chemine dans le petit jardin de cette maison entouré de fantômes au front troué, et pourtant, vois-tu, je ne connais pas de tragédie personnelle. Je n'en connais qu'une seule, celle de la révolution, celle de l'humanité, et qui commence à peser si lourd sur mes épaules d'homme. »

En allant se chercher un verre de cognac dans le buffet de la cuisine, Frida passa devant un calendrier mural dont elle arracha de nombreuses pages pour arriver à la date d'aujourd'hui : 26 août 1939. Frida éclata d'un rire nerveux. Cela faisait treize ans, jour pour jour, qu'elle s'était mariée avec Diego, au tribunal de Coyoacán. Tina Modotti avait été leur témoin et avait organisé le banquet sur la terrasse de son immeuble. La pièce montée, agrémentée de colombes et de roses en sucre glace, était surmontée d'un couple de mariés. L'homme était vêtu d'un smoking, d'un chapeau haut de forme et portait des gants. La femme était habillée d'une robe en tulle blanc. Image d'un couple que Frida et Diego n'avaient jamais été et ne seraient jamais.

38

Petit à petit, Frida se réappropriait l'espace de la Casa azul, ce qui fut moins facile que ce à quoi elle s'attendait. Son enfance était partout, comme Léon, comme sa vie avec Diego. Elle comprit qu'il lui faudrait un certain temps avant que cette maison ne redevienne totalement la sienne. Un jour, voyant ses difficultés financières, Diego lui proposa de l'aider. Elle refusa violemment son offre : « Jamais je n'accepterai le moindre argent d'un homme, tant que je serai en vie. Tu peux comprendre ça, non ! »

Alors elle travailla beaucoup, jour et nuit. Peignit *Lit nuptial blessé*, dont les pieds étaient quatre jambes écorchées sanguinolentes ; *Autoportrait au colibri*, où on la voyait de face, un colibri mort jaillissant de ses jambes ouvertes tel un bébé mort-né ; *Mortes festoyantes*, tableau grand format représentant plusieurs femmes juchées sur un lit à baldaquin en compagnie d'un squelette… Mais tous ces bourgeois d'acheteurs avaient peur de ces toiles. Trop de sang, trop de mort, trop de souffrance, pas assez « décoratif » : « Comment voulez-vous que je mette ça dans mon salon, dans le hall d'entrée de mon entreprise, dans la salle d'attente de mon cabinet ? » Elle finit par vendre le tableau qu'elle avait peint pour Nick, une nature morte joyeuse, et lui écrivit une lettre qu'elle signa « Ta Mexicaine », qui resta sans réponse, et dans laquelle elle lui demandait de lui pardonner, mais lui assurait qu'elle tiendrait sa promesse et qu'un jour, dès que cela irait mieux, elle lui en peindrait un autre.

L'automne était maintenant bien installé, à México et dans sa vie. La procédure de divorce suivait son cours, émaillée de disputes les rares fois où elle parlait avec Diego au téléphone. Un jour, il l'inonda d'insultes dégoûtantes auxquelles elle ne se serait jamais attendue venant de lui. Décidément, plus rien n'allait. Sur son appareil d'ondes courtes installé dans la salle à manger, elle entendit la déclaration de guerre en Europe et la nouvelle du premier torpillage d'un navire anglais par un sous-marin allemand.

Son seul espoir, c'était la peinture, toujours la peinture. Elle repensa à Jacqueline, et au tableau qu'elle avait imaginé sur le bateau qui la ramenait à New York : *Deux nus dans la forêt*. Avec tout ce temps qui était passé, elle pourrait évoquer cet amour lesbien mais en le transformant, en y ajoutant des éléments de son Mexique ancestral, de sa mythologie personnelle. Peignant cette toile, elle revivait, redevenait heureuse, et cela d'autant plus que le 15 septembre arrivait à grands pas.

Depuis son enfance, elle adorait ce jour merveilleux de la fête nationale mexicaine. Septembre, c'était son mois patriotique. Elle achetait des petits drapeaux aux couleurs nationales – vert, blanc, rouge – et en mettait dans toutes les pièces de la maison, les piquait dans les fruits servis à table, dans les pots de fleurs du couloir qui menait au jardin, en portait à la boutonnière, les fichait dans les pastèques de ses natures mortes, et organisait toujours un grand dîner où elle invitait ses amis.

Ce 15 septembre 1939 fut marqué par un événement dont elle ne comprit pas immédiatement la portée. Alors qu'elle donnait à sa cuisinière ses dernières recommandations concernant la préparation de la soupe de poissons, du riz tricolore et des *chiles* aux noix, plats aux couleurs du drapeau mexicain qu'elle allait servir à ses invités, quelqu'un sonna à la porte, un certain Frank Jacson, qu'elle faillit congédier. Ce nom ne lui disait rien et elle avait tellement de choses à préparer… Elle se ravisa lorsque la domestique lui dit d'un air mutin que le fâcheux était plutôt bel homme et avait un énorme bouquet de fleurs à la main.

C'était étrange, ce visage ne lui était pas inconnu. Cette chevelure abondante, ces grands yeux verts, ce front haut, ce léger bégaiement, et surtout ce grand bouquet de fleurs… Ce jeune homme svelte aux larges épaules, elle l'avait déjà rencontré avec, précisément, un bouquet de fleurs à la main. Mais Frank Jacson, ça ne lui disait vraiment rien. Voyant son trouble, l'inconnu lui fournit les indices qui allaient lui permettre de l'identifier :

– Paris, Breton, l'exposition Mexique à la galerie Pierre Colle…

– Jacques Mornard !

– Exact !

– Mais alors, pourquoi…

– Pourquoi Frank Jacson ?

– Oui.

– J'ai fui la Belgique avec un faux passeport, pour éviter le service militaire. Je ne veux pas participer à cette tuerie.

– Vous êtes pacifiste ?

– En quelque sorte... J'ai même changé de nationalité. Maintenant, je suis canadien. J'aurais pu devenir américain mais il m'aurait fallu demander un visa et soumettre le document à un examen consulaire.

– Et je suppose que vous n'êtes plus journaliste.

– Non, je suis un homme d'affaires apolitique, sportif et bon vivant...

– Et votre fiancée ?

– Sylvia ? Je dois la retrouver bientôt à New York où nous devons nous marier. Mais, ajouta-t-il sans ambiguïté possible sur ses intentions, jusque-là je suis célibataire, et libre, c'est notre contrat...

Invité à rester dîner, Frank Jacson accepta avec enthousiasme. Ce fut un moment de joie réelle comme Frida n'en avait pas vécu depuis longtemps. Et lorsqu'un des convives, un peu soûl, crut reconnaître en Frank Jacson le représentant d'un courtier européen qui, après s'être occupé d'achat d'huiles pour les Américains, s'était converti dans la taille des diamants, tout le monde éclata de rire.

– Quand Pablo a bu, il raconte n'importe quoi ! dit Frida.

Puis la joyeuse troupe décida de faire une promenade dans les rues pavées de la vieille ville. Dans les allées et sur les places du parc du Centenaire, la fête battait son plein.

Il y avait là des attractions, des feux d'artifice, de petits taureaux en carton truffés de pétards qui éclataient à tout moment, dans un cirque en plein air des clowns parodiaient les gens à la mode et les hommes politiques, tout le monde chantait et riait, et dans les buissons des couples laissaient libre cours à leurs désirs. Un instant, Frida crut qu'elle allait s'éclipser dans un de ces buissons avec son invité surprise, mais des passants qui l'avaient reconnue l'entourèrent, parlèrent avec elle, voulant la toucher. Les admirateurs partis, le moment de folie qui s'était emparé de Frida s'évanouit, elle n'y pensa plus.

Dans les semaines qui suivirent, Frank Jacson et Frida se virent plus ou moins régulièrement. Ils allèrent au cinéma, se promenèrent dans les marchés regorgeant de figues de Barbarie vertes, blanches et rouges, provenant des zones désertiques du pays, et de savoureuses limes particulièrement juteuses qu'ils mangeaient sur place. Quand il venait dîner à la Casa azul, elle sortait ses assiettes blanches aux initiales F.D. et lui servait dans des carafes en verre soufflé un coulis de riz blanc ou un jus de fleurs de Jamaïque rouges. Parfois, pour le recevoir, elle passait sa tenue typique de Tehuana, piquait une fleur dans ses cheveux et couvrait ses mains de bagues. Alors elle était très heureuse, car elle sentait bien dans le regard de l'homme qui était en face d'elle un désir intense. Et ce désir la faisait revivre, était suffisant à son bonheur. Un jour peut-être, elle ferait l'amour avec lui, mais c'est elle qui le déciderait, et ce jour n'était pas encore arrivé.

Un matin, alors qu'elle avait prévu d'aller avec lui à Teotihuacán, elle finit, après plusieurs heures d'attente, par demander au chauffeur de rendre à Diego la Ford break qu'il lui avait prêtée pour la journée. Frank Jacson ne vint pas, ni les jours suivants, et disparut comme il était venu. Jean van Heijenoort partit lui aussi, le 5 novembre :

– J'ai vécu tant d'années dans l'ombre de Léon, il faut bien que je vive un peu pour moi-même…

– Où pars-tu ?

– Je vais passer quelques mois à New York, et puis après on verra.

Cette année 1939 n'en finissait pas de se terminer. Frida voulait passer à l'année suivante, oublier cette année « pourrie ». Elle reprit *Les deux Frida*. Y voyait maintenant un peu plus clair. D'un côté elle serait en robe de style traditionnel, de l'autre dans une robe à la mode de Tehuana. Il fallait accentuer la différence entre les deux Frida. Voilà, la première serait élégante et altière, l'autre arborerait une beauté sobre. Les réunirait : les blessures du passé. C'est ce qu'elle voulait montrer : ces deux femmes souffrantes, ces deux femmes blessées.

Elle avait aussi un autre projet qui, s'il réussissait, la sauverait : solliciter une bourse Guggenheim. Les Américains avaient de l'argent, alors autant leur prendre. Fin novembre elle envoya un dossier complet, avec des lettres de recommandation enthousiastes signées de hautes personnalités du monde des arts et de la politique, à un certain Henry Allen Moe. On lui avait laissé entendre qu'étant donné sa notoriété grandissante, la puissance de son art et sa très forte originalité, ce dossier ne serait qu'une sorte de formalité. Cela faisait si longtemps que Diego l'avait obligée à vivre une vie qu'elle estimait « fausse et remplie de conneries insupportables », que cette bourse lui donnerait le nouveau départ qu'elle espérait avec impatience. Encore un peu plus d'un mois à attendre : elle serait divorcée, bénéficierait d'une bourse qui la mettrait pour un temps à l'abri du besoin, pourrait peindre, revivre enfin.

39

C'est le jour où elle venait de terminer *Les deux Frida* que lui parvinrent les documents entérinant son divorce. Elle était en train de prendre le thé avec l'historien de l'art nord-américain MacKinley Helm – plus exactement, lui seul en buvait… Elle crut exploser de mélancolie, plus que de rage. Certes, c'était Diego qui avait initié le processus de leur séparation, mais elle avait fini, croyait-elle, par en accepter l'idée, voire par y trouver certains avantages : elle serait enfin libre et ne souffrirait plus des infidélités de Diego. Mais maintenant, devant cette liasse de papiers administratifs, devant la réalité que constituait cette liasse de papiers administratifs, ce n'était plus pareil.

Tout en ruminant sa rage en présence de l'Américain médusé, elle commentait son tableau :

– Ici, de ce côté, cette Frida que Diego a aimée, et de l'autre, là, cette Frida que Diego n'aime plus. Et là, cette artère sectionnée, ce sang qui s'écoule…

– Une Frida tient un petit médaillon représentant Diego enfant, avança l'historien.

– Oui. Diego est un amant et un gros bébé…

– Et l'autre, la Frida délaissée, donc…

– Elle tente d'arrêter l'hémorragie avec des forceps...

– Et c'est impossible, tenta à mi-voix l'historien, qui avait presque l'impression que Frida allait se saisir de l'instrument ensanglanté et le jeter rageusement au bout de la pièce.

– Évidemment, c'est impossible, patate ! répondit Frida, hors d'elle, manquant faire tomber la tasse de thé de l'Américain, lequel, terrorisé, finit par prendre poliment congé.

L'homme parti, Frida se calma quelque peu. Au fond, dans ce tableau, c'est elle-même qui se consolait. La Frida nouvelle consolait la Frida abandonnée. Et puis, après tout, depuis qu'elle était seule, elle n'avait peut-être jamais autant peint, et cela l'avait aidée à préciser sa thématique. Elle se dit que si un créateur avait besoin d'être heureux pour créer, cela se saurait... Tous ces derniers mois avaient été des temps de souffrance maximale, de détresse totale, et comme par hasard, elle avait peint ses toiles les plus sanglantes, les plus violentes. *Quatre habitants de México* ressemblait à un rituel d'exorcisme ; *Cœur* montrait un collier d'épines et un cœur arraché ; *Ce que l'eau m'a donné* exposait ses jambes flottant dans une baignoire et entourées de détritus ; *Souvenir de la plaie ouverte* était un autoportrait la représentant cuisses ouvertes, l'une blessée et sanglante. Quant aux natures mortes qu'elle avait commencé de peindre depuis un certain temps, elles étaient composées de fruits ouverts, fendus, écrasés, déchirés : *Les Fruits de la terre*, *Fruits de cactus*, *La pastèque et la Mort*. Si ce foutu Américain était encore là, elle lui hurlerait qu'elle avait enfin réussi à trouver, sans y avoir été forcée par un quelconque préjugé, une expression picturale personnelle, et que depuis dix ans elle ne travaillait qu'à une seule idée : éliminer tout ce qui n'est pas issu des mobiles lyriques internes qui la poussent à peindre !

Son bonheur, né de la certitude qu'elle venait de trouver réellement sa voie, fut de courte durée. La bourse Guggenheim lui fut refusée, sans qu'on lui donne la moindre explication, à moins qu'il ne faille la chercher du côté des mots que Jacqueline avait prononcés lors de son exposition à Paris : « Dans ce monde d'hommes, c'est très difficile d'être une femme peintre. » Sans doute aussi s'était-elle montrée trop modeste dans sa présentation, pas assez imbue d'elle-même, pas assez dans l'esbroufe. Ainsi avait-elle mentionné que sa première exposition n'avait eu lieu qu'en 1938, celle de novembre à New York, et qu'elle n'avait été suivie que d'une seule, à la galerie Renou et Colle, à Paris, en 1939, et que le Louvre avait acquis une de ses toiles. C'était trop peu pour l'énorme machine culturelle américaine.

Mais surtout, ses ennuis de santé reprirent. Son dos, de nouveau, la faisait terriblement souffrir, à tel point que le docteur Farill, qui désormais la suivait, lui ordonna le repos absolu au lit, avec un poids de traction de vingt kilogrammes pour soulager son dos. Plusieurs spécialistes, les docteurs Federico Marín, Leo Eloesser, Figa Assaoui, s'étaient succédé à son chevet et sans s'être concertés, penchaient tous pour une greffe osseuse. Pour tout arranger, une mycose se déclara sur les doigts de sa main droite, ce qui évidemment était très préjudiciable à son travail. Frida n'en pouvait plus et ne semblait plus trouver de réconfort que dans les bouteilles de cognac qu'elle faisait livrer par caisses à la Casa azul.

Un soir, alors que tout México était aux préparatifs des fêtes de Noël, se sentant plus seule que jamais, elle demanda à Léon de venir la retrouver. Ces dernières semaines, elle n'avait vu absolument personne, restant presque toute la journée enfermée chez elle entre ses animaux, ses toiles et ses bouteilles d'alcool. Elle se disait qu'elle n'avait pas d'amis, qu'elle n'en avait plus et que c'était pour ça qu'elle passait des heures devant son chevalet à peindre des merdes et à déprimer. La lettre qu'elle avait fait porter à Léon était un appel au secours. Elle y avait imprimé un baiser rouge magenta et y avait joint des plumes d'un rose éclatant en témoignage d'affection. Il l'avait trouvée en revenant d'une escapade de quelques jours dans la villa de Herring à Taxco, d'où il avait rapporté de nouvelles espèces de cactus.

Quand il sonna à la porte, Frida était en train de peindre *La Table blessée*, une toile grand format, commande de Julien Levy pour une future exposition surréaliste. C'était une toile très inquiétante. On y voyait attablés autour de Frida sa nièce, son neveu, son faon chéri Granizo, un Judas, une idole précolombienne, un squelette. La scène encadrée par deux lourdes tentures de théâtre apparaissait comme une sorte de tribunal, très sombre, très sanglant.

– Ce truc va finir par me rendre dingue, dit Frida en embrassant Léon, qui ne fit aucun commentaire.

Regardant à peine cette toile qui aurait perturbé toute personne un peu attentive, Léon s'enferma dans son silence.

– Si tu es venu pour faire la gueule, ça va vraiment m'aider, tu peux repartir si je t'ennuie, lui lança Frida, qui avait reposé ses pinceaux et se versait un verre de cognac.

Léon lui sourit et s'excusa. Non, il avait envie de la voir et il était venu dès qu'il avait reçu sa lettre. Mais il était très préoccupé, à la fois par sa situation personnelle – il sentait bien que ses sorties à la campagne pour aller ramasser des cactus, qu'il arrachait parfois la nuit à la lumière des phares de sa voiture, étaient de plus en plus périlleuses et qu'il ne pourrait bientôt plus jamais sortir de sa maison de l'avenida Viena – et par la situation dans le monde, par tout ce qui se préparait :

– Appauvries, désespérées, les masses laborieuses de l'Europe en feu, d'abord réprimées par les troupes d'occupation, se soulèveront et chasseront les nazis. Après la guerre, la révolution prolétarienne.

Frida n'avait eu que très rarement à faire à ce Trotski engagé, politique, totalement replié sur lui-même et les questions qui le minaient. Il lui parla longuement des volets en acier qu'il venait de faire poser à la fenêtre de sa chambre à coucher et du nouveau garde qu'il venait d'engager, un jeune Américain de vingt-cinq ans du nom de Robert Sheldon Harte, qui semblait « très bien, très pur, enthousiaste ».

– Je t'ennuie avec mes histoires, finit-il par dire.

– Je ne t'ai pas demandé de venir pour me parler de tes volets et de ton garde du corps, répondit Frida, le prenant par la main et l'entraînant sur le bord de son lit.

– Tu as beaucoup bu, n'est-ce pas…

– Oui, je noie mon désespoir dans l'alcool, Barbichette.

Cela faisait très longtemps que Frida ne l'avait pas

appelé ainsi. Léon en fut tout ému. Cela lui rappela leur intimité, les quelques mois qu'avait duré leur passion, peu de temps après son arrivée à Tampico. En réalité, depuis qu'il était entré dans cette maison, il n'avait cessé de regarder Frida. Ses cheveux épars ressemblaient aux rayons d'un soleil noir, son visage à peine maquillé était marqué par la douleur, sa peau était pâle comme de la cire. Elle, toujours très vive, semblait presque statique, seules bougeaient ses mains virevoltantes, chargées de bagues. Assis sur le bord du lit, il sentait son corps respirer contre le sien. Un moment, elle étendit le bras pour prendre un petit miroir qui était sur la table de nuit. Ce mouvement découvrit à son regard la naissance de ses seins et le support du corset orthopédique qu'elle portait depuis plusieurs semaines. Après s'être regardée, Frida déposa le petit miroir dans la main de Léon et la serra contre elle.

– Prends-le, c'est pour toi, je me suis regardée dedans des milliers de fois. Il conserve mon image.

Puis elle se pencha vers Léon pour lui baiser les doigts, lui enlaça le cou, l'attira vers elle et l'embrassa sur la bouche. Tous deux avaient les larmes aux yeux. Ils restèrent ainsi longtemps, l'un contre l'autre, Léon tenant le petit miroir dans sa main fermée.

La nuit avait fini par tomber. La pièce était dans la pénombre. *La Table blessée*, à peine éclairée, leur faisait un étrange face à face, comme si les personnages du tableau les surveillaient, observaient leurs moindres faits et gestes. On aurait presque cru qu'ils allaient jaillir dans la pièce et venir converser avec eux, donner leur avis sur la marche de leur monde.

– Nous sommes tous les deux en sursis, n'est-ce pas ? dit Frida.

– Quelle fatigue, ma Frida. Je n'en peux plus de cette humiliation insensée. La défaite morale de mes vieux compagnons révolutionnaires me hante. Tous morts d'une mort atroce, tous s'étant trahis eux-mêmes, tous trahissant la conscience de la révolution. Et moi, entouré de fantômes. Qui vais-je trahir, maintenant ?

– Tu ne trahiras jamais personne. Ni personne, ni toi.

Quand Léon quitta la Casa azul, entouré de ses gardes du corps, pesait sur les rues de México un calme inquiétant.

– La nuit va venir, dit le chauffeur de la voiture, le colt sorti de son étui, avant de refermer la portière sur Léon qui faisait un petit geste de la main en direction de Frida qui l'avait raccompagné jusque sur le pas de la porte.

40

L'année 1940 débuta sous de mauvais augures. La veille de l'Épiphanie, Frida avait pour habitude de réunir sa famille et ses amis afin que tous partagent la *rosca de Reyes*, le gâteau des Rois, qu'elle allait acheter à La Flor de México, la meilleure pâtisserie de la ville. Mais cette fois, il n'y avait personne à inviter. Comme pour braver le mauvais sort ou peut-être se dire que rien n'avait changé, elle décida d'aller tout de même rendre visite à La Flor de México. Mal lui en prit. Lorsqu'elle fit son entrée dans sa robe de Tehuana, alourdie de bijoux précolombiens, maquillée de couleurs vives, les bourgeoises accompagnées de leurs servantes, les bras chargés de pâtisseries, grognèrent dans leur barbe, faisant des commentaires désobligeants, lançant des piques acerbes : « Que vient faire ici la femme du peintre communiste, ce porc de Rivera ? » « Qu'a-t-elle besoin cette pute rouge de venir nous narguer sur nos terres ? » Devant tant d'hostilité, elle qui hier encore aurait envoyé au diable toute cette engeance quitta sans rien dire, la tête basse, ce temple de la gourmandise, cognant au passage les serveuses en tablier noir et col en dentelle, et les grands pots d'argile d'où jaillissaient d'énormes fougères et des azalées blanches.

Oui, décidément, ce mois de janvier débutait mal. Il faisait un froid glacial, les nouvelles du monde étaient sinistres, quant à la lettre du revenant Frank Jacson qui annonçait sa venue à México, accompagné de sa fiancée Sylvia, Frida ne comprenait pas pourquoi il la lui avait envoyée. Il lui indiquait qu'il habiterait au 820 de l'Edificio Ermita, qu'il revenait à México pour s'occuper d'« affaires commerciales » et qu'il aimerait bien la revoir. Elle ne put jamais terminer les dernières lignes de la missive, dans lesquelles il la prévenait, Dieu sait pourquoi, qu'il avait l'intention d'acheter une Buick : un des petits singes qu'elle avait achetés pour vaincre sa solitude et qui gambadaient en liberté dans le patio et la maison s'était emparée de la lettre et l'avait réduite en charpie…

Le 5 janvier, un mois jour pour jour après que le divorce eut été prononcé, Frida décida de reproduire le geste qu'elle avait déjà accompli en 1934 alors que la liaison entre Diego et Cristina l'avait tant fait souffrir : elle se coupa les cheveux. C'était absurde, bien que divorcée, elle reprochait cette fois à Diego d'avoir une liaison avec Paulette Goddard ! Elle l'avait prévenu, lui qui aimait tant ses longs cheveux : « Si tu ne cesses pas de voir la Goddard, je me coupe les tifs. » Diego lui avait répondu par une fin de non-recevoir : « Mais Frida, nous ne sommes plus mariés. Tu as bien compris que nous sommes divorcés. Tu sais ce que ça veut dire : divorcés ! » C'était plus fort qu'elle : elle avait longuement regardé ses ciseaux puis, devant le miroir, avait tout coupé. Ses cheveux qui tombaient par touffes sur le sol étaient comme des papillons sans vie, emportant avec eux un peu d'elle-même, de sa joie de vivre, de sa légèreté, de ses sourires. En observant le travail accompli, elle semblait satisfaite. « On dirait une fée, ou un marin », se dit-elle. Puis elle appela Diego :

– J'ai une mauvaise nouvelle à t'annoncer, vieille grenouille : je me suis coupé les cheveux. On dirait un vrai mec, il ne me manque plus qu'une queue. Bon, ça finira bien par repousser, du moins j'espère !

Elle n'en resta pas là. Elle ne tenait pas seulement à souffrir, mais à l'originalité de sa souffrance, et elle se devait de continuer de se venger sur elle-même. Alors, elle se mit à son chevalet et commença *L'autoportrait aux cheveux coupés*, « une toile vengeresse, nom de Dieu », disait-elle à chaque coup de pinceau. Chaque élément y avait un sens bien précis, ajoutant à sa douleur, la décrivant avec le maximum de détails. Entourée d'un espace hostile, oppressant, parsemé de mèches noires coupées flottant comme des serpents, s'enroulant autour des barreaux de la chaise mexicaine jaune vif, sur laquelle elle s'était représentée, elle était assise comme un homme, les jambes écartées, portant une chemise d'homme et de grosses chaussures noires lacées. Dans la main droite, la paire de ciseaux, responsable du massacre. Plus rien de la femme qu'elle ne voulait plus être n'avait été conservé, à peine les boucles d'oreilles, très discrètes. Dans la partie haute du tableau, comme à son habitude, un petit texte qui reprenait les paroles d'une des chansons qu'elle aimait fredonner : « Si autrefois je t'ai aimée, toi qui pleures, c'était pour ta chevelure de feu, maintenant que tu es chauve, je ne t'aime plus. »

Tandis que la Seconde Guerre mondiale était en train de plonger le Vieux Continent dans l'horreur nazie, México devint le refuge des Européens chassés par le conflit. Acteurs, poètes, peintres, musiciens, architectes, penseurs, photographes, cinéastes, nombreux étaient là ayant fui Paris, Berlin, Moscou, Madrid… Louis Jouvet, Benjamin Péret, Marc Chagall, Remedios Varo, Roger Caillois avaient transformé México en lieu de la modernité. Aussi, rien d'étonnant à ce que le mouvement en vogue, le surréalisme, y soit présent et y organise un raout.

Le 17 janvier, l'Exposition internationale du surréalisme ouvrit ses portes dans la galerie d'art Inés Amor. Frida y exposa deux toiles : *Les deux Frida* et *La Table blessée*. L'espoir soulevé par cette grande fête rassemblant tous les grands noms de la peinture, de la littérature et des arts du moment retomba vite… Dès le catalogue annonçant des « Montres Clairvoyantes », des « Invitations Brûlées » et autres « Cadres Radioactifs », Frida émit quelques doutes. Le soir du cocktail, elle comprit que ses craintes étaient justifiées. La fête puérile se rattachait à toutes ces mondanités un peu creuses qu'elle détestait, à toute cette morgue, cette suffisance auxquelles elle avait été confrontée à Paris. La galerie était pleine d'hommes en smoking et de femmes vêtues des dernières toilettes à la mode venues tout droit de Paris. L'événement mondain arrosé de champagne, de cognac, de whisky, débordant de petits fours et de billets de banque, la mit à ce point mal à l'aise qu'elle se cacha pour vomir dans un des caniveaux d'une des rues adjacentes à la galerie. Et tandis que la plupart des convives finissaient la nuit au *Patio*, cabaret très fréquenté et très luxueux, elle rentra chez elle à pied, avançant à petits pas car sa colonne vertébrale avait recommencé à la faire souffrir.

Si l'on excepte un article d'Adolfo Méndez Samara demandant, dans *Letras de México*, si le surréalisme n'était pas égal à zéro, l'exposition connut un succès considérable. Frida était furieuse. Elle s'en voulait d'avoir accepté de participer à cette grand-messe pitoyable : « J'aurais pu m'en douter tout de même, dès que ce con de Breton fout son cul quelque part, ça commence à puer ! »

La pitrerie surréaliste terminée, le cours des affaires sérieuses reprit. À commencer par les attaques contre Trotski. Des nostalgiques de la Révolution de 17 rappelaient que lorsqu'il avait raison, cela « prenait toujours un aspect » triomphant, alors que lorsque c'était Lénine qui avait raison, « on sentait simplement la vérité s'énoncer, sans que cela heurte qui que ce soit ». Trotski était certes un grand chef, un grand animateur, un formidable cerveau politique, mais il « n'était pas un grand conducteur d'hommes ». « Qu'est-ce que ça peut faire, tu t'en moques de toutes ces conneries ! » lui disait Frida. Quant à l'article de *La Voz de México*, organe du Parti communiste mexicain, affirmant que le projet d'assassinat de Trotski n'était plus à l'ordre du jour puisque de toute façon il était « politiquement vaincu », il n'y avait que Frida pour s'en réjouir.

– C'est une si bonne nouvelle, que l'auteur de l'article et le directeur de la publication ont été mis à l'écart, lui rétorqua Léon, qui lui rappela qu'une autre revue, *Futuro*, pour ne pas la nommer, venait de « révéler » que la Gestapo l'avait exclu de ses rangs à cause des liens qu'il entretenait avec l'impérialisme nord-américain !

– Mais c'est ridicule, Léon. C'est grotesque, lança Frida dans un grand éclat de rire.

– C'est ainsi qu'écrivent les gens qui sont sur le point d'échanger la plume contre la mitraillette, répondit-il sobrement.

41

Trotski était à ce point obsédé par son assassinat qu'il avait décidé de rédiger un testament. C'est ce qu'il était en train d'expliquer à Frida, laquelle, pour tenter de détendre l'atmosphère, lui parlait de ses « arpions » qui lui faisaient mal, de son « état général merdique », du fait qu'elle ne mangeait pas assez, qu'elle fumait trop, que sa « digestion à coucher dehors » la faisait roter tout le temps – *Perdóname, burp !* –, et qu'elle était encore plus « soupe au lait » que d'habitude... Elle termina sa litanie par une boutade dont elle avait le secret :

– Tu n'es pas près de crever, Barbichette, tu es en pleine forme !

Léon n'était pas du tout de cet avis :

– Je trompe mon entourage sur mon véritable état de santé. J'ai l'air actif, mais ma pression artérielle ne cesse d'augmenter. La fin approche, Frida.

Frida ne put s'empêcher de rire :

– Tu devrais ajouter que, malgré cela, tu es toujours révolutionnaire prolétarien, marxiste, matérialiste dialectique, donc par voie de conséquence athée endurci.

– Exact, et je sens l'hémorragie cérébrale qui approche.

– Et c'est pour ça que tu veux rédiger ton testament avant ce soir ?

– Je lègue tout à Natalia et, le cas échéant, me réserve le droit de déterminer moi-même le moment de ma mort.

– Alors, ce n'est plus Staline qui t'assassine ?

Trotski sourit et ne répondit pas à la question de Frida, qui en profita pour ajouter :

– Ta maison est un véritable camp retranché. Il faudrait une armée pour venir te déloger. On dit même que tu as engagé deux nouveaux collaborateurs.

– C'est vrai, dit Trotski. Je vais te les présenter, tu me diras ce que tu en penses.

Frida, trop contente, sauta sur l'occasion. Ils allaient enfin parler d'autre chose que des conditions testamentaires. Léon se dirigea vers la fenêtre ouverte et lui montra un jeune homme dans la cour. Il lui en avait déjà parlé. Robert Sheldon Harte, l'Américain surnommé Bob, avait été recruté pour la surveillance de la maison.

– Tout le monde l'aime bien, dit Trotski, ce n'est pas un intellectuel et il s'acquitte de toutes les tâches qu'on lui confie sans regimber. Il vient même de rénover complètement le câblage électrique, relié directement au système d'alarme du poste de police du quartier.

– Tu crois qu'il pourra me ramener des Lucky ou des Chesterfield des États-Unis, je n'ai pas assez de fric pour m'en acheter ?

– Je te parle de sécurité et tu me parles de cigarettes !

– Eh oui, *my love*, elle est comme ça, ta Frida !

À ce moment-là, on frappa à la porte du bureau de

Trotski. Une jeune femme entra, plusieurs chemises remplies de coupures de presse à la main. Âgée d'une trentaine d'années, elle était plutôt petite, mince, portait de grosses lunettes à verres épais.

– Une vraie Américaine, une vraie secrétaire diplômée, une vraie trotskiste ! dit Trotski.

Elle était, avec Bob, sa toute dernière recrue.

Les deux femmes se regardèrent. La jeune femme parut surprise, au moins autant que Frida.

– Sylvia Ageloff, dit-elle.

– L'amie de Jacques Jacson ? dit Frida en hésitant.

Sylvia Ageloff sourit :

– Non, pas Jacques, mais Frank, Frank Jacson.

– Oui, c'est ça, dit Frida. J'ai reçu une lettre de Frank Jacson, donc. Je croyais que vous arriviez dans un mois.

La secrétaire, tout en posant ses dossiers sur le bureau de Trotski, marqua un certain étonnement :

– Non, nous sommes là depuis plus d'un mois !

– Et pas moyen de la faire vivre avec nous, dit Trotski, ajoutant sur le ton de la plaisanterie : Elle reste avec son fiancé. Elle doit en être très amoureuse pour vivre avec un individu qui refuse de me voir !

– Ce n'est pas ça. Il déteste la politique, il dit que ça ne sert à rien !

– Une étrange conviction, dit Trotski qui demanda : Et quel est son métier ?

– Agent de change pour une importante compagnie pétrolière.

– Je croyais qu'il dirigeait une équipe de tailleurs de diamants venus de Belgique, objecta Frida.

– Mais non, quelle idée, rétorqua Sylvia.

– Bon, j'ai dû me tromper, dit Frida qui, emboîtant le pas à Léon, lui proposa d'aller marcher dans le patio, « pour inspecter le travail du jardinier et pour nourrir les lapins… »

42

Parfois, certains événements qui peuvent paraître anodins aident à dater les choses de la vie. Ainsi, ce dimanche de la fête de la Chandeleur durant laquelle traditionnellement on habille de blanc la statuette de bois représentant l'enfant-dieu Pilzintecuhtli et où les femmes fabriquent des *tamales* farcis à la viande ou au maïs doux. Frida, qui avait reçu chez elle des voisins, était en train de ranger les crêpes aux fleurs de courges, les haricots rouges au fromage et les derniers friands aux fruits que ses invités n'avaient ni mangés ni emportés, lorsque Frank Jacson, toujours affublé de son bouquet à la main, arriva dans sa cuisine. Frida l'invita à s'asseoir, lui offrant une assiette de sablés restant de la fête.

On aurait dit un personnage d'amoureux transi dans on ne sait quel film muet. Mais l'homme qu'elle avait devant lui n'était plus celui qu'elle avait rencontré à Paris et qui était venu lui rendre visite il y avait à peine quelques mois. Il semblait prématurément vieilli, assombri, comme s'il eût été travaillé par quelque poison. Ses tics avaient grandi en nombre et en intensité. Il parlait d'un ton rapide et, butant sur de nombreux mots, bégayait désormais franchement. Et s'il était toujours vêtu de façon soignée, ce qui lui conférait une certaine élégance, il portait désormais des lunettes à monture de corne et un chapeau à large bord.

Quand Frida lui avoua qu'elle n'avait rien compris ni à son départ précipité, ni à sa lettre lui indiquant qu'il viendrait à une date précise qui n'était pas la bonne, ni au fait, si elle avait bien compris, qu'il était là depuis des mois et que malgré son prétendu désir de la voir, il ne s'était pas encore manifesté, il s'empêtra dans des explications toutes plus rocambolesques les unes que les autres et dont il n'était pas certain qu'elles le convainquent lui-même. Un seul fait était réel, et qui expliquait la raison de sa venue : il avait rencontré Trotski.

– Je croyais que cela ne vous intéressait pas, que la politique ne présentait aucun intérêt pour vous, dit Frida.

– C'est vrai, mais l'occasion fait le larron, n'est-ce pas ?

Alors Frank Jacson lui raconta comment, tandis que Sylvia, partie pour New York, lui avait fait jurer d'attendre son retour pour éventuellement rencontrer Trotski, il avait, par le plus grand des hasards, serré la main de cet homme dont l'intelligence, il « faut tout de même le reconnaître », était « stupéfiante ». Voilà en deux mots comment l'affaire s'était passée. D'ordinaire, il amenait Sylvia avenida Viena dans sa luxueuse Buick, puis revenait la chercher sous le nez des gardes, lesquels, juchés sur la tour et en haut du mur d'enceinte de la villa, l'observaient, arme au poing et doigt sur la gâchette. Jamais il ne s'aventurait dans la forteresse. Un matin, alors qu'il venait d'accompagner Sylvia, il croisa un certain Alfred Rosmer et sa femme Marguerite, des militants trotskistes qui avaient accompagné de Paris le petit-fils de Trotski. Puis, les jours passant, il les avait revus, et une sorte d'amitié était née. Ils avaient de lui l'image d'un jeune homme plein de prévenances ; il les trouvait attentifs à sa solitude. Plusieurs fois ils dînèrent ensemble, se promenèrent, et tout naturellement lorsque Rosmer, malade, lui demanda de le conduire à l'hôpital français de México, il accepta. Faisant plusieurs fois l'aller-retour entre l'hôpital et la forteresse. Un jour qu'il était allé acheter des médicaments et qu'il les rapportait à la forteresse, Bob le fit entrer car Trotski voulait connaître ce jeune homme si prévenant.

– Et alors, comment s'est passée la rencontre ? demanda Frida.

– Elle fut très brève, polie.

– Comment l'avez-vous trouvé ?

– C'est bizarre, je m'attendais à trouver un homme surtout désireux de satisfaire ses désirs personnels, animé d'une soif de vengeance et de haine, et pour qui la lutte ouvrière n'était en fait qu'un prétexte masquant sa mesquinerie et ses bas calculs, et j'ai trouvé un vrai chef politique dirigeant la lutte pour la libération de la classe ouvrière.

– Pour quelqu'un que la politique n'intéresse pas, quelle analyse !

– En réalité ce qui m'a le plus impressionné, c'est la villa. J'ai une image presque photographique de la maison, du patio, des murs, des miradors, des pièces où chacun dort, du bureau de Trotski, du dispositif des lignes téléphoniques, des fils électriques, du système d'alerte et de tous les appareils automatiques qui protègent la résidence. C'est une ville dans la ville avec sa police, ses patrouilles, ses rites.

– Ce n'est pas homme d'affaires que tu devrais être, mais espion.

– Quel ennui !

Dans les semaines qui suivirent, Frida et Frank se revirent à plusieurs reprises. Une forme d'amitié amoureuse s'installa même entre eux. Ils passèrent plusieurs soirées ensemble au *Kit-Kat-Club*, le bar qui est au coin de l'avenida Independencia et de la calle Dolores. Ils s'amusèrent à traverser tout México à bord des petits omnibus qu'on appelle camions et qui lancent à toute allure dans les rues des cargaisons d'indigènes en vêtements de toile blanche. Ils dînèrent au *Bar Inglés*, le restaurant chic de México fréquenté par des jeunes femmes de la bourgeoisie en robe de crêpe rose pâle et talons Louis XV, et des jeunes hommes en souliers bas et canotier américain. Durant la semaine sainte, on les aperçut bras dessus bras dessous, regardant en riant les grands Judas de papier mâché qui prenaient feu et explosaient. On les vit même à la plaza de Toros, en fer et ciment armé, qui ressemble de l'extérieur à un gazomètre, se repaître de fanfares militaires aux notes cuivrées, de hérauts à cheval caparaçonnés de plumes couleur de jais, d'épées levées d'où jaillissait le soleil, de la gorgée de sang noir vomie par le taureau écroulé sur les genoux, avant qu'on ne le poignarde. On vit Frida pleurer tremblante dans les bras de Frank Jacson et ce dernier comme happé par le spectacle qui se déroulait sous ses yeux.

La folie religieuse de la semaine sainte passée, la folie païenne des arènes éteinte, la folie politique put reprendre ses droits. La presse de nouveau se déchaîna contre Trotski. Le 1er Mai constituait un moment idéal pour les éléments communistes et procommunistes hostiles à sa présence. Le mouvement de masse destiné à infléchir le gouvernement dans le sens d'une expulsion ayant échoué, les journaux engagèrent les militants à poursuivre leur action en défilant sous des bannières hostiles « au plus sinistre et dangereux des traîtres ». Chaque section avait son anathème. Trotski fut ainsi accusé, pêle-mêle, de violer sa promesse de non-ingérence dans les affaires du pays, de collaborer avec l'Espagne franquiste, d'espionner pour le compte du camp réactionnaire du général Almazán, d'être un agent des sociétés pétrolières américaines. Pour l'occasion *El Popular* et *El Machete* avaient même fait des tirages spéciaux distribués dans les boîtes à lettres de México.

Parfois, Frida en avait vraiment assez de tout cela, de « toute cette merde », comme elle disait, et de Frank l'insaisissable, à la mémoire si prodigieuse qu'elle en devenait inquiétante, et qui était prêt à devenir son amant malgré ses promesses de mariage faites à Sylvia. Fin mai, elle bâcla la commande de Sigmund Firestone, le richissime collectionneur de Rochester qui lui avait acheté cinq cents dollars un *Autoportrait*. Elle adopta des couleurs criardes sur un fond jaune verdâtre, « la couleur de la folie et du mystère, des sous-vêtements des fantômes, la couleur des cinglés, ce que je suis en train de devenir ». Elle se sentait tellement à bout, déprimée, si lasse, qu'elle décida d'accepter l'invitation d'Emilio Cecchi, un bel Italien d'une cinquantaine d'années, dont elle aimait la moustache noire, et qui avait écrit contre Diego des articles vengeurs.

Puisque ce gros singe racontait partout qu'il allait se remarier, elle s'arrangea pour que tout le monde sache qu'elle allait visiter le cimetière de Tepeyac avec quelqu'un qui le considérait comme un gros plein de soupe essentiellement préoccupé par la propagande politique et qui s'indignait qu'il ait pu « décorer le triclinium de ploutocrates étrangers, autrement dit la salle à manger du nouveau Palais de la Bourse de San Francisco ».

Sur la route qui les menait à Tepeyac, Emilio ne tarissait pas d'éloges : à côté de la masse éléphantesque de Diego, Frida semblait encore plus gracieuse et menue. Pour lui, c'était elle le grand peintre, la grande novatrice, la moderne; Diego au fond n'était qu'un peintre de quatrième ordre.

– Vous savez, Frida, et je vous parle franchement, c'est mon style, si on ôte à l'effet de ses œuvres ce qui relève de la propagande, du folklore et de l'anecdote, il reste bien peu de chose…

Frida, qui, en d'autres temps, aurait arraché les yeux de l'Italien, l'écoutait, ravie. Il était le baume qui lui permettait d'oublier ce salaud de Diego.

Une fois le sanctuaire dédié à la Vierge dépassé, encombré de fleurs entassées les unes sur les autres et d'une foule d'Indiens agenouillés, le cimetière était accessible par une montée dallée serpentant entre deux murets. Curieusement, Frida n'y était jamais allée, c'est bien pour cela que Cecchi avait souhaité l'y emmener : du haut des terrasses, on découvrait toute la vallée de México, entourée de montagnes bleutées et scintillante de lacs. Mais ce n'est pas cette vue, pourtant extraordinaire, qui toucha le plus Frida. Au milieu de toute la violence de cette végétation tropicale alliée au romantisme décadent des monuments funéraires – angelots de marbre, allégories civiques, dalles soulevées par d'énormes racines –, elle aperçut une sorte de petite remise où les jardiniers entreposaient leurs outils et les croque-morts leurs torches funéraires. Il faisait très sombre et humide. C'était comme si ce baraquement avait recélé une trappe permettant d'accéder à l'antichambre de la Mort. Le recueillement avait cédé la place à de l'effroi. Un petit panneau rappelait que dans ce cimetière les tombes étaient acquises *à perpétuité*. C'était dérisoire et effrayant. Dans le fond, un vieux cercueil de bois vermoulu était ouvert. Frida se sentait comme attirée par lui. Prenant la main de Cecchi, elle l'entraîna avec elle. Le cercueil évidemment était vide et ne contenait qu'un tapis de feuilles mortes en décomposition. En frissonnant, Frida sentit sur son visage le souffle nauséabond de la mort.

Une fois ressortie, elle demanda à l'Italien de la raccompagner immédiatement chez elle. L'homme ne comprenait rien. Pourquoi une telle précipitation ? On l'avait pourtant prévenu, les Rivera étaient un couple de malades : divorcés ou non, cela ne changeait rien.

La nuit, pour Frida, fut terrible. Elle n'arrivait pas à trouver le sommeil. Elle ne cessait de repenser à ce cercueil qui avait quelque chose de surnaturel. La mort rôdait. C'est pour ça qu'elle ne dormait pas, elle devait rester éveillée pour l'empêcher de frapper.

43

Assise dans son atelier, Frida, la mine défaite, pouvait à peine respirer. Elle avait appris la nouvelle par la radio et depuis essayait de comprendre ce qui avait bien pu se passer. Tout ça était si rapide, si précipité. Un moment, elle avait même cru qu'elle rêvait. C'était horrible : un attentat venait d'avoir lieu contre Trotski ! « Putain, se disait-elle, je l'avais bien senti hier, à Tepeyac. Ces saloperies-là, je les sens ! » Elle avait essayé de téléphoner à la villa mais sans résultat, le téléphone était en dérangement. Quant à la Casa azul, elle était encerclée par la police et on lui avait interdit de sortir.

Les nouvelles étaient diffusées au compte-gouttes et étaient contradictoires. Dans un premier temps, on avait dit qu'un petit groupe d'hommes, en uniforme de la police municipale, était entré vers 4 heures du matin, ce 24 mai 1940, dans la villa et avait tué tous les occupants, même l'enfant qui essayait de s'enfuir. On avait précisé que l'attaque avait eu lieu en pleine nuit par des assaillants qui parlaient anglais avec l'accent américain et qui ne cessaient de hurler aux gardes « Restez là-dedans et il ne vous sera fait aucun mal ! Un autre communiqué avait dit qu'une vingtaine d'hommes en uniforme de l'armée mexicaine avaient investi la villa, mitraillette Thompson au poing, et avaient commencé par lancer des grenades incendiaires, ouvrant le feu à travers les fenêtres et les portes fermées. Tous étaient morts, Trotski excepté, grièvement blessé et qui avait eu le temps de faire usage de son arme. Un troisième communiqué contredisait totalement les deux autres : c'était Bob Sheldon Harte qui avait ouvert la porte aux assaillants, lesquels avaient alors pénétré sans problèmes dans la forteresse. Les gardes du corps avaient été ligotés, enlevés et certainement tués. Sieva s'était tué en glissant du toit où il s'était réfugié, quant à Trotski et à Natalia, ils s'étaient suicidés. Bien entendu, on n'avait retrouvé aucune trace des assaillants mais la police avait émis l'hypothèse qu'un haut dignitaire du Parti communiste mexicain avait peut-être participé au massacre…

En fin de matinée, un des proches collaborateurs du colonel Leandro Sanchez Salazar, le chef du service secret de la direction de la Police, qui avait dès avant l'aube investi la maison de l'avenida Viena, accompagné de magistrats et de journalistes, entra sans ménagement dans la Casa azul, comme s'il était chez lui. Il pouvait donner à Frida des renseignements moins fantaisistes que ceux diffusés par les radios mais qu'il fallait toutefois accueillir avec les précautions d'usage. Les preuves s'accumulaient : la police avait ramassé des douilles en abondance, plusieurs chargeurs, des cartouches en quantité, une scie électrique, douze morceaux de dynamite, des fils de connexion destinés aux explosifs, deux bombes incendiaires ; elle avait commencé à analyser des traces de pas, des empreintes, et avait retrouvé des camions et des voitures qui avaient servi à transporter le commando… Une bande de plusieurs hommes armés était entrée dans la villa, avait mitraillé à bout portant les pièces où étaient censés se trouver Natalia et Trotski puis était repartie par où elle était venue.

– Personne n'est mort, en tout cas.

Frida faillit fondre en larmes. Enfin, elle apprenait avec certitude que Trotski était encore en vie. Elle se servit un grand verre de cognac, sans même en proposer au policier.

– Des blessés ?

– Le jeune garçon.

– Grièvement ? demanda Frida, pensant au petit Sieva, si jeune et déjà entouré de tant de morts et de fantômes, de tant de violence.

– Je ne peux vous dire, oui je crois…

– Qui sont les coupables ?

– Nous en reparlerons, madame Rivera, dit l'inspecteur. Justement… nous avons quelques soupçons… Vous allez sans doute pouvoir nous aider…

– Mais certainement, répondit Frida, tout en se disant qu'elle ne voyait pas comment elle pourrait aider la police fédérale.

– Une dernière chose, dit le policier, ne soyez pas étonnée, votre ligne téléphonique est coupée. Vous ne pouvez ni appeler ni être appelée jusqu'à nouvel ordre.

– Mais pourquoi ?

– Mesure de sécurité.

Si elle n'avait pas été sous le choc de cette matinée épouvantable, Frida aurait hurlé au visage du policier, mais elle n'en avait même plus la force, comme elle n'eut pas non plus la force d'opposer la moindre résistance à l'armada qui envahit bientôt sa maison afin de la fouiller de fond en comble. Cloîtrée dans son atelier, elle attendit que la tempête s'apaise. Elle ne se sentait pas en mesure de lutter, pas aujourd'hui, pas maintenant.

– Je ne comprends vraiment pas ce qui se passe, finit-elle par dire au policier.

– C'est pourtant simple, rétorqua-t-il, lui fournissant une explication qui, si elle ne l'avait pas plongée dans un désespoir profond, aurait dû lui déclencher un de ses rires dont elle avait le secret.

En réalité, plusieurs zones d'ombre pouvaient laisser accroire que le fait d'avoir survécu à cette épouvantable fusillade, par un hasard bien proche du miracle, accréditerait la thèse d'un attentat simulé par Trotski et son entourage. Trotski avait pu tout monter lui-même, comme propagande destinée à gagner la sympathie à sa cause.

– Toute cette affaire n'est qu'une comédie, dit le policier. D'ailleurs, j'étais présent quelques minutes après l'attentat avenida Viena, et j'ai vu un Trotski qui répondait à nos questions avec un calme olympien. Il venait d'échapper à la mort et il était détendu comme un homme qui vient vous accueillir sur le perron de sa villa.

– Il a toujours été comme ça, vous savez. L'humour, un calme presque anormal, le courage sont dans sa nature même.

– Il vient d'échapper à une mort horrible et il joue au gentleman !

– Natalia m'a raconté l'histoire suivante. Un jour, un chauffe-bain installé au grenier de sa maison a explosé et tout a pris feu. Les rescapés, relogés dans un petit pavillon, étaient abattus, désespérés : des manuscrits, des archives avaient disparu lors de l'incendie. Une fois que tout le monde fut réinstallé, Trotski étala ses manuscrits sur une table, fit venir sa dactylo et se mit à dicter des chapitres de son livre en cours comme si rien ne venait de se passer.

– C'est exactement ce qu'il a fait aujourd'hui ! Il paraît que lorsque la police est arrivée, elle l'a trouvé assis à sa table en train d'écrire.

– Je crois que cette réaction constitue pour lui le seul moyen de conserver son équilibre mental. Vous comprenez ?

– Vous le connaissez bien, semble-t-il.

– Oui, c'est vrai. C'est un homme politique qui sait maîtriser ses émotions, ce n'est pas compliqué à comprendre.

– Dans une enquête, madame Rivera, rien n'est simple, tout est compliqué. À ce propos, je voulais vous proposer de nous suivre…

– Pardon.

– Oui, pendant que nous finissons de fouiller votre maison, nous souhaiterions vous poser quelques questions, disons recueillir votre déposition.

– Et si je refuse ?

– C'est le colonel Leandro Sanchez Salazar en personne qui souhaite vous poser certaines questions… et on ne se soustrait pas aux ordres du colonel Leandro Sanchez Salazar.

44

L'homme qui se tenait devant elle était de taille moyenne, assez fort, d'une nature plutôt saine et vigoureuse. Métis aux traits énergiques, le colonel possédait deux yeux très vifs, habités par l'intelligence et la ruse. Issu de la révolution, il avait gravi tous les échelons de la hiérarchie militaire et était connu pour sa poigne de fer. Après avoir invité Frida à s'asseoir en face de lui, il se fit apporter du thé, en avala très vite quelques gorgées, brûlantes, et commença ce qu'il appela une « conversation amicale » plus qu'un « interrogatoire ». Il demanda à la dactylographe de ne pas omettre d'indiquer la date du jour, le 25 mai 1940, et l'heure de l'entretien qu'il commença sur un ton affable

Tout d'abord, il apprit à Frida une nouvelle que visiblement elle ne connaissait pas. L'homme était suffisamment malin pour savoir que cela avait des chances de la déstabiliser et qu'il pourrait, du moins durant un temps, utiliser cet avantage. Le bureau du colonel était grandiloquent et décoré de trois tableaux des trois maîtres du muralisme mexicain : Orozco, Siqueiros et Rivera.

– La sainte trinité, dit-il en souriant, voyant que Frida passait d'une toile à l'autre.

L'homme but une autre gorgée de thé :

– Vous ne m'avez pas fait venir ici pour parler peinture, n'est-ce pas ? ironisa Frida.

– Non. Cependant, je vais tout de même vous parler d'un peintre que vous connaissez bien : Diego Rivera.

– En effet… Un peintre que je ne connais que trop bien.

– Alors c'est parfait. Savez-vous où il est ?

– Non, pas tout.

– C'est justement le fond du problème.

– Que voulez-vous dire ?

– Eh bien, chère madame, excusez-moi d'être aussi direct, vous n'êtes pas sans savoir qu'il partage actuellement sa vie entre deux femmes, l'artiste hongroise Irene Bohus et l'actrice Paulette Goddard.

– Oui, en effet.

– D'après nos sources, alors que nous nous apprêtions ce matin à investir sa maison de San Ángel, il est passé sous le nez des trente hommes du colonel de la Rosa, caché sous des toiles au fond d'une voiture conduite par Irene Bohus et accompagné par Paulette Goddard, assise sur le siège arrière. Nous venions l'arrêter, et tout laisse à penser qu'il a quitté le territoire mexicain…

– Et pourquoi veniez-vous l'arrêter ?

– Le différend qui l'a opposé à Trotski n'est un secret pour personne. Certains rapportent que Rivera avait juré d'avoir sa peau.

– C'est ridicule !

– On dit que les assaillants ont fait irruption dans la

maison aux cris de « Vive Almazar », qui est, comme vous le savez, le nom du candidat qui se présente à la présidence de la République contre Cárdenas et que soutient votre mari...

– Ce n'est plus mon mari, colonel.

– En effet, je vous prie de m'excuser.

– Vous n'êtes tout de même pas en train de me dire que vous le soupçonnez d'avoir pris part à la tentative d'assassinat de Trotski ?

– Si. Peut-être même de l'avoir organisée. Ce qui signifie que vous devenez de fait, vous aussi, une suspecte.

– Vous feriez peut-être mieux d'aller chercher ailleurs...

– Où ça ?

– Du côté de Siqueiros, par exemple. Il se répand partout en racontant qu'il finira par « zigouiller ce vieux traître de Trotski ». Et puis, lui, Siqueiros, contrairement à Diego, c'est un vrai tueur. La révolution mexicaine, les brigades staliniennes qui ont assassiné les militants anarchistes en Espagne, il sait tenir une arme et s'en servir.

– C'est étrange, parce que c'est exactement ce que nous a dit Trotski ce matin. Enfin, pour être précis, il n'a pas défendu Rivera quand on lui a dit qu'il faisait partie des suspects mais il a chargé Siqueiros quand on a évoqué son nom... Qu'en pensez-vous ?

Frida, pour toute réponse, se leva et s'apprêta à partir. Elle en fut immédiatement dissuadée par trois policiers armés qui investirent la pièce. Elle se rassit.

Le reste de l'entretien se déroula dans une sorte de brouillard. Frida devenait le personnage d'un rêve abominable. Elle ne maîtrisait rien, ne comprenait rien. Tout cela était tellement atroce, tellement douloureux. Et Diego qui s'enfuyait comme un lâche aidé par ces deux «putes»! Le colonel Leandro Sanchez Salazar lui donna malgré tout les renseignements nécessaires pour qu'elle reconstitue le déroulement de l'attentat. Visiblement, les attaquants n'étaient pas des tueurs expérimentés et n'avaient pas été entraînés à fouiller efficacement une maison. Quant à l'attaque proprement dite, elle avait été facilitée par Bob Shelton Harte qui leur avait ouvert la porte. Pour les enquêteurs, cela ne faisait aucun doute, ce dernier était complice, d'ailleurs il avait disparu, des témoins l'auraient vu monter dans les camions qui repartaient, le forfait commis, dans le dédale des rues de Coyoacán. Enfin, tous les collaborateurs de Trotski présents sur les lieux lors de l'attaque, de la cuisinière aux domestiques en passant par les gardes du corps et les époux Rosmer, avaient été épargnés, et leurs témoignages concordaient : l'attaque avait été brève, désordonnée, tous se demandaient comment Trotski avait pu échapper aux tirs de mitraillette, quelques-uns affirmaient que Bob avait été molesté et pour ainsi dire «kidnappé» par les hommes de la bande. Ce qui était affreux, c'est que la thèse du colonel impliquant Diego était plausible. Il lui révéla notamment que le peintre avait abandonné sur son chevalet le portrait d'une jeune Indienne qu'il était en train de peindre et celui de Paulette Goddard. Les policiers avaient retrouvé couteaux et pinceaux encore maculés de peinture fraîche. Visiblement, il était parti sans organiser sa fuite.

– Et Sieva, demanda Frida, il n'a rien ?

– Non, une égratignure au pied. Une balle l'a frôlé. Savez-vous qu'on a dénombré pas moins de soixante-treize points d'impact de balles dans le mur au-dessus du lit de Trotski ? poursuivit le colonel, songeur. Il n'y a aucun doute, ou c'est un masque pour nous enfumer, ou c'est une bande de branquignols qui a fait le coup .

– Je peux rentrer chez moi, colonel ?

– Je vous fais raccompagner.

– Je suis libre ?

– Oui. À la disposition de la police, mais libre et sans téléphone, du moins pour quelques jours, le temps que la ligne soit rétablie… On sait la couper très vite, mais pour la rétablir, c'est plus long.

45

De retour chez elle, Frida vécut quelques jours dans une solitude épouvantable. La police filtrait toutes les allées et venues, et le téléphone était toujours coupé. Les seules nouvelles de l'« extérieur » furent une longue lettre de Diego, dans laquelle il avouait que, terrorisé à l'idée d'être la cible d'une agression similaire à celle que venait de subir Trotski, il s'était dans un premier temps caché chez son avocat, s'était ensuite rendu pour un interrogatoire de routine à la police qui l'avait relâché, et qu'il avait obtenu de l'ambassade des États-Unis un visa afin de pouvoir quitter le pays. Mais la plus grande partie de la lettre concernait une question qui lui tenait particulièrement à cœur et pour laquelle, sans vergogne, il demandait l'aide de Frida. Il avait certes peur que les tueurs ne le trouvent mais aussi qu'ils saccagent sa maison, aussi voulait-il qu'elle mette à l'abri ce qu'il appelait son « trésor de Montezuma ». Elle devrait emballer une à une les statuettes, les compter, les classer, faire transporter le tout dans de grandes caisses en bois et ne laisser à San Ángel que des meubles nus.

Elle lui écrivit sur-le-champ une lettre dans laquelle elle l'assurait qu'il pourrait dormir sur ses deux oreilles. Elle ferait ce qu'il lui demandait, mettant à part les pièces les plus précieuses et les plus fragiles, emportant chez elle les dessins, les photos, les toiles, ajoutant qu'il retrouverait à son retour une maison propre, balayée de fond en comble et un jardin parfaitement soigné. Ce qu'elle ne lui disait pas, évidemment, c'est qu'accomplir cette mission la ferait horriblement souffrir. Chaque objet qu'elle emballerait soigneusement dans une boîte en bois lui rappellerait sa vie avec lui. Chaque statuette, chaque dessin, chaque photo avaient une histoire qui était leur histoire : celle de Frida et de Diego. Elle terminait sa lettre en l'assurant que « ces ordures » pourraient toujours la tuer elle, sa petite Fridita, mais que jamais elle ne les laisserait voler ses affaires. En vérité, elle ressentait au fond d'elle-même un vide terrifiant. Enfin libre de vivre comme elle l'entendait, elle se disait qu'elle n'avait que faire de cette liberté. Elle ne pouvait vivre sans l'amour de Diego, et c'était merveilleux qu'il l'appelle au secours et lui demande de l'aider, elle seule pouvait agir de la sorte. Elle était l'unique, l'indispensable.

Le 30 mai, la ligne de téléphone fut enfin rétablie. La première personne à laquelle Frida souhaita parler, ce ne fut pourtant pas Diego, mais Léon. Elle devait absolument entendre sa voix. Elle était une des rares à posséder le numéro de sa ligne directe, ce qui lui évitait de passer par Natalia ou un de ses collaborateurs. C'est lui qui décrocha. Il était d'un calme extraordinaire et adopta un ton presque enjoué pour raconter sa vérité, ce qu'il avait vu, entendu, vécu. Ce jour-là il s'était couché tard parce qu'il avait travaillé et avait absorbé un somnifère pour dormir. Tout était allé très vite. Le crépitement de plusieurs mitraillettes qui le tire de son lit à 4 heures du matin, des explosions, une odeur de poudre et de brûlé, Natalia le protégeant de son corps, tous deux allongés entre le mur et le lit, Sieva qui crie dans sa chambre, puis le silence « comme le calme du tombeau », et toute la maisonnée qui se rassemble dans le patio, et Trotski qui sort dans la rue et trouve les sentinelles désarmées et ficelées…

– Le tout a duré moins de vingt minutes. Aucun mort, aucun blessé, seul Bob qui a été enlevé par la bande.

– Et Sieva ?

– Sa voix, dans les ténèbres sous la fusillade, qui appelle « Grand-père ! Grand-père ! », reste pour moi le souvenir le plus tragique de cette nuit.

– Et il va bien… ?

– Il est là sous mes yeux, en train de s'amuser tranquillement dans un coin du jardin. Ce matin, il a encore retrouvé dans le mur une balle de plomb qu'il a enlevée avec un couteau de cuisine. Il m'a dit : « Nous sommes immortels, grand-père. » C'est un petit monsieur formidable. Il me donne une force incroyable.

– Tu as des nouvelles de l'enquête ?

– Aux dernières nouvelles, ce seraient des éléments provocateurs chassés de la police et de l'armée qui auraient fait le coup, pour déstabiliser le pays. Quelle blague ! Donc, pour rétablir la paix, il faudrait m'expulser…

– Que peut-on faire ?

– Rien. Attendre que la vérité éclate. Et elle éclatera. Le monde entier finira par savoir que c'est Siqueiros qui a fait le coup.

– Et Diego, dans tout ça ?

– Diego est un trouillard. D'ailleurs, il est parti se

planquer, à ce qu'on dit. Tu le vois fomenter un attentat ? Il sait peindre des pistolets mais quant à s'en servir, c'est autre chose... Allez, il faut oublier tout ça. La vie continue.

– Pas comme avant, tout de même.

– Mais si, je t'assure. Tiens, j'ai même enfin rencontré ton copain, Frank Jacson, qui s'est proposé pour emmener les Rosmer à Veracruz.

– Je croyais qu'il avait accompagné Rosmer à l'hôpital.

– Mais non, Rosmer est allé à l'hôpital il y a deux semaines, mais seul, sans Jacson.

– Tu n'as pas rencontré Jacson il y a deux semaines ?

– Mais non, je me souviens très bien, c'était très précisément le 28, quatre jours après ce foutu attentat. J'étais dans le poulailler. Je lui ai serré la main. Il a même offert un petit planeur à Sieva. Il a bu une tasse de café et il est parti pour Veracruz.

– Tu ne l'as pas trouvé bizarre ?

– Pas du tout. Il est plutôt timide et aimable. Cela dit, je ne comprends pas pourquoi quelqu'un qui dit connaître parfaitement México m'a demandé la route la plus courte pour sortir de la ville... C'est peut-être un type qui raconte des histoires, un de plus, ça n'a pas d'importance.

– Mais si, Léon, tout a de l'importance.

– Mais non, Frida. Tu connais l'histoire du type qui a guéri la migraine d'un copain en lui vidant son chargeur dans le crâne...

– Ça ne me fait pas rire.

– Moi si. Il faut bien d'ailleurs. Tiens, une dernière blague avant de raccrocher, je dois répondre à un entretien pour un journal anglais : « Le bougre, il a eu de la chance : sur les trois balles qui l'ont touché, une seule l'a tué. » C'est de circonstance, non ?

– Oui sans doute, dit Frida, la mort dans l'âme, prenant congé subitement de Léon.

Le combiné raccroché, elle essaya de comprendre la situation. Pourquoi Frank lui avait-il menti ? Cela restait une interrogation douloureuse. Frida se sentait un peu à la croisée des chemins : Diego lui manquait, l'attentat contre Léon l'avait très fortement ébranlée, Frank l'attirait par son mystère même, une pause dans sa peinture commençait de s'installer et elle ne savait quelle direction nouvelle donner à son art.

Les suites de l'attentat manqué contre Trotski plongèrent le Mexique dans une situation compliquée. Rien n'était clair. On arrêta le chauffeur de Diego, qui avait été vu dans les parages le soir de l'attentat. Le Parti communiste mexicain faisait maintenant mine de se laver les mains de toute cette affaire, et lorsque début juin le nom de Siqueiros fut clairement avancé par la police, l'appareil du Parti le désavoua sans états d'âme. En réalité l'enquête piétinait. Et si la théorie de l'*auto-asalto* – Trotski s'attaquant lui-même avec l'objectif de faire apparaître les communistes mexicains comme des terroristes – tenait toujours le haut du pavé, celle d'une implication de Siqueiros commençait à émerger et cela d'autant plus que ni lui ni ses acolytes n'avaient depuis le 24 mai donné signe de vie. Ils s'étaient évaporés dans la nature, ce qui pour certains était la marque d'un aveu. Pendant ce temps, fidèles et sympathisants de Trotski réunirent plusieurs milliers de dollars afin de transformer la villa de Coyoacán en forteresse. On éleva des murs de six mètres de haut. On construisit une redoute dont les plafonds et les planchers étaient à l'épreuve des bombes. Des doubles portes d'acier, électriquement contrôlées, remplacèrent l'ancien portail de bois. On posa à toutes les fenêtres des volets métalliques de huit centimètres d'épaisseur. Trois nouvelles tours à l'épreuve des balles furent érigées pour dominer non seulement le patio, mais tout le voisinage. Et l'on installa des réseaux de fils de fer barbelés et des filets contre les bombes. Enfin le gouvernement mexicain tripla le nombre des policiers de garde autour de la villa, les installant dans quatre guérites.

Malgré tout ce dispositif, Frida était inquiète, pour elle il ne faisait aucun doute que c'était un caprice de la fortune que Trotski fût encore vivant. Chaque jour elle pensait à lui comme à un homme qui attend le jour fatal dans sa cellule mais qui ne se laisse jamais emporter par la nostalgie, utilisant comme rempart son humour et son ironie : « Tu sais, ma Frida, chaque matin depuis l'attaque, je dis au réveil à Natalia : encore un jour heureux, nous sommes toujours vivants. » Par moments, Frida pensait qu'elle était elle aussi dans une sorte de cellule, mais elle n'arrivait pas à se dire devant le jour qui se lève : voilà encore un jour nouveau, un jour heureux – je suis encore vivante… Et puis, certains jours « cet enfoiré de Diego » lui manquait vraiment !

46

Oui, ce qu'elle voulait, c'était parler à Diego. Mais le téléphone ne suffisait pas. Il fallait qu'elle le voie, ne serait-ce que pour récupérer la lettre qu'elle lui avait envoyée. Il ne fallait pas que « ses deux poufiasses, ses deux fausses héroïnes qui lui avaient soi-disant sauvé la vie, mademoiselle Bohus et madame Goddard, tombent dessus ». Alors elle prit le premier avion pour San Francisco, malgré ses douleurs à la jambe et au dos qui recommençaient à la faire souffrir, et se retrouva ainsi un matin de la fin juin devant la porte de l'atelier de Diego, au 49, Calhoun Street, à Telegraph Hill. C'était une belle matinée, fraîche et bleu tendre. Une lumière azurée jouait sur les cimes des arbres et des oiseaux aux couleurs éclatantes voltigeaient tels des boutons de fleurs fraîchement éclos. Frida était heureuse car elle avait réussi à mettre en accord son désir profond avec ses actes. Mais la porte ne s'ouvrit pas. Sur le perron, la petite bonne était formelle. Madame Goddard était partie tourner un film, mademoiselle Bohus avait quitté son emploi parce que sa mère lui avait interdit de vivre avec un homme sans être passé ni devant monsieur le maire ni devant monsieur le curé, quant à monsieur Diego il était sur l'île au Trésor en train de peindre *Panamericana*, sa fresque en dix panneaux dont le thème était l'unité panaméricaine.

Frida ne comprit pas immédiatement de quoi il s'agissait, ne voyant pas pourquoi la petite bonne ferait référence à la fameuse île du roman de Stevenson et surtout quel rapport cela pouvait avoir avec Diego : que ferait-il sur une île qui n'existait que dans l'imagination d'un écrivain… ? Le mystère fut vite dissipé, quand la petite bonne lui expliqua que *Treasure Island* était en réalité une île artificielle créée pour l'Exposition internationale du Golden Gate à laquelle participait Diego. Cependant, elle la dissuada de s'y rendre à cause des embouteillage épouvantables qui bouchaient le pont reliant San Francisco et Yerba Buena Island, une île naturelle celle-ci, voisine de Treasure Island.

C'était mal connaître Frida qui héla un taxi et se retrouva plusieurs heures plus tard, épuisée, certes, mais face à Diego, bizarrement nullement surpris de la voir, juché sur les échafaudages et travaillant sous le regard des milliers de visiteurs défilant devant ses fresques montées sur des cadres en acier transportables. Un garde du corps restait à proximité pour le protéger non des commandos staliniens mais des trotskistes qui le soupçonnaient d'être mêlé à l'attentat.

Dans un premier temps silencieuse, plus exactement rendue silencieuse par l'émotion – c'était la première fois qu'elle revoyait Diego depuis leur séparation –, Frida sentit monter en elle une rage contenue qui allait bien finir par exploser. Sur cette fresque censée représenter la citoyenneté commune à tous les habitants des Amériques, on voyait Diego et cette pute de Paulette Goddard se tenir par une main et enlacer de l'autre l'arbre d'amour et de vie. Leurs regards se noyaient amoureusement l'un dans l'autre, et la robe de l'actrice, d'un blanc virginal, légèrement relevée, laissait apparaître des jambes magnifiques au galbe parfait.

– C'est quoi, cette croûte ? ne put s'empêcher de demander Frida.

– La féminité adolescente de l'Amérique du Nord qui a un contact amical avec un Mexicain, lança Diego du haut de son échafaudage.

– « La féminité adolescente », mon cul. Elle a trente ans, ton actrice de merde !

Frida était aussi représentée sur cette partie de la fresque. Vêtue en Tehuana, elle tenait à la main un pinceau et une palette, et semblait fixer le vide d'un regard absent.

– C'est quoi ces yeux de vache ! Et cette palette, je ne me suis jamais représentée en train de peindre une palette à la main, il y a sans doute une raison, non !

– C'est Frida Kahlo, une artiste mexicaine raffinée, qui puise son inspiration dans la culture ancestrale de son pays et qui personnifie…

– Qui personnifie que dalle ! Pourquoi Rivera lui tourne le dos ? Pour mieux baiser avec son Américaine ?

Occupé à peindre, Diego ne répondait plus, laissant la colère de Frida monter toute seule. Il ne la connaissait que trop, quand elle était dans cet état, plus rien ne pouvait l'arrêter, pas même les visiteurs qui observaient la scène, médusés. Finalement, Frida accusa Diego de tentative d'assassinat.

– C'est toi qui as voulu tuer Léon ! Tu es derrière toute cette saloperie !

Diego, impassible, ne répondait toujours pas, laissant presque supposer, par son silence, qu'il n'était pas mécontent qu'on ait essayé de tuer le « Vieux ».

– Tu voudrais qu'il débarrasse le plancher ! T'as toujours pas digéré qu'il ait baisé ta femme ! C'est ça ?

Et plus elle éructait, plus les gens présents disparaissaient de son champ de vision, et plus ce qu'elle disait laissait entrevoir une certaine incohérence dans ses propos, puisqu'elle en venait maintenant à hurler :

– C'est ça, mon amour, c'est ça, mon Diego ! Diego mon amant ! Diego univers ! Diego mon fiancé ! Diego mon enfant ! Diego = Moi !

C'est alors qu'elle ne cessait de répéter « Diego = Moi ! » que le visage de Diego prit progressivement les traits de celui de Frank Jacson, qui lui apparut de plus en plus distinctement, et qu'elle l'entendit lui parler doucement – comme à une petite fille ou comme à un idiot du village :

– Tu me prends pour une débile ou quoi ? C'est quoi ce bordel ?

– Frida, tu m'entends ? Frida, ça va ? Frida…

La voix était très douce, très amicale. Bientôt le brouillard qui obstruait sa vision se dissipa. La voix devint de plus en plus distincte. Frida reconnut l'espace autour d'elle, celui de son atelier, dans la Casa azul, et Frank Jacson penché sur elle qui lui caressait le visage. Elle avait donc rêvé.

– Quel jour sommes-nous ?

– Le 11 juin 1940.

– Merde, j'ai dormi tout ce temps !

– Que s'est-il passé ?

– Mes douleurs dans le dos ont recommencé. Le médecin est venu. Il m'a foutu la trouille. Il paraît que les corsets en plâtre et en cuir ne sont plus suffisants. Il a parlé de corset d'acier. Et tout le cirque va recommencer… ponctions, radios, infiltrations… On a même parlé d'une intervention chirurgicale… me souder les vertèbres lombaires… En attendant, il m'a filé des calmants… J'ai dû en prendre un peu trop. De la morphine…Oui, c'est ça, un peu trop…

Frank l'aida à se lever. Elle découvrit autour d'elle une pièce en désordre. Des vêtements traînaient par terre, des restes de nourriture, surtout des bouteilles renversées, des verres cassés, des toiles comme dispersées par une tempête. Heureusement aucune ne semblait endommagée. Elle les ramassa l'une après l'autre.

– Regarde, Frank. Toujours la même chose : le sang, la mort, la souffrance. *Le Rêve* : voilà, un squelette qui me sourit de toutes ses dents… Et cet *Autoportrait*, je vais le vendre à Nickolas, ce salaud… je ne devrais pas mais j'ai besoin de fric : tu vois, je me suis foutu un collier avec un colibri mort qui pendouille… Et cet autre *Autoportrait*, rien que ma gueule, partout… avec un autre collier : la couronne d'épines du Christ, rien que ça !

Frank était bouleversé :

– Ces toiles sont extraordinaires, tu sais.

– Plus je souffre, mieux je peins. Tu sais ce que dit ce connard de Diego ? Il dit que je suis au sommet de mon art… en ce moment ! Et pourquoi ? Parce qu'on est divorcé et que ça me rend malade ! Et que je n'ai plus personne avec qui baiser !

– Tu ne vas tout de même pas te remettre avec lui ?

– Tout ce que je sais, c'est qu'il faut s'accoutumer dans sa vie à ce qu'il y ait une parcelle de peur et une parcelle d'horreur. Quand on a compris ça, on a tout compris !

Frank ne dit rien, effondré par tout ce qu'il voyait, terrassé non point tant par ce qu'il venait d'entendre que par la justesse de ce qu'il venait d'entendre. Profitant du silence de son interlocuteur, Frida sauta du coq à l'âne :

– Pourquoi tu m'as menti, Frank ?

– De quoi parles-tu ?

– Trotski, tu l'as rencontré il y a très peu de temps mais pas quand tu me l'as dit.

– Je me suis peut-être trompé dans les dates.

– Je ne crois pas.

– Je voulais te faire plaisir. Il me semblait que tu serais contente que je l'aie enfin rencontré, j'ai anticipé la rencontre.

– Dans quel but ?

– Comme ça. Ne m'en veux pas, il m'arrive parfois de mentir. Je dois être un peu mythomane… D'ailleurs, puisque nous parlons de Trotski, pendant que tu « dormais », la police a fait des déclarations à la presse. Deux femmes, qui habitent depuis peu dans le quartier avaient noué avec les policiers chargés de la protection de Trotski de soi-disant relations amoureuses… On les a arrêtées, comme un certain nombre de communistes influents. Les deux femmes ont parlé. Qui leur a demandé ce travail, qui les a payées, à ton avis ?

– David Alfaro Siqueiros. Je le sais depuis le début ! Et Léon aussi le sait !

– C'est Siquieros qui a procuré les uniformes de la

police, les armes, les voitures, qui a dirigé lui-même l'opération en uniforme de major. On dit aussi qu'il était suivi de son secrétaire.

– Antonio Pujol ?

– Oui, c'est ça, je crois. Il portait un uniforme de lieutenant.

– Et derrière tout ça, qu'est-ce qu'on trouve ? La Guépéou !

Frank Jacson hocha la tête en signe d'assentiment – comme une marque de résignation :

– Il n'y a rien à faire contre la Guépéou...

– La prochaine fois, ils trouveront une autre méthode, dit Frida, songeuse.

Frank ne répondit pas. Après un nouveau silence, il confia à Frida qu'il devait partir le lendemain pour New York afin de voir son patron, parce que ses affaires n'étaient pas très bonnes.

– Ça m'ennuie de te laisser seule, dit-il en prenant Frida dans ses bras, laquelle, un court instant, pensa qu'elle pourrait l'attirer contre elle et qu'il resterait alors avec elle.

– Non, pars. Puisque j'ai rêvé de Diego, je vais l'appeler, ça sera plus concret. J'ai besoin de lui parler.

47

Pour se donner du courage, car il lui en fallait pour appeler Diego, elle se prépara une boisson revigorante à base de tequila, d'eau-de-vie de canne à sucre et d'une belle proportion de pulque. Elle pensa : «L'Europe a la bière, la Chine l'opium de ses pavots blancs, la Méditerranée son raisin noir, la Russie la vodka, et nous, au Mexique, le jus des forêts de magueys avec leurs larmes au vernis sombre et au bout leur gros bouton replié qui se dresse vers le ciel comme une queue ! Aguamiel ! Pulque de pulque ! »

– Diego ? C'est moi.

– Qui, «moi» ?

– Ta Friducha, bordel... J'ai rêvé qu'on marchait tous les deux, à Oaxaca... Le *norte* soufflait dur, martelait les fenêtres vermoulues. On faisait le tour de l'église et de l'enceinte du vieux monastère... On a continué tout droit et on s'est retrouvés dans la montagne, toute bleue, bleu de lin... On aurait dit un gros lézard... J'ai rêvé aussi que je venais à Treasure Island... Tu étais monté sur ton échafaudage...

– Frida, il est 4 heures du matin.

– Je t'ai réveillé ?

– Tu m'appelles pour me raconter tes rêves ?

– Je t'ai réveillé... Merde... tu étais avec ta pute, la Goddard ?

– Frida, tu veux quoi exactement ?

– Qu'on se remarie... mais à certaines conditions que je... Allô ? Allô ?

Diego avait raccroché ! Elle le savait bien, elle aurait dû préparer son coup de téléphone, fignoler ses arguments, et ne pas boire ces foutus verres pleins de pulque, ou alors faire comme la police, se contenter d'une bière panachée de pulque. L'alcool aidant, elle décida cependant de s'endormir entre les griffes du gros lézard qui la regardait, des griffes très douces. Sur le dos du lézard vacillait une aigrette bleu roi, et son ventre pâle montait et descendait au rythme de sa respiration. Elle était bien. Elle sombrait, ne voulait plus résister. Un jour, si elle s'en souvenait, elle pourrait peindre un *Autoportrait au lézard qui rêve.*

Le lendemain matin, la tête fracassée par l'alcool, elle se réveilla lentement. Cette question de la vie avec Diego la tourmentait trop, il fallait qu'elle confie ses doutes à une personne en qui elle avait vraiment confiance. Le premier nom qui lui vint, comme une évidence, ce fut Léon. Elle le reconnaissait facilement, elle ne rompait jamais totalement avec ses anciens amants, ses ex-petites amies, ses amours passées de plusieurs mois ou d'une nuit. Elle était comme ça, Frida. Ils tournaient tous autour d'elle comme des planètes attirées vers un soleil qui – aussi étrange que cela puisse paraître – avait besoin de leur chaleur. Frida, soleil froid blessé, meurtri, aimait se réchauffer à leur contact.

La lourde porte métallique ouverte, Frida, accompagnée d'un garde du corps puisque Natalia était sortie faire des courses, alla au-devant de Léon qui était en train de fermer les clapiers où s'agitaient ses lapins. Il retira ses gants de travail, brossa son bourgeron bleu et, lentement, prit Frida dans ses bras, visiblement heureux de la voir.

– Voilà de quoi je suis le commandant en chef, aujourd'hui : une armée de poulets et de lapins !

Une fois dans son cabinet de travail, il fut immédiatement repris par les questions d'actualité, comme si le lieu même induisait chez lui un rapport au monde particulier. Dans son patio avec les lapins et les poules, il pouvait être léger, heureux, parler de choses et d'autres. Dans son bureau, il en était tout autrement :

– Je vais te dire, Frida, la capitulation de la France est une catastrophe ! Hitler donne l'expression la plus barbare, la plus achevée, de l'impérialisme qui mène la civilisation à sa perte. C'est une chaîne de malheurs infinis : nul n'a aidé Hitler comme l'a fait Staline ; nul n'a fait peser sur l'URSS autant de dangers que Staline !

Le téléphone sonna plusieurs fois. Il répondit très vite à un entretien pour un journal new-yorkais. Frida n'en n'entendit que des bribes : « Un État juif en Palestine, c'est absurde... Avec le déclin du capitalisme américain, l'antisémitisme atteindra des sommets records aux États-Unis – bien plus qu'en Allemagne... Ou alors il faut qu'un gouvernement révolutionnaire octroie aux juifs un territoire-État... Mais non, le mouvement ouvrier ne peut soutenir le Royaume-Uni contre l'Allemagne... Au nom de la IVe Internationale, je refuse l'entrée en guerre des Britanniques aux côtés de l'Amérique... »

Le combiné raccroché, Léon tournait comme un tigre dans une cage. Elle ne l'avait jamais vu dans un tel état d'excitation, mettant ses lunettes, les retirant, s'asseyant sur une chaise, se relevant ; faisant mine de s'allonger sur le divan ; prenant ses revolvers, enlevant les balles des barillets et les remettant ; brandissant *Hitler m'a dit*, livre qu'il était en train de lire. Elle essaya bien de lui parler de Diego et de ses velléités de remariage, mais en vain, il écoutait à peine, mettant même fin assez sèchement à ses hésitations :

– C'est une idée totalement saugrenue. Te voilà enfin seule, séparée de ce singe grossier, libre, et tu veux retourner dans son clapier comme mes lapins !

– Mais non, ce n'est pas ça.

– Alors, c'est quoi ?

– Un sentiment difficile à expliquer... Je crois que quand je le déteste, c'est parce qu'il me force à ne plus l'aimer, sinon...

– Tu te compliques la vie pour rien, Frida. Sur sa fresque de San Francisco, Staline apparaît en meurtrier cagoulé. C'est bien. Mais moi, qui fus soi-disant son mentor, je ne figure nulle part. Effacé, biffé. Comme sur les images retouchées de la Guépéou. Si tu ne comprends pas qu'un type qui efface de l'Histoire Léon Trotski ne vaut rien, eh bien, tant pis pour toi !

Léon était dans sa bulle rageuse et n'en sortait pas. Que ce gros lard de Diego aille au diable, il avait d'autres problèmes à régler. Même si la mise en cause de Siqueiros lui mettait du baume au cœur. Il ne s'était donc pas trompé ! Il avait soutenu cette thèse depuis le début. Et cela était confirmé par la lettre que Siqueiros venait d'envoyer aux journaux, écrite depuis sa cachette où il se terrait toujours : « Le Parti n'a cherché en commettant l'attentat qu'à provoquer l'expulsion de Trotski du Mexique ; les ennemis du Parti peuvent s'attendre à être traités de même ! »

En réalité, il y avait autre chose. Frida connaissait si bien Léon qu'elle se doutait qu'un autre événement l'avait à ce point blessé qu'il le cachait derrière un flot de paroles et de grands gestes théâtraux.

– Que se passe-t-il, Léon ? demanda Frida, qui se retrouvait une nouvelle fois dans une situation qu'elle avait si souvent vécue.

Venue pour être plainte et comprise, réconfortée, c'est elle qui prenait le malheur de l'autre en charge.

Léon parut soudain bouleversé :

– On a retrouvé Bob…, enfin… son cadavre.

Le récit était atroce. Parti à 4 heures de l'après-midi, le convoi de plusieurs voitures de police, à bord de l'une desquelles était monté Trotski, était arrivé à la tombée de la nuit dans une ferme abandonnée de Santa Rosa, sur la route du Désert des Lions. Après avoir enfoncé la porte, et visité toutes les pièces sans rien trouver, si ce n'est un cendrier rempli de mégots de Lucky, une marque de cigarettes américaines qui ne pouvaient avoir été fumées que par un Américain ou un Mexicain aisé, le colonel et ses hommes s'apprêtaient à repartir lorsqu'un agent avait remarqué dans un coin de la cuisine un carré de terre fraîchement remuée. À la lumière dansante et bleutée des lanternes, et sous les yeux de Trotski épouvanté, apparurent progressivement les contours d'un cadavre, le ventre, les genoux, les bras, le tout recouvert d'une épaisse couche de chaux blanche. Arrivé au visage, Trotski, qui avait vécu tant d'événements dans sa vie, se sentit défaillir : les chairs avaient pris une étonnante couleur bronzée, les cheveux avaient d'extraordinaires nuances de roux. « Robert Sheldon Harte ? » avait dit le colonel, s'adressant à Trotski. « Oui », avait-il répondu. Cela ne faisait plus aucun doute : enlevé par les hommes de Siqueiros, Sheldon Harte avait été assassiné.

Frida était bouleversée. Trotski revivait chaque instant de cette tragédie. Lui confiant comment il était resté là, triste, abattu, à contempler, muet, ce corps sans vie, les yeux remplis de larmes, ne pouvant s'arrêter de pleurer en silence. Lui décrivant par le menu la pluie qui s'était mise à tomber violemment, transformant les chemins en ruisseaux boueux et les routes en rivières impraticables. Pour retourner à la voiture, Trotski, qui avait buté sur des pierres, avait glissé. L'eau glacée l'avait frappé au visage, ruisselant sur les imperméables. Trempé de sueur et de pluie, il s'était engouffré dans une voiture de police, et était revenu à México.

Si l'idée de ce jeune homme kidnappé puis assassiné dans son sommeil – « il s'est figé, dormant la main calmement repliée sur le corps » – lui était insupportable, il en était une autre bien plus douloureuse encore : Bob était, selon la police, l'homme qui avait ouvert la porte aux assaillants. Bob était celui qui avait trahi – et cela, Trotski ne voulait pas l'entendre. Tout comme il ne voulait admettre aucune des preuves que lui énonçait la police : membre du Parti communiste américain, Robert Shelton Harte était un agent soviétique qui avait pour mission d'assurer la liaison avec le groupe d'agents mexicains réunis autour de Siqueiros.

– Bob est resté fidèle jusqu'au dernier moment, j'en suis sûr. Fidèle à ses idées, donc à ma personne. Oui, c'est ça, c'est à cause de cette fidélité que Bob est mort, et l'enquête dit le contraire. J'ai vraiment l'impression que le colonel Salazar est dans l'erreur, une erreur humaine, mais qui conduit l'enquête sur une mauvaise piste.

Tout en écoutant Léon, Frida pensait aux mots de Frank prononcés la dernière fois qu'elle l'avait vu : « Pour la prochaine attaque, la Guépéou usera d'autres méthodes… »

– Je me sens tellement fatigué, Frida… J'aimerais tellement retourner avec toi du côté de Cuernavaca, d'Amecameca, là où les grands volcans dressent leurs sommets blancs environnés de nuages cotonneux… Au lieu de ça, on veut me faire croire que mes amis sont des traîtres ! Tu sais, il suffirait qu'un seul agent de la Guépéou se fasse passer pour mon ami pour qu'il réussisse à me tuer dans ma propre maison… Tu crois à la version Siqueiros-Shelton, toi ?

– Siqueiros est une ordure. Et une collusion entre des agents de la Gestapo et de la Guépéou est une hypothèse tout à fait vraisemblable.

Léon, qui n'avait cessé de marcher durant toute cette discussion, s'arrêta, se rapprocha de Frida et, comme pour être bien sûr que nul ne pouvait les entendre, accentuant le ton de confidence, mais plein de conviction, chuchota à son oreille :

– Si Bob avait été un agent de la Guépéou, il aurait pu me tuer durant la nuit et s'en aller sans mettre en mouvement vingt personnes dont chacune risquait gros.

48

La vie sans Diego, elle était bien obligée de le reconnaître, était moins imprévisible, moins stimulante que les jours passés à ses côtés – et cela bien que le prix à payer fût très élevé. Ses aventures amoureuses même ne mettaient pas dans sa vie autant de piment qu'elles lui en apportaient lorsque Diego était là, rôdant dans la pénombre, scrutant ses moindres faits et gestes. En réalité, Frida avait besoin de sa jalousie, féroce et imbécile, de ses coups de pistolet qui heureusement ne blessaient guère de monde, de ses hurlements poussés contre des rivaux – hommes et femmes – parfois imaginaires.

Aussi, en cet après-midi de juillet où elle venait de rejoindre dans un hôtel proche du Bosque de Chapultepec son jeune amant du moment, constata-t-elle que son excitation n'était que très relative. Aucun risque, aucune peur. Ce fut conventionnel et rapide, presque inutile. Elle ne prit même pas la peine de rompre avec lui. Tous deux savaient que cette histoire serait sans suites et qu'au mieux elle transposerait peut-être sur une de ses toiles le corps d'athlète de cet éphèbe qui devait avoir du sang indien dans les veines.

Le lendemain de cette affaire qui n'avait rien de glorieux, elle reçut la visite de Frank Jacson qui assurait avoir séjourné dans un village de l'État de Puebla, parce qu'il y était tombé subitement malade, et qui venait lui annoncer qu'il habitait désormais à l'hôtel Montejo, « chambre 113 », un établissement tranquille et central, situé sur le Paseo, où Sylvia viendrait le rejoindre à partir du 19 juillet. Il était toujours question de mariage mais il fallait avant qu'il trouve un travail stable, ce qui ne serait pas aisé car l'associé avec lequel il travaillait venait de faire faillite.

Frank Jacson était toujours aussi prévenant avec Frida, ne se départissant jamais du côté « amoureux transi » qu'il cultivait assidûment avec elle. Mais Frida le trouva une nouvelle fois changé. C'était un véritable caméléon et cela en devenait presque gênant. Ce n'était plus le même homme : son visage était gris-vert, ses gestes nerveux et saccadés, et surtout, lui qui se vantait de ne jamais utiliser de couvre-chef portait un chapeau gris à ruban noir. Il serrait convulsivement un imperméable sous le bras et tenait son parapluie comme s'il eût brandi une arme. Mais ce qui la choquait le plus, peut-être, c'est une certaine irrévérence, une forme de grossièreté qu'elle ne lui connaissait pas et qu'il trimbalait désormais avec lui, comme une mauvaise chose dont il n'avait même pas conscience. Lui coupant la parole, l'écoutant à peine, il s'était assis sans façons sur le bord d'une longue table de travail chargée de pots remplis de pinceaux, de palettes, de tubes de peinture, de morceaux de tissu maculés de couleurs, de couteaux, etc.

Et c'est là, assis sur ce coin de la table, emprunté et raide comme s'il était en visite, qu'il lui confia son grand secret : Sylvia lui ayant ouvert les yeux, il s'intéressait désormais à la politique…

Juillet au Mexique est la saison des pluies et avec elle des vents violents qui sifflent dans les arbres, émettant des sons étranges et secouant les portes disjointes des maisons, isolant certaines petites bourgades du reste de la vie, voire certains quartiers des grandes villes, dès que tombe la nuit et que les habitants sont perdus dans les ténèbres qui les entourent. Cet état de fait favorise une certaine routine de vie, installe certains automatismes, et d'étranges rituels.

Ainsi vit-elle à plusieurs reprises Sylvia et Frank – couple étrange réunissant une laide idiote et un séducteur fuyant – et parfois Frank seul, qui lui parla un jour très longuement de sa mère pour laquelle il éprouvait une admiration sans bornes. « Une femme active et sans peur, disait-il, Grande, mince, musclée, aux grands yeux verts, à la chevelure abondante, au teint d'un mat profond. » Elle avait toutes les qualités, toutes les forces, et jusqu'à ses punitions qui étaient justes et mesurées. Un jour qu'elle était sortie, sachant qu'il n'avait pas le droit de manger une pomme sans qu'elle l'ait autorisé, il avait attendu qu'elle revienne, s'étant de lui-même mis au coin, les mains sur la tête, attendant les coups de règle qui ne manqueraient pas de tomber.

Mais la routine la plus évidente, la plus nécessaire aussi, c'était la visite hebdomadaire à son cher Léon. Malgré la présence peu aimable de Natalia, qui plusieurs fois avait fait des allusions à peine voilées à leur histoire d'amour. Dieu sait pourquoi, comme si parfois cette blessure réelle pour elle, plus forte peut-être qu'elle-même ne l'avait cru, se rouvrait, et qu'alors, malgré elle, elle disait ces choses méchantes et désagréables, parce qu'elle ne pouvait pas faire autrement, et que, malgré les hauts murs, les systèmes de protection, les tours, les gardes armés, elle avait peur qu'on tente une nouvelle fois d'assassiner Trotski. Cette jalousie n'était en somme que l'enfant dénaturé de sa peur.

Voilà, les jours s'écoulaient ainsi. Léon lui parlait de politique, de cactus et de lapins ; Frida évoquait avec lui ses doutes artistiques, sa passion toujours vivante pour Diego, ce qui avait le don de l'énerver, et son amour si entier pour lui, Barbichette, qu'elle aimait aussi fort qu'au premier jour parce qu'il lui avait tant apporté et lui apportait encore tellement. Cette complicité vivace, Natalia ne la supportait vraiment pas.

Le mois de juillet passa sans grande ferveur, s'écoulant mollement. Le 19 août, alors qu'elle prenait le thé dans le patio de la « prison de l'avenida Viena », comme l'appelait parfois Léon, elle le supplia de venir lui rendre visite dans son atelier. Cela faisait des semaines qu'il n'était plus venu, et elle avait de nouvelles toiles à lui montrer, des petits formats, très intenses, durs, et d'autres plus joyeux, plus légers, des « Natures Vives » pleines de fruits exotiques et de couleurs. Natalia, qui était là, regarda dans l'agenda de Léon pour voir à quelle heure il pourrait passer. Cela énerva beaucoup Frida. Merde, avait-il besoin de regarder son emploi du temps pour venir à la Casa azul ! Il avait plusieurs rendez-vous avec des journalistes et un, assez long, de prévu avec… Frank Jacson.

Natalia prit la défense de Frida sans le vouloir :

– Tu ne trouves pas que tu le vois trop, ce Jacson ? Certes, il était presque prêt à t'emmener faire une promenade à pied dans les montagnes autour de México sous prétexte que tu adores ça. Certes, ça fait au moins cinq fois qu'il est venu en quelques semaines, et il m'a même apporté une boîte de chocolats, mais tout de même…

– Il veut que je corrige un article qu'il a écrit. Un texte sur l'économie française…

– C'est si important ? demanda Natalia.

– Bien sûr, répondit Léon. Dans la discussion que nous avons eue tous les quatre, toi, moi, lui et Sylvia, au sujet de la défense de l'Union soviétique, tu te souviens, il était le seul à se ranger à mes arguments.

– Ce n'est pas une raison suffisante, dit Frida. Alors, il suffit d'être d'accord avec toi…

– Joseph Hansen, mon secrétaire, est en train de se lier d'amitié avec lui. On peut en faire un bon élément susceptible d'intégrer la IVe Internationale.

– Vous voyez, Frida, dit Natalia, notre Léon est un grand naïf. Si tu veux mon avis, je le trouve bizarre ton Frank Jacson !

– Tu veux qu'on fasse une enquête sur lui ? demanda Trotski.

– Et pourquoi pas !

– Écoute, j'ai déjà refusé qu'on le fouille quand il vient ici, ce n'est pas pour faire une enquête sur lui. Ce sont les méthodes de Staline, pas les nôtres ! Les amis qui entrent ici ne sont jamais fouillés !

– Eh bien moi, je ne l'aime pas. Je n'aime pas son genre.

– Et vous, Frida ? demanda perfidement Natalia.

– Il est peut-être un peu trop mystérieux, c'est vrai,

répondit Frida, puis se tournant vers Léon : Alors, demain tu passes à mon atelier ou tu refais le monde avec Frank Jackson ?

– Je viendrai, répondit Léon avec dans le regard quelque chose comme une immense solitude. Mais avant, je dois te faire un cadeau.

Natalia s'éclipsa. Elle ne savait pas de quel cadeau parlait Trotski et préférait l'ignorer.

Il s'agissait d'un carnet recouvert de cuir rouge portant en couverture les initiales « J.K. » gravées à l'or fin, et sur la page de garde duquel il avait écrit : « N'oublie jamais que je crois en toi. ».

– Quand tu te sentiras seule, tu pourras y écrire tes pensées, y dessiner.

– Une sorte de journal intime, en quelque sorte.

– Oui. Mais toujours lié à moi, à nous. Toutes les fois que tu en ouvriras les pages, plusieurs de nos souvenirs s'en échapperont et d'autres y entreront. Ce sera non pas la maison des mots mais la maison de nos mots.

– Pourquoi « J.K. » ?

– Je l'ai acheté un jour que j'étais à Londres, aux Puces. D'aucuns prétendent qu'il a appartenu à John Keats, le poète anglais.

– Celui qui parle tant de la « beauté terrible ».

– Je ne savais pas. Mais ça te va bien : Frida ou la beauté terrible !

Frida était très émue.

– C'est un magnifique cadeau, *my love.* Mais moi quand je t'en fais, tu me les rends : mon tableau, le stylo-plume…

– J'ai écrit beaucoup de choses avec ton stylo…

– Demain, quand tu viendras me voir, tu reprendras l'*Autoportrait* que je t'avais offert ?

– Oui, c'est promis, répondit Léon, dont les pensées, inexplicablement, étaient traversées par deux souvenirs d'enfance qui revenaient soudain, sans qu'il comprenne pourquoi.

Le premier remontait à l'époque où, âgé de seize ans, il avait fait son entrée au collège Nicolaieff, vêtu d'un costume neuf de bonne coupe de couleur beige foncé qui lui donnait un air très bourgeois. Le second, plus ancien, quand son père, dans l'idée de combiner une haute culture avec une certaine dose de piété, avait voulu qu'un professeur particulier lui apprît à lire la Bible dans le texte hébreu.

Alors qu'elle était sur le point de monter dans la voiture qui la ramenait chez elle, Frida se retourna et alla embrasser une dernière fois Léon qui l'avait raccompagnée, contre l'avis de ses gardes du corps, jusqu'au portail métallique. Il la prit dans ses bras et ne put s'empêcher de lui dire :

– Le destin m'a accordé un délai. Il sera de courte durée : Staline ne renoncera jamais à m'assassiner.

Quand elle arriva à la Casa azul, la pluie avait cessé, mais le ciel était couvert et pesait sur la ville comme une cloche de verre opaque. L'humidité stagnait sous cette cloche dans une chaleur de serre. Alors, elle eut la sensation que les bruits étaient cotonneux, sa respiration oppressée, comme dans le climat artificiel des jardins exotiques. Elle avait devant elle, comme s'il s'était agi d'une toile, la vision d'un homme qui souriait, un peu moqueur, les yeux clairs et vifs, abrités par des lunettes d'écaille. Plutôt grand, l'homme semblait encore robuste et pourvu d'une belle bouche sensuelle. La chevelure presque blanche, comme la barbiche en pointe, était rejetée en arrière, mais de grandes mèches en désordre en illuminaient la présence. C'était pour elle un visage inoubliable, encore jeune et énergique, singulièrement exempt de toute amertume. Le visage d'un homme qu'elle aimait profondément.

49

Elle avait rangé soigneusement ses dernières toiles, faisant dans son atelier une sorte d'exposition, et placé en majesté, entouré d'un ruban terminé par un gros nœud à la manière d'un œuf de Pâques, l'*Autoportrait de 1937*, avec lequel Léon repartirait. Elle avait décidé aussi de ne pas forcer sur le whisky : à peine deux verres, pour commencer la journée.

Léon ne lui avait pas donné d'heure précise. Il avait juste dit : « D'accord demain, le 20 août, c'est ça, dans la journée. » Tandis que des masses de nuages sombres s'accrochaient aux pentes volcaniques du Popocatepetl et de l'Iztaccihuatl, un soleil merveilleux brillait sur toute la vallée de la capitale aztèque. Dans le jardin, roses, géraniums, cactus, bougainvillées exultaient.

Pour ne pas s'inquiéter, Frida s'était dit qu'elle pourrait continuer de travailler à sa nouvelle toile : *Le spectre de Zapata en marche*. Sur fond de lac encadré de sombres collines où zigzaguaient des éclairs lointains, et qu'on imaginait agité par des bouffées de vent, le squelette de Zapata entraînait dans sa marche tout un peuple de paysans en habits traditionnels maculés de sang. Dans l'angle droit du tableau, une Indienne était accroupie derrière de minuscules piles de ce qui aurait dû être des piments, des oranges et des oignons mais qui étaient en réalité des organes fraîchement extraits des corps des paysans qui suivaient Zapata et reliés à eux par des sortes de cordons ombilicaux. Dans le coin gauche, un vieillard chantait, s'accompagnant à la guitare : ses pieds étaient des racines s'enfonçant dans le sol et son instrument avait la forme d'un fœtus.

Au début, elle ne fit pas attention au temps qui passait, absorbée par l'utilisation d'un nouveau médium à base de gomme damar, dans lequel elle dut se reprendre à plusieurs fois afin d'y introduire la bonne quantité de pigment. Elle voulait obtenir une texture brillante, pour un « rouge plus rouge que le rouge ». Après quelques tâtonnements, elle trouva la solution : augmenter la dose de damar. Elle l'utilisa pour les fruits-organes. « J'ai mon rouge venin, se réjouit-elle, j'ai mon rouge venin ! » La journée avançant vers sa fin, elle passa progressivement de l'impatience à la tristesse puis à la colère. « Barbichette va me faire faux bond », se dit-elle en se versant son dixième whisky. Mais pour rien au monde elle ne l'appellerait. Elle avait toujours agi comme ça avec les hommes. Jamais elle n'avait appelé et ce n'est pas maintenant qu'elle allait commencer…

Elle décida de s'allonger afin de se reposer. Elle avait travaillé sans discontinuer. Tout en fumant une cigarette, elle regardait son tableau. Le spectre de Zapata riait d'un rire mauvais, comme s'il n'entraînait pas tout un peuple mais qu'il était poursuivi par lui – celui du million de morts qui avait ensanglanté la révolution mexicaine. Elle était perplexe. Que voulait-elle vraiment dire dans cette peinture ? Elle avait peint la douleur, l'amour, la tendresse, la folie sans doute. Mais cette toile-là, que voulait-elle dire vraiment ? Elle s'entendit marmonner : « Oh, et puis merde, je m'en fous. Je veux peindre, c'est tout ! » Elle trouvait que son tableau manquait de rues tachetées de bleu, de blanc, de rose, de lilas, de manguiers, de poules, de dindes, de jeunes filles aux jupes étoffées et aux larges châles. Le vieillard à la guitare-fœtus entonna un *corrido*. Il faudrait qu'elle en mette un extrait dans un cartouche, quand elle aurait la force de se relever et après qu'elle aurait fumé une deuxième cigarette : « Vous pouvez entendre sonner ses éperons./ Sa voix vous fait trembler encore/ Quand, entre ses dents serrées en malédictions,/ Il crie des ordres à ses hommes, les morts. »

Bientôt le chant du vieillard fut couvert par un brouhaha épouvantable, une grande agitation se manifesta dans le voisinage, comme si une cavalcade passait dans les rues alentour, puis les sirènes reconnaissables des ambulances de la Croix-Verte, puis les mugissements des voitures de police. Frida se dit que la guerre en Europe, ce devrait être ça, tout ce bruit, cette agitation, c'était comme si tout México était en train de vivre un événement formidable et inquiétant.

Soudain, une troupe d'hommes en armes fit irruption dans la Casa azul, arrêtant Frida sans ménagement, ne lui laissant le temps ni de prendre un vêtement, ni de téléphoner, lui passant pratiquement les menottes aux mains, et pour finir la jetant dans une fourgonnette banalisée qui traversa México toutes sirènes mugissantes en direction des locaux de la police secrète.

Il faisait nuit. Tous les lampadaires de la ville étaient allumés.

50

Dans un premier temps, elle crut qu'elle était en train de faire un cauchemar ou qu'elle était morte et en enfer. Puis, très vite elle dut se rendre à l'évidence : ce froid, cette puanteur, ces bruits incessants, tout lui indiquait qu'elle était incarcérée à la prison centrale. On lui apporta un café. On l'autorisa à fumer, mais lorsque, à plusieurs reprises, elle demanda pourquoi on l'avait arrêtée, elle ne reçut aucune réponse. Elle pensa : « Putain, les flics sont tous des cafards puants ! Qu'ils crèvent ! »

Après deux heures d'attente, un policier en civil vint la chercher pour la conduire dans une grande pièce sombre, tenant du hall de gare et du gymnase. Au centre, sous une vilaine ampoule jaunâtre, elle aperçut une table et deux chaises. L'une d'elles était occupée par le colonel Leandro Sanchez Salazar, celui-là même qui l'avait interrogée lors de l'attentat contre Trotski, en mai dernier. Le chef du service secret de la Direction de la police lui fit signe de s'asseoir, sans se lever ni lui témoigner la moindre marque de politesse.

– Vous pouvez m'expliquer ce que je fais ici ? demanda Frida.

Impassible, la regardant droit dans les yeux, le colonel Leandro Sanchez Salazar répondit très calmement et avec l'autorité naturelle que lui conféraient sa position et son uniforme. Il fumait très lentement un petit cigare sombre dont les volutes de fumée disparaissaient sous la haute voûte de la pièce :

– C'est vous qui allez m'expliquer certaines choses.

– Je ne comprends pas ce que vous voulez dire.

– Mais si, vous allez voir. Tenez, pourriez-vous me parler de Frank Jacson, alias Jacques Mornard ?

– Je le connais à peine.

– Il n'est pas de vos amis, de vos… amants ?

– Si toutes vos questions sont de cette sorte, je préfère m'en aller, dit Frida tout en se levant comme pour quitter la pièce.

– On vient d'essayer d'assassiner Trotski, lança le colonel, scrutant à la loupe la réaction de Frida.

Celle-ci, titubant presque, se rattrapant au dossier de la chaise pour ne pas tomber, se rassit. Elle tremblait. Les yeux noyés de larmes, elle n'arrivait pas à articuler un son. Tout juste put-elle répéter :

– Trotski ? Trotski ?

– Oui, ça vous dit quelque chose ?

– Qui a pu faire une chose pareille ?

– Frank Jacson.

Le colonel observait Frida, ses réactions, ses gestes. Celle-ci venait de recevoir un second choc, comme une seconde balle tirée par un homme embusqué dans l'obscurité. Elle fut prise d'une effroyable douleur qui lui traversa tout le corps :

– Pas lui !

– Et pourquoi pas ?

– Ce n'est pas possible !

– Et si vous voulez mon avis, il n'a pas agi seul, il n'a pas préparé son coup tout seul dans son coin…

– Vous ne croyez tout de même pas…

– Que vous êtes impliquée dans toute cette histoire ? À vous de me prouver le contraire…

La tête dans les mains, elle souffrait atrocement.

– Quand… comment est-ce arrivé ?

– Aujourd'hui en fin d'après-midi. Jacson-Mornard s'est introduit dans le bureau de Trotski, sous prétexte de lui soumettre un texte qu'il venait d'écrire. Alors que Trotski était en train de lire l'article, il lui a asséné un coup de piolet sur la tête, de face. Trotski s'est débattu en poussant des cris horribles, disent les témoins. Sa femme et ses secrétaires sont accourues. Les gardes du corps ont jeté l'agresseur à terre en le défigurant à coups de crosse de revolver, pendant que Trotski, la tête en sang, tentait d'expliquer ce qui s'était passé.

– Mon Dieu, quelle horreur, quelle horreur !

– Il s'est écroulé quand le médecin est arrivé.

– Il a pu parler ? Il a dit quelque chose ?

– Il a dit : « Natacha, je t'aime. » Il a dit aussi : « Il faut dire à nos amis que je suis sûr de la victoire de la IVe Internationale… en avant ! »

– Où est-il ?

– À l'hôpital. L'opération est en cours. Trépanation, etc.

– Il ne va pas mourir, tout de même, ce n'est pas possible… Je n'ai rien à voir avec tout ça, rien à voir ! dit Frida, ajoutant presque en criant : Je veux le voir ! Je veux le voir !

– Calmez-vous, chère madame, calmez-vous… Vous l'avez bien croisé à Paris ? Vous l'avez bien revu à plusieurs reprises à México, ce Frank Jacson…

– Et alors ?

– Vous connaissez bien Sylvia Ageloff…

– Posez-lui des questions ! C'est elle qui allait se marier avec Frank Jacson, pas moi !

– Elle est dans l'incapacité de répondre : hôpital, camisole de force, calmants, elle ne cesse de répéter qu'elle a été trompée, que Jacson s'est servi d'elle, qu'elle veut mourir. Qu'elle veut qu'il crève – ce sont ses propres mots –, lui, Jacson ! Que si Trotski est mort, c'est sa faute ! Que c'est elle qui a amené le loup dans la bergerie…

– Comment pouvez-vous oser penser que j'ai participé de près ou de loin à cette ignominie ?

– Vous savez, je ne suis qu'un policier qui observe les faits. Et que nous disent les faits ? Que vous avez croisé à Paris, et Jacson et Sylvia, et que vous avez revu à plusieurs reprises à México et Jacson et Sylvia… Vos liens avec Léon Trotski sont avérés…

À cet instant, le téléphone sonna. Le colonel dit à Frida qu'il devait quitter la pièce, qu'elle attende, ce ne serait pas long.

Frida se leva et regarda par les fenêtres. Il y avait autour du bâtiment de la police une agitation inhabituelle. Une foule dense s'y était amassée. Partout circulaient des journalistes mexicains et étrangers, des photographes. Les automobiles et les motocyclettes commençaient à former un embouteillage bruyant. Le service d'ordre semblait débordé.

Au bout d'une vingtaine de minutes, le colonel revint. Il était livide. Trotski était tombé dans un coma profond. Il était 18 heures.

Frida fut alors raccompagnée dans sa cellule. Après un dîner frugal, elle s'endormit. Elle fut réveillée à l'aube par l'arrivée de sa sœur Cristina, qui avait elle aussi été arrêtée. Elle était furieuse. Elle avait dû laisser ses enfants seuls, la police n'avait rien voulu entendre et de plus avait vidé de fond en comble leurs deux maisons ! Les uniques nouvelles qu'elle avait venaient de la radio. Une foule énorme était désormais amassée non plus devant le bâtiment de la police mais autour de la clinique de la Croix-Verte. Elle ne savait pas grand-chose d'autre si ce n'est qu'on racontait que Jacson, dans l'ambulance qui l'emportait lui aussi vers un hôpital, avait fait à la police une sorte de confession dans laquelle il révélait les motifs de son acte et aurait déclaré qu'il n'avait rien à voir avec la Gestapo.

– Il n'est pas nécessaire d'être grand clerc pour savoir que c'est la Guépéou qui est derrière ! dit Cristina qui, elle aussi, était terrassée à l'idée que ce fût Frank le meurtrier.

– Pas d'autre nouvelle ? demanda Frida.

– Quand les infirmières ont voulu le déshabiller avant de l'emmener en salle d'opération, il aurait demandé à Natalia, « d'un ton triste et grave » « Je ne veux pas qu'elles me déshabillent. Fais-le toi. »

Frida était très émue. Elle imaginait son Léon ensanglanté, à demi conscient, mais voulant conserver son intimité, désirant que ce soit la femme qu'il avait aimée, qui l'avait suivi partout, qui lui enlève son linge de corps.

– Et c'est tout ? Pas d'autres nouvelles ? Pas d'autres détails ?

Frida était insatiable. Elle aurait tellement voulu tout savoir, tout connaître de ce drame. Et si jamais elle ne revoyait jamais son si cher ami russe ? Cette possibilité, elle ne pouvait l'envisager.

– Non, pas d'autres nouvelles, dit Cristina, qui se ravisa. Ah si. La police a découvert que l'appartement donné par Frank Jacson comme adresse professionnelle était en réalité l'atelier de Siqueiros…

– Quelle pourriture, ce salaud ! Et on ne l'a toujours pas retrouvé !

Bientôt, ce fut au tour de Cristina d'être interrogée par la police. Comme pour Frida, on ne trouva rien à lui reprocher. Quand elle revint dans la cellule, elle était accompagnée du colonel Leandro Sanchez Salazar. Cigare à la main, il jeta un regard condescendant aux deux femmes en larmes à l'idée de rester encore en prison et surtout de laisser les enfants de Cristina seuls et sans nourriture.

– Ils ne savent même pas où je suis, et ils n'ont rien à manger, dit Cristina, suppliant le policier de les libérer. Nous ne sommes coupables de rien, ni de l'assassinat, ni des coups de piolet.

Le colonel sourit, mâchonna le bout de son cigare, qu'il enlevait de sa bouche et remettait entre chaque bouffée, comme un enfant jouant avec sa tétine. Visiblement, il faisait durer le plaisir.

– Bien, vous pouvez rentrer chez vous, mais vous restez à disposition de la justice. Puis, se tournant vers Frida : Et dites au très courageux Diego Rivera qu'il n'a plus besoin de se planquer à San Francisco, il ne sera pas inquiété, ni par les communistes, ni par les trotskistes, ni par la police…

51

La Casa azul était sinistre. La pièce où elle avait exposé ses toiles n'avait pas changé. Tout était resté à la même place. L'*Autoportrait* trônait en majesté au milieu de l'atelier dans un silence pesant. Il y avait quelques heures à peine, Frida avait attendu que Léon entre dans cette pièce. Peut-être était-ce la dernière fois qu'elle l'avait tant attendu. Le téléphone sonna à plusieurs reprises. Elle ne décrocha pas. Il était un peu plus de 19 h 30. Elle se servit un premier verre de whisky puis un second. À 19 h 40, le téléphone sonna de nouveau. Cette fois elle décrocha. Il fallait que ce bruit cesse !

– Frida Kahlo ?

La voix était une voix d'outre-tombe, mais qu'elle semblait connaître.

– Je suis le colonel Leandro Sanchez Salazar.

– Vous allez continuer à m'emmerder longtemps ?

La voix semblait hésitante et solennelle à la fois :

– Je vous appelle au sujet de Léon Trotski.

– Quoi encore ?

– Léon Trotski n'a pas survécu à l'opération. Il est mort à 19 h 25 !

Frida laissa tomber le verre de whisky qu'elle tenait dans la main, mouillant une partie de sa robe. Devenue aphasique, elle entendait dans une sorte de brouillard le rapport médical ânonné par le colonel :

– Une hémorragie subdurale… liquide à l'intérieur de la lésion… orifice large de deux centimètres et profond de sept… perte de substance cérébrale… sectionné au bistouri… le cervelet et le bulbe rachidien…

Le colonel continua sa litanie morbide dans le vide, Frida laissa glisser l'écouteur le long du combiné, qui se balança un certain temps avant qu'elle ne le remette en place, puis elle resta prostrée une partie de la soirée jusqu'à ce qu'elle décide d'appeler cette « merde de Diego, pour qu'il paie ! ». Dès la deuxième sonnerie, c'est Diego en personne qui décrocha. Elle ne lui laissa pas le temps de répondre quoi que ce soit :

– On a tué le Vieux ! hurla-t-elle. Connard ! Crétin ! Tout ça c'est ta faute ! Il est mort ! Pourquoi est-ce que tu l'as fait venir ! Stupide ! Ordure ! C'est ta faute ! ta faute !

Comme folle, Frida hurlait au téléphone, prenant à peine le temps de respirer entre chaque injure. Puis, lentement, elle se calma. Diego, au bout du fil, entendait sa respiration se ralentir, ses sanglots diminuer.

– Friducha ?

– Quoi, Friducha ?

– Beaucoup vont le pleurer.

– Pas toi ?

– Pour être franc, sa présence commençait à devenir préjudiciable à la bonne entente entre Mexicains. Trop de clans, trop d'exclusions, trop de luttes intestines.

– Ça te va bien de dire ça !

– Et pourquoi ne le dirais-je pas ?

– Tu es bien au chaud planqué à San Francisco ! Avec tes deux putes !

– Et alors ? C'est mon droit ! En tout cas, cette fois, on ne pourra pas me soupçonner d'avoir participé à ce meurtre. Le 20 août, j'étais occupé à peindre une fresque au beau milieu de l'Exposition internationale du Golden Gate…

– Mais personne ne t'accuse !

– En tout cas, il paraît que la police a investi San Ángel, qu'on m'a volé la pendule que tu m'avais offerte, des dessins, des aquarelles, des tableaux, même des vêtements…

– Un homme est mort et tu me parles de pendule. Un homme que nous avons hébergé ! Un homme qui fut notre ami, et toi tu m'emmerdes avec ta foutue pendule !

Diego ne répondait rien, laissant un silence pesant au bout du fil. Frida poursuivit :

– Enfin, maintenant rien ne s'oppose à ce que tu rentres. Tu n'es plus hors la loi… Tu ne risques plus rien. Tu pourras dormir tranquille sur tes deux oreilles à México !

– Ma fresque n'est pas terminée, et puis… je crains des représailles.

– Des représailles ? De qui ?

– Des trotskistes, évidemment ! J'ai bien compris qu'ils me soupçonnaient d'être mêlé à l'attentat. Pour tout dire, j'ai engagé un nouveau garde du corps armé qui ne quitte jamais l'échafaudage où je peins !

Frida n'en pouvait plus. Ils l'énervaient tous, qu'ils aillent tous se faire voir. Ce qu'elle voulait, c'était une chose impossible : que Léon revienne, et qu'elle se promène de nouveau avec lui, qu'ils parlent des heures ensemble, qu'il la touche comme il savait si bien le faire, qu'il lui écrive encore des petits mots sur des papiers glissés dans des livres !

Le téléphone sonna une grande partie de la soirée et de la nuit jusqu'à ce qu'elle le débranche. Elle voulait se retrouver seule avec le fantôme de Léon et l'*Autoportrait* qui était un peu lui puisqu'elle le lui avait offert. Léon était mort et sa tristesse était infinie. Elle ne peindrait plus, n'aimerait plus, se laisserait mourir. Prenant le cahier rouge frappé des lettres J.K., dernier cadeau de Léon, elle l'ouvrit à la première page et y écrivit quelques mots. Elle évoqua sa vie affective compliquée, le divorce d'avec Diego, la mort de son père survenue quelques années auparavant, ses grossesses qu'elle n'avait jamais pu mener à terme, et ses problèmes de colonne vertébrale qui avaient repris de plus belle. Puis elle écrivit plusieurs fois sur la page suivante, en lettres carmin et en majuscules : « TROTSKI TROTSKI TROTSKI TROTSKI », dessina dans un angle un visage jaune aux contours verts et, à l'encre bleue, inscrivit sur une troisième page, entre guillemets et en vers, son récit de la mort de Léon :

Il a laissé entrer un traître
dans la chambre de sa solitude qui,
exécutant un ordre,
l'a frappé par-derrière
tandis qu'il se penchait
sur un article de merde.
Le traître était membre de la Guépéou,
c'était le loup de ses rêves.

Le piolet a creusé dans sa cervelle
un trou de sept centimètres de profondeur.
Dans l'ambulance qui traversait México,
il a vu les lampadaires allumés – il faisait nuit.
Il est mort le jour suivant, sans s'être réveillé;
ses poches étaient remplies de cendres.

Dans l'espace restant, elle ajouta :
mon Léon
«JE – voudrais être – LA
PREMIÈRE FEMME –
de ta
V
I
E.»

52

Les funérailles de Trotski furent organisées dès le lendemain de sa mort. Plus de 200 000 personnes vinrent se recueillir sur le corps exposé dans la grande salle de l'entreprise Alcazar, au centre de México. La consternation était générale, on avait la sensation que c'était tout un pays qui venait voir une dernière fois le leader assassiné. Puis, selon la coutume mexicaine, le cortège funèbre s'ébranla, marchant lentement derrière le cercueil ouvert, qui traversait les principales avenues de la capitale et les faubourgs ouvriers, en direction du cimetière. Nombre de trotskistes et de catholiques pratiquants étaient là, mais plus encore d'ouvriers venus des mines et des champs pétrolifères, de va-nu-pieds, d'hommes et de femmes en haillons, de paysans du Michoacán et de Puebla, pauvres, déshérités, venus de très loin, c'était tout un peuple en larmes qui avait voulu manifester sa présence et adresser un dernier adieu à celui qu'il considérait comme un des dirigeants majeurs de la plus grande révolution du siècle. Au cimetière, des discours vengeurs furent prononcés, des *corridos* chantés, des insultes proférées contre la presse soviétique et ses relais mexicains qui avaient qualifié Trotski d'« assassin, traître et espion international » et sa mort de « fin déshonorante ».

Les trotskistes américains ayant l'intention de transporter le corps aux États-Unis, le cercueil fut ramené dans les locaux de l'entreprise Alcazar, où il resta encore cinq jours dans l'attente de la réponse du Département d'État qui, comme on aurait pu s'y attendre, fut négative : accorder un visa aux restes d'un révolutionnaire, c'était courir le risque que la propagande communiste, même dans sa variante « infantile », ne s'installe davantage encore sur le sol américain.

Le 27 août, le corps fut enfin incinéré dans la chambre de crémation du Panthéon, et ses cendres enterrées dans la cour de la forteresse de l'avenida Viena. Au-dessus de la tombe, on dressa une petite pierre blanche rectangulaire, et au-dessus de cette pierre, on déploya un drapeau rouge. Frida, terrassée de douleur, en proie à une terrible dépression, n'eut la force de participer à aucune de ces cérémonies.

Imbibée d'alcool et de calmants, en proie à des idées suicidaires, se demandant si sa peinture avait encore un sens, elle passait ses journées à traîner dans son atelier. Ses douleurs dans le dos avaient repris. Pour tenter de les soulager, les médecins l'avaient harnachée d'un corset en plâtre, d'une affreuse machine lestée d'un pain de plomb et d'un horrible appareillage sur le menton et dans le cou. Elle souffrait un enfer, physiquement et moralement ; un enfer qu'elle ne pouvait décrire. Elle avait perdu 15 livres en quelques jours et disait qu'elle « se sentait pourrie de l'intérieur ». Pour ne rien arranger, les spécialistes qui la suivaient avaient décrété qu'elle était atteinte d'une tuberculose des os, consécutive à l'accident de tramway, et recommandaient une intervention chirurgicale immédiate. À quelques jours de l'opération, elle reçut un coup de téléphone de son ami le docteur Léo Eloesser, chef de service au St. Luke's Hospital de San Francisco. Il avait longuement parlé avec Diego :

– Que veux-tu que ça me fasse ? lui répondit Frida.

– Je crois que vous ne pouvez pas vivre l'un sans l'autre. Vous aimez la peinture, toi les hommes et les femmes en général, lui les femmes…

– Oui, mais je souffre trop, Léo.

– Réfléchis. Diego ne sera jamais monogame, c'est idiot et antibiologique.

– C'est un bouc, qui me rend malade de jalousie.

– Alors, noie ta jalousie dans la ferveur du travail, de la peinture, de l'enseignement, de n'importe quoi. Pose tes conditions à Diego. Dis-lui quelles sont les limites à ne pas franchir, jusqu'où il peut aller. Et repartez sur de nouvelles bases.

– Tu veux qu'on se remarie ?

– Pas toi ?

– À vrai dire, je ne sais plus. J'ai trop mal, tout le temps, partout, la mort de Léon me tue, et la perspective de cette opération de merde m'anéantit.

– Il est hors de question que tu te fasses charcuter par ces bouchers. Viens à San Francisco. Diego souffre de te voir souffrir. Il est si malheureux. En un mot, il est prêt à te recevoir, chez lui.

– Avec sa Hongroise et la Goddard, merci !

– La « Hongroise » est partie depuis longtemps et sa relation avec Paulette commence à prendre l'eau.

Début septembre, l'avion de Frida atterrit à l'aéroport de San Francisco : Diego et Léo étaient venus la chercher.

53

Cela faisait un certain temps qu'elle n'avait pas vu Diego. Il n'avait guère changé : toujours aussi monstrueux, impossible, irrésistible, enfantin, tyrannique, drôle. Mais cette fois, il lui sembla plus attentionné, plus prévenant. « Je suis si mal en point ? » finit-elle par lui demander. Il ne répondit pas et la prit dans ses bras comme il le faisait parfois. Ils restèrent ainsi plusieurs heures dans le calme de son appartement sur les hauteurs de San Francisco. Tous deux évitèrent de parler de Trotski et de remariage, mais tous deux savaient que ces deux questions étaient là, bien présentes, qu'il faudrait sans doute un jour prochain les aborder de front. L'essentiel était ailleurs. Frida était là avant tout pour se faire soigner. Léo Eloesser voulait l'examiner le plus tôt possible.

Dans les jours qui suivirent, elle fut admise dans son service, au onzième étage du grand bâtiment carré du St. Luke's Hospital situé au 54th de Cesar Chavez Street.

Après une série d'examens – ponction lombaire, radiographie, injection de Lipiodol –, Eloesser réfuta le diagnostic alarmiste de ses collègues mexicains : la tuberculose osseuse était en réalité une solide infection rénale qui provoquait une irritation des nerfs passant par la jambe droite, doublée d'une forte anémie. Ce qu'il fallait à Frida, c'était avant tout du repos et un arrêt total de sa consommation d'alcool, le tout accompagné d'une électrothérapie et d'un traitement à base de calcium.

Bien que l'hôpital ne soit pas un lieu de réjouissance, Frida, au fil des jours, se sentait renaître, sa santé mentale et physique s'améliorait, et elle recommençait même à avoir envie de peindre. Elle était prise en charge, choyée, aimée, c'est comme si elle pouvait se reposer enfin de toutes ses années de douleurs et de crises. Diego venait la voir régulièrement et, doucement, l'idée d'un remariage s'immisça dans leurs conversations, par petites touches délicates, surtout d'ailleurs du côté de Diego.

Un jour, il lui dit qu'il était tellement heureux de la retrouver qu'il accepterait toutes ses conditions !

– Et lorsque tu auras accepté toutes mes conditions, nous nous rejoindrons pour toujours, c'est ça ?

– Oui, c'est exactement ça, répondit-il en l'embrassant sur la bouche, ce qu'il n'avait pas fait depuis très longtemps.

Le 4 octobre, Diego entra dans sa chambre du St. Luke's Hospital, brandissant une bouteille de champagne dans une main et un journal dans l'autre. Lui qui, c'est le moins qu'on puisse dire, n'avait pas pleuré la mort de son ancien camarade, hurlait dans la pièce :

– Trotski ! Trotski !

Frida, qui peignait une petite nature vive, *Natura viva del corazón arrancado*, posa sa palette et regarda Diego, vaguement dubitative. Qu'allait-il pouvoir bien lui dire, son roi-grenouille ? Cela faisait quelques jours qu'elle n'avait plus pensé à Léon, que les images du meurtre n'avaient plus défilé devant ses yeux. C'était comme un coup de canon qui l'aurait réveillée brusquement :

– Ils ont enfin foutu la main sur lui, le fumier !

– Mais de qui parles-tu ?

Celui qui successivement avait été présenté dans la presse comme un « héros persécuté par la bourgeoisie », comme une « demi-fou », « un aventurier irresponsable », et même comme un « traître vendu à Trotski », venait d'être arrêté.

– David Alfaro Siqueiros, ce salaud !

Frida fondit en larmes, demandant à Diego de lui montrer le journal. Elle voulait le toucher avec ses doigts, voir de ses propres yeux l'article annonçant l'incroyable nouvelle. Un gros titre barrait la Une : « Siqueiros tombe à Hostotipaquillo. » La traque avait duré plusieurs mois. Avec la patience qui le caractérise, le colonel Leandro Sanchez Salazar avait minutieusement ratissé tout l'État de Jalisco. Lui et ses hommes, déguisés en marchands de bimbeloterie, en paysans, en ouvriers agricoles, avaient visité chaque ferme, pénétré dans chaque église pour s'y confesser, allant même jusqu'à se faire couper les cheveux dans les boutiques des environs, voire à se faire passer pour des agents électoraux puisque l'État de Jalisco était en pleine campagne municipale. Ainsi, le 4 octobre, Siqueiros avait été cueilli par la police alors qu'il descendait au village pour aller retrouver des militants communistes chez le secrétaire de mairie.

– Vous avez vu ce qu'il a dit, cette ordure ! Vous avez vu, répétait Frida : « Je tiens ma participation à l'assaut du 4 mai et à l'assassinat de Robert Sheldon Harte pour un des plus grands honneurs de ma vie. » Quel salopard ! Quel chien !

Voyant que Frida commençait à beaucoup s'exciter, Diego déboucha la bouteille de champagne pour créer une sorte de diversion heureuse. Il fallait fêter l'événement ! Un jour comme celui-là était trop exceptionnel pour suivre à la lettre l'ordonnance du médecin, non ? Frida sourit, s'empara de la bouteille et but au goulot, puis s'arrêta, observant un homme qui s'était arrêté au seuil de sa chambre, à moitié dans la pénombre et n'osant visiblement pas entrer.

– Entre, entre, dit Diego, qui, dans l'euphorie du moment, avait totalement oublié d'introduire dans la pièce le jeune homme qui l'accompagnait.

Frida, la bouteille de champagne à la main, le dévisageait, visiblement troublée.

– Heinz Berggruen, poursuivit Diego, collectionneur d'art, marchand fort respecté, qui a fui l'Allemagne nazie et qui est actuellement responsable des relations publiques pour l'Exposition du Golden Gate. Il mourait d'envie de vous connaître.

– Oui, c'est vrai, dit l'homme, presque timidement.

Quelque chose était en train de se passer. Quelque chose que Diego avait espéré, comme un remède à la tristesse de Frida, comme un contrepoids à l'ennui de l'hôpital. Heinz était un beau jeune homme à l'allure quasi féminine, un être poétique, fragile, romantique, à l'opposé de la force théâtrale et tellurique sans cesse exhibée par Diego. Frida, à la seconde où cet homme mince aux grands yeux de fille était sorti de la pénombre de la porte d'entrée, avait été séduite. Diego était ravi. Heinz serait un excellent et doux ami pour Frida, le temps qu'elle resterait à l'hôpital, une sorte de confident, d'amoureux transi et serviable, qui ne risquerait pas d'entrer en concurrence avec lui. Très solennellement, il confia à Heinz le soin de s'occuper de Frida.

Ce que Diego, dans sa perversité diabolique, n'avait pas prévu, c'est qu'en réalité Heinz tomba immédiatement amoureux de Frida, bien qu'elle fût alitée et amoindrie par les traitements qui l'assommaient ; et que Frida, si heureuse de déclencher un tel désir, si folle de joie à l'idée de séduire encore à ce point, éprouva pour Heinz une attirance irrésistible. Diego occupé à peindre lui laissant le champ libre, Heinz vint voir Frida tous les jours pendant le mois que dura son hospitalisation. Et bien que ce ne fût pas un endroit rêvé pour une idylle, les deux jeunes amants – elle avait trente-deux ans, il en avait vingt-six – y passèrent ensemble d'intenses moments érotiques rendus plus excitants encore par le règlement de l'établissement qui interdisait aux malades de s'enfermer dans leur chambre. La porte battante provoquait un surcroît de danger qui donnait encore plus de piquant aux ébats des deux amants qui pouvaient à tout moment être surpris par un médecin ou une infirmière. Frida n'avait jamais éprouvé une telle excitation et Heinz vivait ces instants avec la passion débordante et l'ardeur vif-argent d'un jeune chien fou qui n'en revient pas de faire ainsi l'amour quotidiennement avec une des icônes de son temps.

Tant et si bien qu'au terme de sa convalescence, Frida, plutôt que de rejoindre Diego, partit à New York sous prétexte d'y organiser la nouvelle exposition que Julien Levy lui avait proposée pour l'année suivante. En réalité elle courait y retrouver son amant, au Barbizon Plaza, un hôtel luxueux qu'elle avait quitté en larmes moins d'un an auparavant lors de sa rupture avec Nickolas Muray.

L'automne new-yorkais, adouci par les couleurs chaudes de l'été indien, constitua pour Frida, du moins dans ses premières semaines, un moment de vrai bonheur. Heinz, follement amoureux, l'emmenait dans tous les endroits qu'elle affectionnait et lui en faisait découvrir d'autres auxquels il tenait particulièrement. Promenades dans Central Park, interminables discussions aux terrasses des cafés de Little Italy, dîners dans les petits restaurants du Lower East Side, fréquentation assidue des fêtes données par Julien Levy et le milieu des arts. Leur entente était d'autant plus réelle qu'ils se sentaient tous deux étrangers en terre américaine. Un rien les faisait rire. Ils trouvaient les habitants de « Gringoland » plutôt bizarres, extravagants, et ils les observaient avec le même humour acéré, la même distance, parfois une certaine condescendance : pour rien au monde, ils n'auraient vécu comme eux.

Pourtant, lentement leur relation s'effilocha. Heinz devenait jaloux, possessif, sans comprendre que Frida avait besoin d'un bras solide sur lequel se reposer. Heinz était un jeune homme drôle, léger, mais trop fragile, trop lunaire. D'une certaine façon, l'un et l'autre étaient trop proches, trop semblables. Frida attendait de Heinz qu'elle le protège ; Heinz attendait de Frida plus d'amour, plus d'engagement. « Tu ne m'aimes pas comme je t'aime. Tu n'es pas prête à tout laisser pour moi ! » lui dit-il un jour. Elle se contenta de le regarder tendrement et de lever les yeux au ciel. Heinz souffrait. Heinz était malheureux. Il sentait bien que leur histoire était en train de se terminer.

Diego, à cinq mille kilomètres de là, était lui aussi, à sa manière, malheureux. Frida lui manquait. Il téléphonait tous les jours, devenait insistant, redevenait jaloux. Un coup de téléphone nocturne fit tout basculer. Cela faisait déjà plusieurs fois que Diego avait parlé avec Frida dans la journée. Il était 3 heures du matin. Heinz et Frida venaient de rentrer d'une fête donnée par le peintre cubain Guido Llinás qui peignait de grandes toiles noires reprenant les tracés secrets de la Santería. C'est Heinz qui dérocha :

– Oui, Diego, elle est là, oui, je te la passe.

Au début, Frida répondait par bribes, par « oui », par « non ». Très rapidement, Heinz eut l'impression qu'il était de trop, que sa présence gênait la conversation. Frida ne fit rien pour le dissuader du contraire. Meurtri, il quitta la pièce. Réfugié dans la salle de bains, il entendait un mot sur deux, mais comprit l'essentiel. Frida riait, poussait des soupirs, parlait à mi-voix. Avant qu'elle ne raccroche, il l'entendit plusieurs fois dire : « Moi aussi, je t'aime. Moi aussi, tu me manques. » Quand elle vint le chercher dans la salle de bains, il vit à son visage que tout était fini.

– Tu vas retrouver Diego, n'est-ce pas ?

– C'est incompréhensible, je sais.

– Il ne t'a pas fait assez souffrir ? Qu'est-ce que tu cherches ? Qu'est-ce que tu veux ? Tu ne vas tout de même pas te remarier avec lui ?

– Si, peut-être…

Heinz avait presque les larmes aux yeux. Son monde s'écroulait. Quel idiot il avait été de croire qu'il pourrait lutter contre ces deux monstres. Frida et Diego, les deux têtes d'une même bête féroce qui détruisait tous ceux qui l'approchaient.

Frida, s'avançant vers Heinz, vint se frotter contre lui, toujours assis sur le rebord de la baignoire, sous la lumière blafarde du luminaire :

– On restera amis, Heinz, j'ai besoin de toi. J'ai besoin qu'on reste amis.

– Comme Alejandro, comme Noguchi, comme Nickolas, comme madame Breton. Non, si on se quitte, je ne te reverrai jamais.

– Ne dis pas des choses comme ça, murmura Frida, qui ne sentait pas que son jeune amant etait fou de rage.

– Il te les faut tous dans ton lit, les femmes, les hommes !

– Ne sois pas ordurier, veux-tu ?

– Comme Trotski, comme son garde du corps, jusqu'à son assassin, à ce qu'on raconte !

– Si tu ne te tais pas, petit connard, si tu prononces encore une fois le nom de Trotski, je te plante ce couteau dans le ventre, dit Frida, qui s'était emparé d'un des couverts traînant sur le plateau qu'ils s'étaient fait monter dans la chambre.

La nuit fut courte. Frida, qui avait dormi seule dans le lit, tandis que Heinz avait passé la nuit sur le canapé, quitta la chambre la première. Heinz dormait encore. Elle devait retrouver Julien Levy qui venait de lui vendre plusieurs toiles. Quand elle revint à l'hôtel, en début d'après-midi, Heinz était parti en réglant la note. Il n'avait laissé aucun message.

Elle téléphona à Diego pour lui annoncer qu'elle serait bientôt à San Francisco et qu'il « fallait qu'ils parlent ». Puis elle envoya un câble au docteur Eleosser pour lui demander de lui réserver une chambre dans un « hôtel pas trop chic », car elle n'avait pas trop de « pognon », pour le 28 novembre. Précisant qu'elle le priait d'être discret quant à la date de sa venue car elle ne voulait pour rien au monde assister à l'inauguration de la « foutue fresque de Diego » et encore moins « rencontrer la Paulette et ses autres poufiasses ». Eloesser lui répondit qu'il l'attendait et qu'il mettait sa maison à sa disposition.

54

On peut se demander quel était le plus surpris, de Frida ou de Diego, de se retrouver ainsi l'un en face de l'autre dans la maison de San Francisco. Frida était heureuse. Elle avait passé à New York des semaines de liberté totale, avait revu de vieux amis, avait vendu quelques tableaux, même ses douleurs semblaient avoir provisoirement disparu, quant à sa rupture avec son beau juif allemand qui se disait « ni Français, ni Allemand, ni Européen, même si la nationalité européenne restera toujours pour moi un rêve », ce n'était ni la première ni la dernière.

– Tu m'as tellement manqué, ma Friducha.

– Toi aussi, dit Frida, constatant que le plus sincère des deux devait être Diego.

– J'ai vraiment besoin de toi.

Frida regardait Diego, comme elle ne l'avait pas regardé depuis longtemps. Au fond, il était quelqu'un de triste, qui avait besoin d'une source de chaleur où se chauffer, d'un centre vital. Tantôt enfant, tantôt amant, tantôt mari, il ne supportait pas qu'on l'aime, qu'on veille sur lui, qu'on l'accompagne, alors que c'est ce qu'il demandait avant tout. Pourquoi était-elle revenue ? N'était-elle pas en train de s'enfermer de nouveau dans une relation qui avait failli la détruire ?

– Nous parlons bien de remariage, c'est ça ?

– Oui.

– Alors, je veux fixer les conditions.

– Mon amour, je suis si heureux de te « récupérer » que je consentirai à tout.

Frida sourit :

– Premièrement, je veux subvenir à mes besoins financiers grâce à mon propre travail.

– C'est d'accord.

– Je veux payer la moitié des dépenses de la maison.

– Bien.

– Je veux que nous n'ayons plus aucune relation sexuelle.

Diego hésita avant de répondre. Visiblement, cette clause ne lui convenait pas tout à fait. Il aurait souhaité un peu de souplesse.

– Non, Diego. Plus rien, tu ne me touches plus.

Il insista :

– Enfin, tout de même, pourquoi ?

– Pourquoi ? Parce qu'à chaque fois que je ferais l'amour avec toi, l'image de toutes les autres femmes avec lesquelles tu as baisé me traversera l'esprit. Elles seront toutes là, les pattes en l'air à me narguer. À commencer par ma sœur.

– Cristina est une histoire passée.

– Je n'oublierai jamais ça, Diego. Je veux bien redevenir ta femme mais cette histoire avec ma sœur, je ne l'oublierai jamais.

– Bon, plus de sexe entre nous.

– En revanche, chacun reprend sa liberté totale. Je baise avec qui je veux, femmes – ça tu t'en fous, je crois même que ça doit t'exciter –, hommes, et tu ne leur tires pas dessus avec ta pétoire !

– Tout ce que tu veux, Friducha.

Il fut décidé que le remariage aurait lieu le 8 décembre à México, puisque Diego, innocenté dans la tentative d'assassinat de Trotski et dans le meurtre de ce dernier quelques mois plus tard, pouvait rentrer chez lui. Il ne craignait plus ni la police ni les militants trotskistes désireux de se venger.

Quand le DC-2 de la Pan American World Airways se posa sur l'aéroport de México, Frida sortit de la torpeur qui l'avait envahie durant tout le voyage. Ses douleurs à la jambe avaient repris et elle avait dû avaler des calmants qui l'avaient jetée dans un état de somnolence profond. Elle imaginait qu'elle était une vieille Mexicaine solitaire faisant de ces choses ordinaires qui n'attirent personne : arroser ses pots de fleurs, donner à manger aux oiseaux, faire ses courses au marché de la Merced, s'arrêter prier au Zócalo, ce qui est absurde, préparer des repas simples – haricots frits, tomates, tortillas, chiles émincés.

Quand le DC-2 se pose sur l'aéroport de México, à demi-consciente, elle aperçoit un homme qui doit être son mari s'avancer vers elle. Il ressemble terriblement au peintre Diego Rivera, et lui dit en rigolant :

– On dirait une vieille reine solitaire, oubliée de tous !

55

Le 8 décembre 1940, jour du cinquante-quatrième anniversaire de la naissance de Diego, ceux que leurs amis avaient surnommés les « monstres sacrés » se marièrent pour la seconde fois. Nickolas Muray, arrivé de New York sans son épouse, photographia la cérémonie. Sur l'un des clichés, on voit Frida parée du costume d'Indienne tehuana qu'elle avait délaissé deux années durant, et Diego, énorme animal dionysiaque, tenir à la main le masque protecteur qu'il porte souvent sur ses échafaudages.

La trêve fut de courte durée. Tandis qu'ils s'avançaient sur un chemin couvert d'une épaisse poussière grise vers un grand bâtiment de brique rouge où ils avaient donné rendez-vous à leurs amis pour fêter l'événement, une dispute éclata. Alors que, sur le ton de la plaisanterie, Diego évoquait les femmes qui lui tournaient autour, assurant à Frida qu'elles n'avaient aucune importance pour lui et n'étaient en somme qu'un « amusement parmi d'autres » – Gitanes jouant les modèles, assistantes de « bonne volonté », disciples « intéressées par l'art de la peinture », jeunes délurées à la recherche de sensations fortes –, la conversation dériva on ne sait pourquoi sur un sujet politique : Diego reprochait à Frida de ne pas militer assez alors qu'elle était membre du Parti communiste, assurant que lui, qui en avait été exclu, était mille fois plus impliqué qu'elle dans la vie politique du pays. Au centre de leur débat, la signature d'une pétition récoltée pour la Paloma de la Paz destinée à dénoncer les injustices encore présentes au Mexique. Le ton monta et la dispute prit bientôt des proportions effrayantes. Pour toute personne extérieure à leur cercle d'amis, cette violence verbale, voire gestuelle, eût pu sembler la preuve d'un désaccord profond. Mais tous le savaient, les Rivera étaient toujours en crise. Mariés, divorcés, remariés, peu importe, si ce n'était pas leur amour qui était en question, c'était leur santé, leurs finances, leur vie sexuelle, leur peinture ou autre chose…

La soirée se déroula finalement comme on pouvait s'y attendre. Tout le quartier participa à la fête. Il y eut des feux d'artifice, des danses, des chants, la tequila coula à flot, et Frida, comme à son habitude, détourna les paroles d'une chanson populaire pour en chanter une de son cru dans laquelle elle disait qu'elle aimait son homme plus que sa peau et que bien que celui-ci ne l'aime pas de la même façon, elle savait bien qu'il l'aimait un peu et que cela lui suffisait, mais que pour rien au monde elle ne lui ouvrirait son lit et qu'il devrait aller tremper son biscuit dans une autre tasse de rhum !

Alors que l'aube se levait, Frida, qui avait dansé toute la nuit, offrit à Diego un dernier *zapateado* endiablé et alla rejoindre sa chaise, sous les yeux médusés d'un jeune homme qui avait passé toute la fête à la regarder sans dire un mot. On ne savait rien de lui, si ce n'est qu'il était professeur de français, écrivait des vers et venait d'arriver au Mexique. Soûl, comme il se doit, Diego l'invita à danser. Face au refus poli du jeune homme, il sortit son pistolet, le lui mit sous le nez en lui répétant que le *zapateado* était une danse facile et qu'il allait lui apprendre. Il fallut que Diego tire quelques balles entre les pieds du jeune réfractaire pour que celui-ci daigne accepter la proposition du marié. À la fin de la danse, Diego l'envoya valdinguer, n'omettant pas au passage de lui demander son nom, comme on le fait avec une jeune fille à la fin d'une danse. « Benjamin Péret », répondit ce dernier en quittant les lieux sous les rires gras et les mauvaises plaisanteries. Voilà comment se termina la fête. Frida était mortifiée. Au fond, rien n'avait changé : elle était toujours aussi jalouse et Diego toujours aussi odieux avec les jeunes hommes qui osaient manifester le moindre intérêt pour elle.

Plutôt que de rester ensemble, les jeunes mariés retournèrent chacun chez soi. Diego fit un passage par San Ángel, avant de s'envoler pour Treasure Island pour y continuer sa fresque, et Frida fut raccompagnée jusqu'à chez elle. La bouteille de whisky à la main, elle la leva devant le tableau qu'elle avait offert à Trotski en lui lançant un tonitruant « À la tienne, Barbichette, je viens de faire une belle connerie ! », puis s'affala dans un fauteuil et prit son journal. Sur la page de gauche, elle dessina une jeune mariée avec des ailes et un gros trou rouge à la place du cœur, et écrivit sur la page de droite : « Je ne crois pas en l'illusion. La vie est une grosse blague. »

Dans les semaines qui suivirent, de grands travaux furent entrepris. L'atelier de Frida fut agrandi, rognant un peu sur d'autres pièces, une chambre fut aménagée pour Diego et les murs de la maison furent une nouvelle fois repeints en bleu cobalt.

De retour de Californie, Diego, qui était retourné travailler à Treasure Island le lendemain même de son remariage, finit par venir s'installer rue de Londres tout en conservant San Ángel. Une nouvelle vie commença. Frida, se découvrant des vertus qu'elle ne se soupçonnait pas, se comportait en véritable petite femme d'intérieur, s'employant aux tâches domestiques, faisant le ménage, la cuisine, se rendant au marché avec sa sœur ou une amie acheter des fruits et des légumes, préparant pour Diego les plats qu'il aimait, allant même jusqu'à orner sa chambre de fleurs et de coussins brodés, et acceptant d'écouter sa « foutue musique classique ». De son côté, Diego l'accompagna aux matchs de boxe dont elle raffolait mais qu'il détestait.

Une vie commune reprit. Diego et Frida déjeunaient ensemble, se rendaient visite dans leur atelier afin de se montrer leurs dernières réalisations, ouvraient tous deux leur courrier, lisaient et commentaient la presse. En somme, pour certains, régnait dans la Casa azul une sorte de bonheur permanent, de joie de vivre, due pour une bonne part à Frida qui l'avait décorée de guirlandes multicolores, agençant de magnifiques tables où recevoir les amis, disposant ici et là des coupes pleines de fruits, d'immenses bouquets de fleurs, et invoquant le moindre prétexte pour sortir les couverts de fête, déboucher une bonne bouteille de vin, cuisiner un plat mexicain roboratif. Frida, à qui voulait l'entendre, déroulait toujours le même discours : « Le remariage fonctionne formidablement bien. On ne se dispute presque plus, et pour ce qui me concerne, j'ai enfin admis que la vie était ainsi faite, qu'il fallait l'accepter avec ses bons et ses mauvais côtés, et que tout le reste n'est que foutaise. »

Mais ce bonheur était un bonheur de façade. La situation financière de Frida ne s'était guère améliorée, la vente de tableaux était difficile, quant à sa santé, elle était toujours aussi chancelante et lui faisait passer des « moments amers ». Épuisée, de nouveau taraudée par son mal de dos et des douleurs aiguës aux extrémités du corps, les mains à vif marbrées de plaies roses, elle ne cessait de maigrir, faisait de l'asthénie et avait des cycles menstruels de plus en plus irréguliers. Un court répit survint quand le docteur Carbajosa lui prescrivit un traitement hormonal qui régla ses menstrues et fit disparaître l'infection de peau qui lui rongeait les doigts de la main droite.

À côté d'un dessin représentant une femme au corps en lambeaux, maintenu par des sangles de cuir pour éviter qu'il ne s'ouvre comme un fruit trop mûr, elle écrivit dans son journal : « 1 000 opérations – corsets de plâtre – médicaments au goût de pisse – descente d'organe – mains couvertes de champignons – peut-être ai-je le droit d'être malheureuse ? »

Diego avait gardé San Ángel pour y peindre mais aussi pour y amener ses amantes quand le besoin s'en ferait sentir. Cela ne tarda pas. Frida sut par une indiscrétion que Diego retournait fréquemment dans son atelier non pour s'entretenir avec son agent, Emma Hurtado, des tendances du marché de l'art, mais pour coucher avec celle qu'elle avait surnommée «*la hurtadora*» – la «voleuse». Dans la semaine qui suivit, Frida reprit contact avec Ricardo Arias Vinas, amant de toujours, avec lequel elle n'avait jamais réellement rompu, et entama avec lui une nouvelle liaison. Le pacte signé était donc respecté : chacun faisait l'amour avec qui il voulait. Affirmer que cela rendait Frida heureuse, c'était une autre histoire. Souvent la signature des pactes n'a guère à voir avec leur application concrète.

En fait, la seule chose qui rendait vraiment Frida heureuse, c'était la Casa azul. Elle vivait là une sorte d'isolement volontaire qui lui apportait une forme de sérénité. Ce refuge était comme le prolongement de son corps. Chaque pierre, chaque meuble, chaque pièce, chaque arbre, fleur, animal, imprégnés de la mélancolie du souvenir et de la marque de la douleur, et parfois du bonheur, lui rendaient l'équilibre qui longtemps lui avait fait défaut. Les troncs des magnolias, les feuilles des ahuehuetes, les lianes, les oiseaux, les chiens, les statuettes précolombiennes, les colombes couvrant les visiteurs de déjections, les poupées Judas, le couple de singes-araignées, le cerf nain, la poule, le chat, l'aigle, faune et flore, architecture, odeurs, c'était un monde vivant, quotidien, dont elle était le centre, qui gravitait autour d'elle et qui, par intermittence, la rendait folle de joie.

Le dernier samedi avant Noël, alors qu'une aube venteuse l'avait réveillée, secouant les feuilles des arbres tandis que le soleil levant brillait à travers une brèche de nuages jaunes, elle repensa à Léon. L'an passé, à la même date, ils avaient longuement regardé ensemble les énormes fleurs rouges, implacables et sans taches du poinsettia planté à l'angle des rues Hamburgo et Napoles.

Léon ne connaissait pas cet arbre splendide aux fleurs pourpres qu'on appelle *Noche buenas* et qui sont les fleurs de Noël. « Elles remplacent le houx, en somme... », avait-il dit. « Oui », avait répondu Frida. Ce jour-là, Léon avait offert à Frida un bouquet d'héliotropes qu'il avait acheté quinze centavos. C'est celui-là même, fané, qu'elle tenait dans une main, tandis que de l'autre elle appelait Ricardo Aria Vinas afin qu'il arrive immédiatement : elle voulait faire l'amour avec lui.

Bien que Diego fût absent pour plusieurs jours, elle ne voulait plus avoir aucune relation avec ses amants à la Casa azul. C'était un lieu sacré dont personne ne devait franchir la porte. Elle demanda à Ricardo de l'emmener dans un petit hôtel de San Agustín Acolman, un village situé à moins de quarante kilomètres au nord-est de México. Sur la route empierrée, que les pluies avaient déjà commencé de défoncer, la voiture faisait des embardées de trou en trou. Des flaques d'eau stagnaient ici et là et des fleurs roses et jaunes y jaillissaient comme par enchantement. Au lointain, les collines devenaient une masse verte opaque.

Après une grosse heure de route, durant laquelle la voiture avait traversé des villages posés entre des vergers de citronniers et des étendues de désert pierreux, elle arriva à San Augustín Acolman. À partir de la place de l'Église, s'entrecroisait un dédale de rues en pente, d'escaliers et de placettes bordés de maisons basses. C'est dans l'une d'elles, remontant à l'époque coloniale, que les chambres de l'hôtel Remo se cachaient, derrière une belle façade bleue et rose.

Le patron, derrière son guichet, regarda longuement Frida sans rien dire. Ricardo s'en aperçut mais ne fit aucune remarque, pensant simplement qu'il avait reconnu la grande Frida Kahlo, femme de Diego Rivera. Mais la réalité était tout autre. Et Frida et le patron gardèrent pour eux le secret caché au fond de leur regard : Frida était venue dans cet hôtel à plusieurs reprises avec Léon.

– La chambre 501 vous conviendra parfaitement. Elle est spacieuse et donne sur de grands manguiers qui déploient leurs feuilles comme des ombrelles.

– C'est parfait, dit Ricardo, attendant de Frida un signe d'approbation.

Elle fit « oui » de la tête. Cette chambre était celle qu'elle prenait toujours lorsqu'elle venait avec Léon.

Ricardo fut égal à lui-même, attentif et efficace. Faisant en sorte que Frida ne soit jamais blessée par un mouvement trop brusque qui aurait vu son corset transformer son plaisir en douleur. Frida se laissa faire, en toute confiance, se laissa emporter. Et lorsqu'elle jouit enfin, elle ferma les yeux et sourit à l'homme qui la regardait. Mais l'homme ne savait pas que ce n'était pas lui qu'elle voyait, ni un autre d'ailleurs. Ce qu'elle voyait, c'était une scène, comme dans un rêve. Elle se voyait étaler une nappe d'un blanc immaculé dans un bosquet de vieux poivriers au tronc noueux où des oiseaux chantaient. Elle sortait tranquillement des paniers, étalant sur la nappe des plats remplis de tamales au porc dans des feuilles de banane, des chayottes farcies, des figues de Barbarie panées et plusieurs bouteilles de vin, tandis que s'asseyaient bientôt en riant Léon, Natalia, Sieva leur petit-fils en maillot de bain, et elle, Frida. C'était une scène de bonheur qui la fit pleurer dans les bras de Ricardo qui, pensant qu'il avait été un amant extraordinaire, en tira momentanément une forme d'orgueil. Puis Frida éclata de rire, explosant bientôt en un immense fou rire qu'elle ne parvenait pas à stopper. Alors qu'elle se dégageait des bras de Ricardo, celui-ci en prit ombrage, demandant à Frida ce qui la faisait rire à ce point. Elle ne put lui répondre. Qu'aurait-il pu comprendre ? Elle venait de voir Léon surgir de son passé, du passé de ce pique-nique, son petit chapeau de paille ridicule qu'il portait toujours en ces occasions sur la tête, et Sheldon, l'appareil photo à la main, voulant absolument immortaliser ce moment : Diego embrassait Natalia sur le front en faisant une grimace horrible, Sieva, au garde-à-vous, tirait la langue, les gardes du corps alignés derrière les convives, telle une équipe de football, louchaient en tenant entre leurs dents un couteau, quant à Frida et Léon, ils se serraient amoureusement l'un contre l'autre, chacun faisant à l'autre des oreilles de lapin derrière la tête.

– À quoi penses-tu ? demanda Ricardo. Tu peux me le dire ?

– Si je te le dis, tu ne comprendras pas.

– Dis-le-moi toujours.

– Je pense à Trotski avec son affreux petit chapeau de paille sur la tête, et à la joie extraordinaire qui était alors la sienne ce jour-là.

– Tu as raison, je ne comprends pas ce que tu racontes, dit Ricardo, sans agressivité, tout en finissant de se rhabiller.

56

En janvier 1941, il restait à Frida moins de treize ans à vivre. Pendant que Diego s'engageait dans l'édification d'une sorte de maison-mausolée à Anahuacalli, musée à sa gloire et à celle des milliers d'objets d'art précolombien qu'il avait amassés durant sa vie, Frida participa à plusieurs expositions collectives au Mexique et à l'étranger. Ces années furent fécondes, durant lesquelles elle peignit beaucoup de tableaux très importants : *Lucha María*, *Une fille de Tehuacan*, *Autoportrait à la natte*, *La colonne brisée* ; certains très sombres comme *Le masque, Sans espoir*, *Le poussin*. Mais, encore une fois, elle savait que ce bonheur était fragile.

Elle s'en convainquit : sa vie était devenue un calvaire. Malgré les interventions chirurgicales à répétition, aucune amélioration n'était en vue. Rien qu'en 1944, elle dut porter un nouveau corset d'acier, subir une ponction lombaire, une laminectomie et une greffe de la colonne vertébrale, faire face à des transfusions sanguines qui l'épuisaient, à des injections de Lipidol qui la rendaient amorphe et à un traitement des plus lourds à base d'arsenic. L'année suivante, son corset de plâtre fut remplacé par un corset en fer. Frida allait de plus en plus mal. Au délabrement physique s'ajoutait le délabrement moral. Le va-et-vient entre amour et haine qui agitait son couple la détruisait lentement. L'idylle que Diego vécut alors avec la pulpeuse María Felix la mortifia et l'aventure qu'elle entama avec Dolores Del Río ne soigna nullement ses plaies affectives. En 1950, après une longue série d'injections sous-cutanées à base de gaz légers, elle finit par entrer de nouveau à l'hôpital pour y subir sa septième opération de l'année. Cette fois elle y resta un an, dans une chambre devenue une sorte de capharnaüm où chacun pouvait passer, causer, refaire le monde, boire, chanter, assister à une séance de cinéma. Entre les moments d'amitié et ceux consacrés à la médecine, Frida peignait, parfois jusqu'à cinq heures par jour, couchée sur le dos, à l'aide de son chevalet aménagé, recevant toutes les trois heures des injections d'antibiotiques. Quand elle sortit, elle dut se rendre à l'évidence : elle porterait désormais en permanence un corset destiné à soutenir sa colonne vertébrale et ne se déplacerait plus qu'en fauteuil roulant. C'est d'ailleurs ainsi que la représenta Diego, sur sa toile exposée au Palais des Beaux-Arts, *Cauchemar de la guerre, rêve de la paix*.

Mais Frida, qui se souvenait avoir remarché très vite après son accident de tramway, refusait cette vie diminuée, vomissant les regards condescendants qui la dévisageaient. En avril 1953, la première grande exposition rétrospective de ses œuvres fut organisée à la Galería de arte contemporáneo. Alors que tout le monde pensait qu'elle ne viendrait pas au vernissage, elle fit une apparition théâtrale, trônant dans un lit à baldaquin, maquillée, arborant de grandes boucles d'oreilles en or, habillée de vêtements de couleurs vives, une cape en velours sur les épaules. Toute la soirée, les amis défilèrent devant elle. Jusque tard dans la nuit, on but beaucoup, on s'amusa, on chanta de vieilles chansons mexicaines, au son des tambours, des crécelles, des battements de pieds, tandis que des *concheros* en costumes couverts de coquillages et la tête coiffée de grands chapeaux de plumes s'agitaient au son des flûtes et des tambours. Frida but une bouteille de brandy et sut repérer dans l'assistance un jeune homme blond qui, deux jours plus tard, se retrouva dans son lit. Leur relation dura trois semaines durant lesquelles elle imagina qu'elle était de nouveau heureuse.

Mais à quoi bon ? Elle pouvait toujours organiser des fêtes, sa vie était de plus en plus sombre, aussi grise que la roche volcanique qui avait servi à la construction de la « pyramide » de Diego. La réalité, crue, était là, dure comme le granit. Celle des opérations et des rechutes qui la clouaient dans sa chambre-atelier. Celle du fœtus qu'un médecin lui avait procuré et qui, flottant dans son bocal de formol et trônant sur une de ses étagères, était censé remplacer l'enfant qu'elle n'avait jamais eu. Celle des drogues qu'elle absorbait en quantité et qui lui faisaient proférer les plus ignobles injures à l'encontre des êtres qu'elle avait aimés, comme ce jour où elle confia à un journaliste de *L'Excelsior*, que Trotski était un lâche, un voleur, un « cinglé », et que, s'il n'y avait eu qu'elle, jamais elle n'aurait hébergé ce « révolutionnaire », et que dès son arrivée au Mexique Frida avait compris qu'il se trompait !

C'est quelques jours plus tard, tandis qu'elle lisait dans le journal le résultat de ce maudit entretien et se disait que décidément « quand elle était bourrée elle racontait n'importe quoi », qu'elle tomba, quelques pages plus loin, sur des propos tenus par Diego, alors en voyage aux États-Unis, et qui la jetèrent dans un désespoir profond. Elle était parfaitement consciente que le lien qui la rattachait à Diego était incompréhensible pour la plupart des gens, mais par moments, quand elle butait sur des déclarations aussi terribles que celle qu'elle était en train de lire, cela la couvrait de honte : « Comment pouvait-elle vivre avec un type pareil ! » Diego, qui avait entamé une procédure de réintégration dans le Parti communiste, et sans doute pour se faire bien voir de ses membres influents, expliquait le plus simplement du monde qu'il avait fait venir Trotski au Mexique pour l'attirer dans un piège, et qu'il était l'instigateur de l'élimination de ce dangereux dissident ! Elle se dit qu'elle avait bien fait de refuser à ce sale type, juste avant qu'il ne parte pour les États-Unis, d'utiliser le stylo de Trotski, comme il en avait émis le désir, pour signer sa demande de réadmission au Parti communiste !

Furieuse, elle téléphona à Diego :

– On ne peut pas à ce point bafouer la mémoire d'un mort.

La réponse du grand homme fusa, nimbée de son habituelle élégance :

– Surtout lorsque sa femme a couché avec lui !

– En 37, encore une fois, je n'étais pas ta femme, Diego, dit Frida en raccrochant le combiné du téléphone, afin d'abréger cette conversation inutile.

Elle passa le restant de la journée à somnoler dans son fauteuil roulant, songeant à une promenade sur le lac de Guadalajara avec Léon. Elle était dans une barque. Les eaux pâles de ce lac avaient quelque chose d'apaisant. Le bateau avançait, la voile creusée comme un coquillage, sa coque noire et effilée glissait sur l'eau. Elle avait une bonne et une mauvaise nouvelle à communiquer à Léon. Léon choisit l'ordre : la bonne puis la mauvaise. La bonne, c'était qu'on venait enfin de trouver la véritable identité de son meurtrier. Il ne s'appelait ni Jacques Mornard, ni Frank Jacson, mais Ramón Mercader del Río. La photo publiée dans la presse ne montrait pas cet homme un peu las, vieilli, le front barré de deux rides, d'apparence désinvolte et en réalité plein d'amertume, qu'ils avaient connu, mais un jeune homme aux cheveux noirs et abondants, au front lisse, aux yeux en amande, à la bouche grande et sensuelle, d'un caractère énergique, celui qu'il avait mis au service des milices communistes au sein desquelles il avait combattu en Espagne.

– Et la mauvaise nouvelle ? demanda Léon.

– La gangrène a attaqué ma jambe droite. On m'a fait comprendre qu'il faudrait mieux me l'amputer « à hauteur du genou »..

57

L'opération effectuée, le retour à la Casa azul fut difficile. En février 54, plusieurs mois après l'intervention, Frida reparla de suicide. Jamais elle n'avait autant souffert. Elle le dit à ses amis. Elle le dit à Diego. Elle le dit à Léon, à qui elle parlait chaque nuit. Heureusement, la peinture était toujours là. Ce qu'elle appelait des « Natures Vives », criardes, passionnées. D'autres plus « politiques » : *Frida et Staline*, *Le marxisme donnera la santé aux malades*. En peignant ces deux toiles, elle voulait établir un lien profond entre la politique et sa vie. Elle confia ce souhait à Léon, lorsqu'elle se retrouva seule avec lui dans sa chambre-atelier : « Pour la première fois, ma peinture tente d'aider la ligne tracée par le Parti. Vive le réalisme révolutionnaire… » Trotski sourit. S'il avait aimé follement Frida, ce n'était pas pour la pertinence de son analyse politique. Il respectait sa peinture, ses engagements politiques qui étaient réels, authentiques, mais si la peinture avait changé quoi que ce soit à la ligne d'un parti, cela se saurait su. Réalité ou rêve ? Dans quel espace se situait cette conversation ? Frida ne savait plus. Ses journées et ses nuits se déroulaient dans une sorte de magma étrange, un brouillard. Les parois entre les deux étaient poreuses. Ce qu'elle savait avec certitude, c'est que sa peinture était désormais plus frénétique, plus désordonnée ; ses couleurs heurtées, aveuglantes, primaires ; sa technique moins sûre mais plus authentique, suivant les mouvements de l'âme, les balbutiements de la pensée, les tremblements du corps meurtri. Devant le silence et le sourire de Léon, elle reformula sa phrase, et qu'importait la contradiction : « Ma peinture n'est pas révolutionnaire. Pourquoi essaierais-je de me faire croire que ma peinture est une peinture de combat ? Qu'ai-je vraiment à voir avec la finalité éducative que le Parti assigne à l'art ? »

Frida bougeait de moins en moins, s'enfermant dans une peinture qui avait perdu son centre. Les fruits de ses « Natures Vives » étaient transpercés par la hampe acérée d'un drapeau, couverts d'inscriptions militantes, de très symboliques colombes. Ses escapades aux jardins flottants de Xochimilco, au marché de Toluca où elle achetait des rubans aux Indiennes qui les étalaient sur de petits tapis, elle ne les faisait plus que dans ses songes qu'elle prenait pour la réalité. La Casa azul était en train de se refermer sur elle comme un piège dont même la peinture ne parvenait plus à la libérer.

58

À mesure qu'on approchait de l'été, Frida sentait qu'elle vivait des jours d'inquiétude et de trouble. Parfois, elle passait de longues heures dans le jardin au milieu de ses plantes et dans la compagnie de ses animaux préférés, le regard apeuré et les doigts tentant de toucher une vie qu'elle sentait s'éloigner lentement.

Après son retour de l'hôpital, les médecins lui avaient recommandé un repos presque absolu et du calme. C'était ne pas la connaître. Certes, elle sortait de moins en moins, semblait souvent absente, mais le feu qui la consumait était toujours aussi vif. Le 2 juillet, elle participa à une manifestation contre l'intervention de la CIA au Guatemala, virulente, poing levé dans son fauteuil roulant poussé par Diego. Le soir même, elle dut s'aliter : la broncho-pneumonie contractée plusieurs semaines auparavant avait repris de plus belle.

Quatre jours plus tard, elle dessina quelques pages dans son journal, y écrivit en forme de boutade : «J'espère que la sortie sera joyeuse – et j'espère ne jamais revenir», et commença un étrange tableau, qu'elle peignit dans son lit à baldaquin, la toile étendue sur sa poitrine, et qu'elle sous-titra : « Utile au mouvement révolutionnaire ». Sur un fond désertique, Trotski apparaissait, plutôt jeune et fringant, entouré à sa droite d'une troupe de squelettes et à sa gauche d'une armée d'hommes et de femmes, les premiers portaient une arme à la main et les secondes un bocal de formol dans lequel baignait un fœtus. Elle attendit quelques jours qu'il soit bien sec pour recouvrir la tête de Trotski et mettre à la place celle de Staline. Quand elle le regardait, elle était la seule à savoir que sous Staline se cachait en réalité l'homme qu'elle avait tant aimé. Ce serait en somme sa dernière blague, son pied de nez à tous ces dogmatiques qui, comme elle disait, lui « cassaient les couilles qu'elle n'avait pas ! » C'était sans compter avec la réalité quotidienne. Entrant dans la chambre, Daphné, l'infirmière qui la veillait depuis sa sortie d'hôpital, éclata d'un rire sonore qui montrait que le secret avait été éventé. En bonne vivante animée d'un bon sens qui donnait foi en la vie, elle demanda à Frida pourquoi « monsieur Trotski » avait été remplacé par ce « boucher de Staline » :

– Pour te faire parler, Daphné, dit Frida.

– Dites plutôt que vous ne voulez pas que monsieur Diego le voie parce qu'il serait jaloux…

– C'est un peu ça, dit Frida, mais aussi parce que tous ceux qui regardent le tableau ne voient que Staline, et pour cause. Si jamais quelqu'un l'achète pour Staline, il achètera en réalité Léon Trotski !

Il est vrai que Diego n'avait que très rarement été aussi présent, allant même parfois jusqu'à dormir dans la chambre de Frida pour ne pas la laisser seule. Le 11, elle lui rendit la bague qu'il lui avait offerte pour leur vingt-cinquième anniversaire de mariage : « Ça ne me servira plus à grand-chose, maintenant... » Le 12, alors qu'elle avait consommé une bouteille entière de brandy, dans l'espoir d'anesthésier sa douleur chronique, et absorbé de grandes quantités de Demerol et de Seconal, elle s'allongea sur son lit, disant à Diego et à Daphné que tout allait bien. Ce n'est pas pour rien qu'elle se qualifiait elle-même de grande « dissimulatrice ».

Une fois allongée, elle se souvint de la métaphore de Léon : « la vie est une sorte de circuit automobile sur lequel chacun accomplit le nombre de tours qui lui a été imparti et dont bien évidemment il ne connaît pas le nombre exact ». Pour Frida, cela ne faisait aucun doute : sa course était achevée – plus de distance à parcourir, plus de carburant dans le réservoir.

Elle attendit donc que Diego soit parti et demanda à Daphné de lui apporter la boîte en fer-blanc peinte aux couleurs du Mexique qui se trouvait dans son atelier à côté de ses bols remplis de pinceaux. Frida faisait partie de ces êtres qui gardent tout, refusant de choisir dans ce qu'il faut jeter de la vie, envahis par leur passé, submergés par leur mémoire, comme engloutis sous un flot de sensations, d'émotions, de questions, de réponses, déchets, détritus, objets cassés, vêtements élimés, carnets remplis d'adresses où les gens n'habitent plus. Et lorsqu'on ouvre une de ces boîtes d'où peuvent jaillir le souvenir le plus inattendu, le fragment de mémoire le plus douloureux, la plus grande tristesse, la mort soudaine, une passion ancienne qu'on croyait à jamais oubliée et qui revient, alors on ne peut y résister. Et l'être sombre. Et la tête éclate de tous ces souvenirs que la mémoire n'a su trier. Frida ne résista pas à l'ouverture de la boîte. Buvant un dernier verre de brandy, absorbant une poignée de cachets, elle regarda une dernière fois le portrait de Staline dans lequel elle ne voyait que Trotski qui lui apparaissait sous le premier visage, puis sombra dans un sommeil profond en chantonnant le *corrido* ingénu et plein de ferveur populaire que la foule avait entonné pour accompagner le cortège funéraire du leader russe qui traversait México : « Trotski est mort assassiné/ de la nuit au matin/C'est un mardi après-midi qu'eut lieu cette tragédie fatale/ qui a bouleversé le pays/ et toute la capitale. » En profitant au passage pour injurier la mort, cette Pute chauve, *Pelona*, cette Belle du bal, *Catrina*, cette Cramée, *Tostada*, cette Tante des filles, *la Tía de las Muchachas*, ces Vieilles Dents de lapin, *Mera Dientona*, cette Baisée, *Chingada...*

Puis, une petite brise légère entra dans la pièce, comme celle qui soufflait sur les jardins flottants de Xochimilco, le jour où elle et Léon avaient fait l'amour pour la première fois au milieu des bateaux pleins de fleurs et des chants. Puis tout s'arrêta, mais très doucement, comme une lente soirée d'été qui décline. La fraîcheur du lac disparut lentement. Frida marchait seule sur une route. Sur la droite, la montagne s'élevait à pic, brûlée et jaune ; elle renvoyait la chaleur du soleil et exhalait une légère odeur de sécheresse, particulière au Mexique. On aurait dit l'évaporation d'une terre chaque jour un peu plus calcinée. Sur la gauche, des files d'ânes chargés trottaient dans la poussière. L'épaisse couche de terre rouge de la route lui brûlait les pieds. Elle avançait vers un petit pont lumineux, très blanc, presque éblouissant. Se disant, qu'ai-je besoin de pieds pour marcher, puisque j'ai des ailes pour voler ?

Le 13, Daphné l'infirmière pénétra dans la chambre et découvrit Frida, les yeux ouverts, les mains glacées. Frida venait de mourir, c'est-à-dire de faire une sortie monumentale et très silencieuse.

Daphné cacha la bouteille de brandy et les boîtes de médicaments, déplaça le tableau dans une autre pièce et laissa un léger filet d'air pénétrer dans la chambre. On parla d'une embolie pulmonaire. Diego lui coupa les veines avec un scalpel, pour confirmer sa mort. Le cercueil ouvert fut conduit sous une pluie battante au Palacio de Bellas Artes. Refermé, recouvert d'un drapeau rouge frappé de la faucille et du marteau, il donna lieu à une échauffourée politique ponctuée de poings levés et d'une *Internationale* entonnée par la foule.

Conduite au crématoire civil de Dolores, Frida, comme l'écrivit un poète, « très droite, assise dans le four, cheveux brûlant comme une auréole, sourit à ses amis avant de disparaître ». Puis Diego disposa ses cendres dans une urne, ferma les yeux et en mangea une poignée.

Quand il rouvrit les yeux, la pluie avait cessé. Il pensa : « Bientôt, les oiseaux migrateurs reviendront du nord. »

REMERCIEMENTS

Jorge Luis Borges énonce, à juste titre, qu'un écrivain est avant tout un lecteur. Un livre comme *Un amour de Frida Kahlo* n'aurait pu être écrit sans l'apport de développements intellectuels, d'hypothèses, de démonstrations, d'essais, de romans, de pistes proposées par des auteurs qui ont nourri mon travail. Qu'ils soient ici remerciés :

Henriette Begun, Erika Billeter, James Bridger Harris, Alain Brossat, Pierre Broué, Olga Campos, Emilio Cecchi, Marie-Pierre Colle, Bernadette Costa-Prades, Isaac Deutscher, Chantal Duchêne-Gonzalez, Max Eastman, Victor Fosado, Gisèle Freund, Carlos Fuentes, Julian Gorkin, Salomon Grimberg, Serge Gruzinski, Jorge Hernandez Campos, Natalia Ivanovna Sedova, Jean Van Heijenoort, Haydeb Herrera, Jauda Jamis, José Juarez, Frida Kahlo, Barbara Kingsolver, J.M.G. Le Clézio, Isaac Don Levine, Patrick Marnham, Leo Matiz, Tina Modotti, Carlos Monsivais, Dolores Olmedo, Camilo Racana, John Reed, Lionel Richard, Guadalupe Rivera, Leandro Sanchez Salazar, Arturo Schwarz, Victor Serge, John Sillevis, Tim Street-Porter, Léon Trotski, Sergio Uribe, Rafael Vasquez Bayod, Mariana Yampolsky.

DU MÊME AUTEUR

LE CYCLE DES ENFANTS S'ENNUIENT LE DIMANCHE

Les enfants s'ennuient le dimanche, Hachette, 1985 ; Babel/Actes Sud, 1999.
Une chambre à Turin, Éditions du Rocher, 2002, Folio/Gallimard, 2002. Prix Cazes-Lipp 2002.
Spaghetti !, Gallimard, 2005.
Miss Monde, Gallimard, 2007.
Le géorama Montparnasse, in *Paris Portraits*. Folio/Gallimard, 2007.
De Gaulle en maillot de bain, Plon, 2007.
Gitane sans filtre, Gallimard, 2008.
Giscard en short au bord de la piscine, Plon, 2010.
La légende des 24H du Mans, Albin Michel, 2014. Prix de l'Association des Écrivains sportifs 2014.

LE CYCLE DES VICE-ROIS *(4 TOMES)*

1. *Assam*, 2002. Le livre de poche, 2004. Prix Renaudot 2002.
2. *Aventino*, Albin Michel, 2005. Le Livre de Poche, 2007.
3. *Les Vice-Rois*, Actes Sud, 1998. Babel/Actes Sud, 2000 ; J'ai lu, 2002 ; Folio/Gallimard, 2011. Prix du roman historique de la ville de Blois, 1999 ; Prix Baie des Anges, 1999.
4. *Cyclone*, Actes Sud, 2000. Babel/Actes Sud, 2002 ; J'ai lu, 2004 ; Folio/Gallimard, 2010.

LE CYCLE BIOGRAPHIQUE HISTORIQUE

Le temps revient, L'Avant-scène, 2002.
Banditi, Albin Michel, 2004. Le Livre de Poche, 2006.
Laura, Plon, 2006. Folio/Gallimard, 2008.

Indigo, Plon, 2009. Prix Paul Féval, 2009.
La belle endormie, Éditions du Rocher, 2009 ; J'ai lu, 2011.
Miroirs, Plon, 2011. Folio/Gallimard, 2014.
L'An prochain à Grenade, Albin Michel, 2014. Prix Méditerranée 2014. Le Livre de Poche, 2015.

LE CYCLE BIOGRAPHIQUE AUTOBIOGRAPHIQUE

Le livre de la morte, Aubier-Montaigne, 1980.
Giuliana, Belfond, 1986. Le Livre de Poche, 1987 ; Babel/Actes Sud, 1998.
Elle demande si c'est encore la nuit, Belfond, 1988.
L'Amour dans la ville, Albin Michel, 1993. Le Livre de Poche, 2005.
L'Ange de mer, Flammarion, 1995.
La course de sa vie, in *Va y avoir du sport*, Gallimard, 2006.
Méli-Mélo a la tête à l'envers, Gallimard, 2007.

LE CYCLE DE L'ESSAI BIOGRAPHIQUE

Dossier Paul Auster, Anagrama, 1996.
Le New York de Paul Auster, Le Chêne, 1996.
La Solitude du labyrinthe. Entretiens avec Paul Auster, Actes Sud, 1997. Réédition augmentée, Babel/Actes Sud, 2004.
Le Madrid de Jorge Semprun, Le Chêne, 1997.
Hemingway à Cuba, Le Chêne, 1997. Folio/Gallimard, 2002.
Jean-Marie Gustave Le Clézio : le nomade immobile, Le Chêne, 1999. Folio/Gallimard, 2002.
Philippe Sollers ou la Volonté de Bonheur, roman, Le Chêne, 2001. Folio/Gallimard, 2007.
Jorge Semprun, l'écriture de la vie, Folio/Gallimard, 2004.
Paul Auster's New York, Le Livre de Poche Hachette, 2004. Nouvelle édition, revue et corrigée, sous le titre *Le New York de Paul Auster*, Le Livre de Poche Hachette, 2010.

Jean-Marie Gustave Le Clézio, CulturesFrance/Gallimard, 2009.
Le roman de Hemingway, Éditions du Rocher, 2011.
Pierre Benoit, le romancier paradoxal, Albin Michel, 2011. Prix 2012 de la biographie de la ville d'Hossegor ; prix 2012 de la biographie de la Forêt des Livres ; Prix Pierre Benoit de l'Académie française 2013.

LE CYCLE BIOGRAPHIQUE PICTURAL

Antonio Saura, l'exil biographique, La Différence, 1990.
Tobiasse ou le patient labyrinthe des formes, La Différence, 1992.
Antonio Saura, La Différence, 1994.
Ateliers d'artistes, Le Chêne, 1994.
Richard Texier, La clé du monde, Somogy, 1997.
Zao Wou-Ki, La Différence, 1998.
L'Acier sauvage (avec des photos de Hélène Moulonguet), Actes Sud, 2000.
Lumières (avec des photos de Gilles Martin-Raget), collectif, Actes Sud, 2002.
L'atelier intime, Éditions du Rocher, 2006.
Richard Texier, La route du Levant, Somogy, 2006.
Frida Kahlo ou la beauté terrible, Albin Michel, 2011. Livre de Poche Hachette, 2013.
Frida Kahlo par Gisèle Freund, Albin Michel, 2013.
Frida Kahlo, Diego Rivera, l'art en fusion (collectif), Musée d'Orsay et de l'Orangerie / Hazan, 2013.

LE CYCLE BIOGRAPHIQUE DU VOYAGE

Le Surréalisme, MA éditions, 1985 ; réédition augmentée : *Le Monde du Surréalisme*, Veyrier, 1991 ; réédition augmentée : *Le Monde du Surréalisme*, éd. Complexe, 2005.
Le Baroque, MA éditions, 1987 ; réédition augmentée : *Promenades baroques*, éditions de l'Arsenal, 1995.

Long-courrier, Éditions du Rocher, 2005.
Le goût de Turin, Mercure de France, 2007.
Une gigantesque conversation, Éditions du Rocher, 2008.
Le Goût de Grenade, Mercure de France, 2011.

LE CYCLE AUTOBIOGRAPHIQUE DE LA LANGUE FRANÇAISE

Passion de la langue française, Desclée de Brouwer, 2010.
Passion des livres, Desclée de Brouwer, 2011.
Éloge du mensonge, Éditions du Rocher, 2012.

LE CYCLE BIOGRAPHIQUE DE LA POÉSIE

Au seuil : la fêlure, PJO, 1974.
Altérations, éditions d'Atelier, 1973.
U. Cenote, Alain Anseuw éditeur, 1980.
Los Angelitos, Richard Sébastian Imprimeur, 1980.
La Muerte solar, Pre-textos, 1985.
Jours dans l'échancrure de la nuque, La Différence, 1988.
La Porte de Cordoue, La Différence, 1989.
Le Mouvement des choses, La Différence, 1999. Prix SGDL-Charles Vildrac, 1999.

LE CYCLE BIOGRAPHIQUE HISPANIQUE

Huidobro/Altazor/Manifestes, Champ Libre, 1976.
America libre, Seghers, 1976.
Une anthologie de la poésie latino-américaine, Publisud, 1983.
Littératures espagnoles contemporaines, éditions de l'Université Libre de Bruxelles, 1985.
La Mémoire de Borges, Dominique Bedou, 1987.
Cent Ans de littérature espagnole, La Différence, 1990.
Españas y Américas, La Différence, 1994.

Composition : IGS-CP
Impression : CPI Bussière en février 2015
Éditions Albin Michel
22, rue Huyghens, 75014 Paris
www.albin-michel.fr
ISBN : 978-2-226-31472-7
N° d'édition : 19758/01 – N° d'impression : 2013737
Dépôt légal : mars 2015
Imprimé en France